The Making of Early Chinese Classical Poetry by Stephen Owen,
was first published by the Harvard University Asia Center,
Cambridge, Massachusetts, USA, in 2006.
 Copyright ©2006 by the President and Fellows of Harvard College.
Translated and distributed by permission of
the Harvard University Asia Center.

Stephen Owen
宇文所安作品系列

The Making of
Early Chinese
Classical Poetry

中国早期
古典诗歌的生成

〔美〕宇文所安 著

胡秋蕾 王宇根 田晓菲 译

田晓菲 校

生活·讀書·新知 三联书店

Simplified Chinese Copyright ⓒ 2014 by SDX Joint Publishing Company.
All Rights Reserved.
本作品中文简体版权由生活·读书·新知三联书店所有。
未经许可，不得翻印。

图书在版编目（CIP）数据

中国早期古典诗歌的生成 /（美）宇文所安著；胡秋蕾，
王宇根，田晓菲译．—北京：生活·读书·新知三联书店，
2014.3（2019.5 重印）
（宇文所安作品系列）
ISBN 978-7-108-04806-6

Ⅰ.①中… Ⅱ.①宇…②胡…③王…④田… Ⅲ.①古典
诗歌-诗歌史-研究-中国 Ⅳ.① I207.209

中国版本图书馆 CIP 数据核字（2013）第 274116 号

责任编辑	冯金红
装帧设计	蔡立国
责任印制	宋　家
出版发行	生活·讀書·新知 三联书店
	（北京市东城区美术馆东街 22 号 100010）
网　　址	www.sdxjpc.com
经　　销	新华书店
印　　刷	北京市松源印刷有限公司
版　　次	2014 年 3 月北京第 1 版
	2019 年 5 月北京第 3 次印刷
开　　本	880 毫米 × 1230 毫米　1/32　印张 12.75
字　　数	271 千字
印　　数	07,001 - 10,000 册
定　　价	50.00 元

（印装查询：01064002715；邮购查询：01084010542）

纪念我的老师傅汉思(Hans Frankel)

目 录

序言　*1*

第一章　"汉诗"与六朝　*25*
第二章　早期诗歌的"语法"　*78*
第三章　游仙　*161*
第四章　死亡与宴会　*209*
第五章　作者和叙述者（代）　*257*
第六章　拟作　*310*

附录　*351*

一　作为体裁名称的"乐府"　*353*
二　音乐传统　*361*

三　选集和五言诗　366

四　"晋乐所奏"　372

五　话题的例子:"人生苦短"　379

六　"古诗"中的《诗经》:一个个案　382

七　模拟、重述和改写　391

序　言

　　现代著名学者逯钦立在其编著的《先秦汉魏晋南北朝诗》中遵循了既定的传统，以时代给诗歌排序。五言诗占据了逯钦立这部总集的绝大部分。而最早的成熟五言诗是一首系于班婕妤名下的扇诗，班婕妤生活在汉成帝（公元前32—前7年在位）时代。逯钦立在诗歌的文本后加入了大量关于其来源和异文的批注，他最后得出的结论是："此诗盖魏代（220—265）伶人所作。"

　　这对于长期研究中国文献的学者来说已经是司空见惯，很多学者可能都无法理解我们为什么会提到它。实际上所有的选集都把这首诗置于西汉末年的班婕妤的名下，虽然现代的学者和选家很少真的相信这首诗是班婕妤所作、产生在西汉末年。但是，对这首诗的年代排序以及紧接着的否定这一排序并将它作为较晚期的作品的附注同时存在，促使我们提出一个简单而又相当重要的问题：如果这部书的作者和当代诗歌学者都一致认为这首诗作于班婕妤死后大约两百五十年，那么为什么这首诗依然被放在西汉成帝时期，而不是作为一首无名氏诗歌，置于多页之后的魏诗卷中？

　　这个问题的答案有很多层次。我们无法轻易否认一个简单而实际的答案：逯钦立总集或任何一本早期诗歌选集的读者们期待在这里也就是"汉诗"卷中找到这首诗。我们现在也许有充足的

1

理由，不相信这首诗是班婕妤所作，但是它在过去的一千五百年里一直都跟她的名字联系在一起。即使一个不相信此诗作者为班婕妤的读者，仍然希望在目录中按照惯常的年代顺序找到她的名字，进而在她名下找到这首诗。另一个原因更有意思：如果我们把这首诗与班婕妤的名字分离开来，这首诗就失去了一个安全的位置。它可以被当作魏代的无名氏诗歌，但即使逯钦立也很可能承认，这首诗同样可能来自汉代建安时期（196—220）或三世纪末的西晋时期。也就是说，如果有人相信这首诗晚于班婕妤的时代产生，并且据此将其重新排序的话，这首诗在以年代排序的编辑中便失去了既定的位置。

我们可以对这两点加以概括：我们所谓的早期中国"古典诗歌"在多年以来被镶嵌于一个以年代排序的叙事中，这一叙事有着强烈的历史和文化的回响。现代的学术研究对这一叙事的很多组成部分提出了强烈的质疑，比如班婕妤的诗。但是，没有人知道该如何处理一首游离于这一叙事之外的诗。它失去了自己的"位置"。可是如果离开了滋生意义的历史网络，诗歌就不再具有充分的意义。因此，这首诗被明智地与班婕妤紧密联系在一起，即使我们知道事实并非如此。如果不这样的话，一首已经"安居"了至少一千五百年的著名诗歌就很可能会变成流浪儿。

逯钦立的总集大体上遵循了传统的做法，把早期古典诗歌附于作者之下，并且把作者按照年代顺序排列。但同时他对于文献来源、另出作者和文本异文的高质量的考证，常常会撼动这一编排方式中隐含的历史叙述。这一点对于三世纪后半期之前的诗歌来说尤其如此。

序 言

* * *

在这本书里我会采用一种双重方法,两个无法被完全分离开来的思考方向:首先,我在研究中会把现存的早期材料进行同步检视,而不是把它们视为以历史先后顺序安排的知名作者的作品和无名氏作品。再者,我会考察关于古典诗歌起源的现存叙事是怎样在五世纪晚期和六世纪早期(也就是所谓"齐梁",现存大量关于早期诗歌的文学学术成果产生于这两个朝代)从这一材料之中建构起来的。第一个方法的优势在于,当我们摒弃一个对文学体裁和作者差异作出种种假定的历史,我们就会发现在很大程度上这些诗可以说是"同一种诗歌"(one poetry),来自于一个共享的诗歌原材料,经由同样的创作程序而产生。第二种思考方式同样很必要,因为在制作关于古典诗歌起源的标准叙事的过程中,我们接受现有材料所通过的文本中介经过了筛选及大量的改动。

对关于古典诗歌起源的标准叙事的形成过程进行考察,并不是否认其可能的历史真实性。我要驳斥的是一些用于证明它的历史真实性的假设和证据。我们必须承认我们不知道大部分诗歌的创作时期,而更重要的也许是我们不知道它们在进入现有的文字记录之前的几个世纪中经过了什么样的改变。人们普遍认为无名氏"汉"乐府早于无名氏"古诗",或二者大致同时,而"古诗"又早于建安时期,这一观念可能是正确的。但是我们现存的"古诗"也完全可能晚于建安,而现有的无名氏乐府版本又晚于"古诗"。它们中间确实有一些诗是署名作品,我们可以或多或少地确定其创作时代,但是我们要讨论的是这些可以系年的文本怎

3

样被错误地用来对大多数无法确知时代的文本进行历史排序。

* * *

这一研究有两个历史中心。第一个当然是这些诗歌所处的时代，它开始的时期无法确定（不会晚于公元前一世纪末），直到三世纪后期。第二个历史中心是南朝都城建康的文学世界，从五世纪后期到六世纪中期，也就是"齐梁"时期。这一时期的学者编辑和甄选前一时期的诗歌，并对它们做出评判。他们是后代接受这一诗歌的主要中介人。我们可以毫不夸张地说，虽然中国早期古典诗歌的作者们早于齐梁文人两个半到三个世纪，可是这一诗歌在同样程度上也是齐梁文人的创造。齐梁的文人在某些情况下，自觉或不自觉地把比较近期的诗歌置于较早的时期，用以补充早期诗歌的总体数量。

为了理解这两个早期"历史中心"，也为了弄清楚这一诗歌是如何进入齐梁时期的，一定要意识到我们所讨论的文本是手抄本，而不完全是诗作和诗人。这一点很容易被忽视，因为这些手抄本早已佚失了。现代意义上的"文本"意味着一个空洞的、超越任何具体纸本的东西，这在很大程度上是印刷文化和批量生产的结果。与此相反，这些文本存在于具有物质实体的手抄本中，其中的一些在传播的某个阶段肯定只存在于内容独特的版本中。从我们对唐朝手抄本流传的知识来判断，诗歌往往是根据记忆写下来的，在这一过程中异文和变体（variation）的出现再正常不过。人们抄写和重抄时认真程度的不同也会导致异文的出现。"文本"非常容易烧毁。我们知道很多重要图书馆都曾被抢掠或烧毁过。我们知道齐梁时期五言诗获得了前所未有的地位，这一时期的学者们也开始对古典诗歌的起源发生兴趣，而在此之前，没有证据证明这一兴趣的存在。我们可以稍有信心地认为齐梁宫廷文人圈子制造了早期诗歌的一些精美抄本。但是，我们对于这些抄本的质量却缺乏这样的信心。同时，有证据证明他们会根据自己的品位和标准对文本进行"订正"。

现存唯一的大规模手抄本图书馆是几个世纪后的敦煌。敦煌的例子非常特殊，它是一所建于中原文化边缘的地域性佛教图书馆，所以无法用来作为一个完美的模型，但它却是我们现有的唯一模型。不出所料，其中的藏品质量不一，有小心翼翼、精心抄写的手稿；也有漏洞百出、无法卒读的手稿。一般来说，抄写的认真程度与作品的"重要性"是成正比的。不幸的是在文化历史上，某个时期认为无足轻重的事物很可能在另一时期变得至关重要。词学家一定都希望这些写手在抄写早期歌辞时能够像他们抄写高适文集时一样认真。

如果我们在讨论早期诗歌的时候考虑到这一点，我们就会知道齐梁学者确实很重视这些早期的诗歌。但是他们拥有的手抄本已经经过了几个世纪的传抄，而且如上所述，我们不知道那些手抄本的抄写质量究竟如何。梁代僧人僧佑曾经向我们证实了他阅读的佛经写本是如何凌乱不堪。

我们拥有一些证据——虽然与这一时期的许多材料一样，人们也可以对这些证据作出不同的解释。沈约（441—513）《宋书》中的《乐志》收录了一组早期的无名氏歌辞和曹氏父子的诗歌。虽然《宋书》大部分完成于488年，但是《乐志》直到六世纪早期，可能是梁朝初年才宣告完成。[1]这部作品源于评论宫廷音乐

---

[1] 苏晋仁在《宋书乐志校注》序言中，提出《乐志》最终定稿于梁代。

（可能还有保存歌辞）的传统。它的价值正在于其动机是保存，而不是为了迎合诗歌爱好者的趣味。所有曾经研究过这一材料（没有经过后代的修订）的人都知道它充满了错误、移位、假借字和缺文，此外还有完全不知所云的整段文本甚或整首诗。对此的一种解释是它表现了乐师的口头传播，但是沈约的版本不是对歌曲的文字记录就是对文字记录的忠实抄录。（博学多闻的沈约会以如此形态写录这些文本，唯一的解释就是他想要完全忠实地复制原始文献。）其它的一些早期诗歌在被抄写下来之前可能同样以口头形式传播，而且我们永远无法确知文本的变化是发生在口头传播中，还是发生在对口头文本的写录中，抑或是出现在写本的传播中。沈约对于抄录手头现有文本的忠实程度（包括一首完全无法阅读的诗，现代学者甚至放弃对它加以标点）使我们看到五世纪晚期所接受到的手抄本的一个阶段和层面。这些文本一定是经过长期保存和整理的宫廷写本，因此对于那些相对而言不太"重要"的文本的抄写质量我们就更加缺乏信心。

　　大约六世纪中期编辑完成的《玉台新咏》，针对的读者是对早期诗歌已有一定兴趣的诗歌爱好者。《乐志》中的一些诗歌也出现在这里，但往往经过了改头换面：在上下文中显得不伦不类的段落被删掉；不押韵的地方变得押韵；不知所云的段落被订正得可以理解。《玉台新咏》中的早期诗歌在风格上与较近期的诗歌截然不同，但是以六世纪早期和更晚的诗歌标准来看还是完全可以理解和接受的。一些中国学者认为《玉台新咏》的版本是原诗，而《乐志》中的版本是被歌者修改过的（但是他们无法理解为什么歌者会去除韵脚）。另一种说法主要是桀溺（Jean-Pierre Diény）提出的，他认为《玉台新咏》的编者徐陵采用了《乐志》

中的文本,并根据当时的诗歌品位加以订正。如果我们相信徐陵这样处理一些在《乐志》中出现的文本,那么如何看待仅见于《玉台新咏》的其它大量的早期文本呢?我们将会看到,还有另外一些关于六世纪编辑行为的蛛丝马迹可以提醒我们选集和手写文本的制作是一个充满能动性的过程,而不仅仅是被动地抄录手头现有的写本。

我们知道徐陵的名字,而且可以推测他在塑造许多后来成为早期经典诗歌代表的文本中所起到的作用。但是,在那个时代还有很多名字被遗忘的编者和抄写者对文本做出了多多少少的改动。我们知道当时的学者会订正写本中的错误,但是一个六世纪学者所认为的"错误"对二十一世纪的学者来说可能是价值连城的证据。我们可以想见他们一边抄写一边补订,做出这样那样的改动和重组,有时还加上一个可能的作者。如果事实如此,那我们现有的文本就不是来自于某个早期的"作者",而是来自于一个复杂的变迁史。因此,中国经典诗歌的起源不仅仅是一个关于"汉魏"的故事,它讲述的是五世纪后期和六世纪早期的齐梁如何为这个关于"汉魏"的故事建构证据。

我在前面说过,这一研究有"两个历史的中心",而我们永远无法完全将前一个中心(从公元前一世纪左右到公元三世纪晚期的古典诗歌)从后一个中心(齐梁)剥离出来。处于这两个历史中心之间的两个世纪,在改变传世文本和对它们加以"补充"上,显然也起到了重要的作用。

*　*　*

本书进行研究探索的基础是材料的文献来源及其性质,而不是一般性的关于"体裁"（genre）、"作者"或"诗歌"的问题。很多文本在变体的程度、作者归属以及最终决定其文类体裁和次文类体裁（subgenre）归属的标题这些方面都相对稳定，但是也有同样多或更多的文本，其所有这些基本因素都不确定。虽然三世纪肯定存在着较模糊的诗歌体裁的概念，但是我们现有的文类体裁系统是齐梁的产物，并且直到唐代都不太稳定。如果我们把"作者"当作跟标题一样的文本属性来对待，那么我们就会发现，在很多情况下作者跟标题一样，也是推论的结果，是添加给一篇作品的。我们也可以发现"无名氏"作者本身在何时开始成为一种价值。作者姓名在文学体系中被分配和决定，并且被按照年代顺序排列起来。一首在传播中没有作者署名的诗歌文本只有在进入这样一个文学体系的时候才会变成"无名氏作品"。

　　如果把讨论的中心主要放在材料的文献来源而不是体裁上，我们就可以发现乐府，一个被大量研究过的"体裁"，首先是一个书目的类别。如果说存在一个乐府"体裁"的话，那它在某种程度上不是诗歌体裁，而是一个手抄本的体裁。某些类型的诗歌文本主要或只是保留在这一书目类别之下，但是很多文本也会出现在其它类型的手抄本中（比如说"诗歌"选集）。围绕乐府的音乐类别及其起源而生发的种种故事，在音乐早已佚失的背景下流传，是一个特殊的（也可以说是很特别的）学术传统，有自己独特的范式和惯例。这一手抄本传统的一部分在十二世纪初仍然存留于世，郭茂倩在编辑《乐府诗集》时以之作为参考。郭茂倩显然大量依赖于六世纪中期的《古今乐录》，这部书出现于齐梁学者对早期文献进行整理归纳之后。除此之外，还有很多类似的著作。这令我们想到一个令人不安的问题：早期乐府从一开始就是一个充满了争论的领域，而我们对它的认识在何种程度上来源于一部或几部被偶然地保存到宋代的作品？我们由此推出的知识（lore）很有趣，它们有时很有用，但常常是模棱两可的。当一首乐府诗的一段被一部七世纪的类书放在属于不同音乐类别的另一个标题下，我们该如何对待这种情况？我们可能把它归结为类书编者的粗心；我们可能也会据此认为音乐传统存在另一个宋以前就佚失了的文本手稿。同样可能的结论是：同样的段落出现在几首不同的乐府中。

* * *

为此书设定研究资料的范围带来某些问题，我姑且用"古典诗歌"（classical poetry）这一词语把这些问题隐藏起来。我的"古典诗歌"意味着一种来源不能确定的、共享的诗歌创作实践，它在历史上出现在公元二世纪后半期非正式的贵族诗歌中。虽然在某些场合它也采用了相对高级的修辞形式，但是直到三世纪末它仍然主要存在于修辞等级较为低俗的诗歌里：它从未企及四言诗或大赋的旁征博引和词汇量；它的传统也与在东汉相对普遍的"楚辞体"很不一样。

在这一意义上，"古典诗歌"主要集中于五言诗，其音节可以理解为诗歌实现过程中的偶然现象，因为同样的材料可以用四言、六言、七言或杂言句的形式实现。这一诗歌所共有的是主题（theme）、话题（topic）、描写的顺序、描写的公式和一系列语言习惯，在本书中我将会仔细地探讨这些方面。它包含一大部分无名氏乐府，除了乐府类别"铙歌"之外，因为《铙歌》基本没有任何以上提到的这些特征。它也包括无名氏的"古诗","苏武、李陵组诗",以及很多直到三世纪前期为止的知名诗人的五言诗。

这一诗歌系统建立在低俗的修辞等级之上,这一修辞等级在某种意义上是"通俗"的。我并非无视称其为"古典诗歌"的反讽意味;但是,这正是本书所欲建构的叙事的一部分:探寻修辞等级低俗的诗歌如何被保存下来,并成为"古典"。

* * *

在第一章里我会谈到所谓"汉"诗,包括无名氏乐府和古诗出自汉代的证据和围绕这一材料的手抄本传播的一些问题。接下来我会追溯建安之前古典诗歌的历史叙述在五世纪和六世纪早期的生成过程。最后我会考察早期使用五言诗的证据。

第二章讨论创作行为,从常见的"话题"(topoi),到主题,直至在不同诗歌中段落的组合和借用的方式。"历史化"(historicizing)同时也意味着摆脱无法维系的历史建构。如果我们把这组诗当作"一种诗歌"的不同实现方式而不考虑时代的不同,就会发现有问题的段落和诗歌在同类的其它诗歌系列中变得比较清楚。在这一章的结尾我会讨论"古典诗歌"之外的材料怎样被融入其中。

第三章和第四章探讨两个相互关联的主题:游仙和公宴。成仙的过程遵循着固定的顺序,我们会讨论这些顺序怎样被同一主题内的话题序列表现出来。我们也会开始探索这一诗歌系统的边缘,以及曹操和曹植一些诗歌是如何超越了传统。公宴和游仙,以及对于人生短促的思考,是非常接近的主题,在下一章我们会看到主题上的交叉重合。最后我们在一首王粲的作品中看到,低俗修辞等级的诗歌的共享语言成为创作高雅修辞等级诗歌的模板。

第五章重点讨论关于作者和代言的问题。首先讨论的是一些作者存疑的文本，我们不再把"作者"看作可以被证实的历史事实，而是把它作为文本的属性和一种阅读文本的方式，甚至在某种程度上是作品的文本演化史的一部分。在这一章的结尾，我将讨论曹植一首最著名的乐府诗的接受史，这首乐府据我们所知直到十二世纪才首次出现于记载，但逐渐地，评论者为它在"曹植作品"中找到了一个稳固的位置。

最后我们会谈到《古诗十九首》的拟诗，主要是陆机在三世纪末创作的拟古诗。在认识"拟"的特定含义之后，这些文本可以让我们了解陆机所看到的"古诗"，而它们比我们现有的来自六世纪早期的文本早两百多年。

* * *

研究这一时期需要面临卷帙浩繁的学术著作——包括用中文、日文和欧洲语言写成的。我还记得几十年前哈佛大学准备编辑一部汉语大词典。因为希望真正包罗万象，这本词典从未完成第一个词条——"一"。这本书本来可以更长，但我决定不要那么野心勃勃。它跟一些学者包括我的老师傅汉思的著作有所交叉。傅汉思是中国早期诗歌研究的一个开创性人物。我的这本书萌芽于他的教导，在三十年中逐渐发展成形。从他那里，我学到把诗歌视为一个共享的行为，而不是个体诗人的"创作"的集合。本书的读者可以清楚地看到他的影响。同时，我想这几十年来学术界发生的变化在这本书里也得到同样清楚的体现。这些变化在很大程度上从过去几十年对写本传统的学术研究中生发出来，打破了书写文本和口头文本、"民间"和文人的界限。在早期文本里，我们的确有最基本意义上的"口头形态"的痕迹，也就是说句末的辅音会影响下一句开头的用字，但是这也可能来自于对歌者演唱的记录，或者校勘的过程（两个学者对面而坐，一个人朗读，另一个人校对）。

另一本对我影响很深的书是铃木修次的《汉魏诗的研究》。三十年之后再次阅读这本书让人觉得具有一定深度的学术著作确实拥有恒久的价值。除了渊博的学问之外，铃木在很早以前就提醒我们注意材料的传统，比如段落如何被前后移动、不同文献材料中版本有哪些变化。在我自己的研究之后回头看这本书，我发现我明显地跟随了他指出的方向。桀溺的著作也对我有深刻的影响。他最先提出了很多我原本以为属于我自己的创见。他不惮于抛开成见，对材料提出独创的新鲜见解，并与博学多识和严谨的学术态度相结合，这应该成为这一领域的研究者的楷模。最后，所有研究这一时期诗歌的学者都应该感谢逯钦立（1911—1973）在编辑文献上的巨大努力和他在学术研究上的批评眼光。我们中间的很多人在开始研究这一时期的时候使用的是丁福保的总集（基于十六世纪中期冯惟讷的《古诗纪》），通过查找索引或类书以及李善注来寻找文献来源和异文。逯钦立的著作严谨地标注了文献来源和异文，1983年出版之后，在真正意义上改变了这一领域。

这本书中的论点，与口头程序（oral formulaic）理论有一些共鸣。在《钟与鼓：口头传统中程序化的〈诗经〉》一书中，王靖献把Parry-Lord的口头程序理论用于研究《诗经》，而傅汉思提出了用于研究无名氏乐府的基本的口头程序理论。Gary Shelton Williams 1973 年的博士论文《汉乐府的口头性质研究》在口头程序理论的基础上详尽地讨论了乐府诗，但他把现有的文本作为对汉代材料的稳定记录。这个问题也存在于最近一些具有理论深度的研究中，比如 Christopher Connery 的《文本的帝国：早期中华帝国的写作和权威》。学者们已经在口头程序理论方面做出了很多周详的研究，但是从当代的视角来看，这些研究往往基于一些不太站得住脚的假设上。

即使在其假定的汉代起源中，乐府似乎就产生于一个粗知读写的文化，因此，无名氏乐府或者被认为是"民间"的产物，或者根据傅汉思更加合理的推测被认为产生于职业歌手。对于"民间"或职业歌手的需要是受到了 Parry-Lord 口头程序理论的影响，假定文人和文盲歌手之间存在绝对的鸿沟。Walter J. Ong 1982 年出版的《口头形态和文学知识》用"次等口头形态"的概念把二者联系起来，讨论文人世界如何继续保存口头形态的程序。虽然他注意到前读写时代（preliteracy）和现代读写文化之间相当长的过渡时期，但是现代人的读写能力仍然是他考虑读写能力的标准。在最近的两篇重要的文章《乐府曾经是民歌吗？重新考虑口头理论和民谣模拟的适用性》和《重新考察唐前乐府发展中民间歌曲的作用》中，Charles Egan 对学术界的乐府研究进行综述和分析，重新审查证据，他的一些结论与这本书有交叉之处。和我一样，Egan 质疑无名氏乐府的"汉代"起源以及与"民间"的联系。在前一篇文章里，Egan 检视了早期和近期关于口头程序理论的学术研究及其在乐府诗上的应用，后一篇文章 Egan 特别将沈约的材料与表演传统和国家对复兴正统音乐的支持联系起来。

当我们理解了读写能力和口头形态（orality）之间复杂的互动关系（再加上某个假想的起源时期和我们现有的文本之间许多代写手的传抄），口头程序理论的重要性如今主要在于它开启了研究手抄本文化中文本产生和流通的很多个不同的研究方向。在这本书里我希望把口头程序理论以及伴随口头程序理论而来的对读写能力的重视放在一边。我的前提是，书写确实有很重要的影响，但是并不如 Ong 所说的"重塑意识"。在这一前提下，我会试图解释书写文本中变体（variation）和复制（reproduction）的历史性质，而书写文本是我们唯一拥有的。在不同的时期和不同的文化载体中，我们可以看到自由的变形、根据不同需要产生的变化、文本保存的动力，以及在变化了的文学价值下对文本所作的修改。

* * *

讨论这一诗歌体系毫无疑问会触及已经被研究过的领域。但是，我想这里的不同也是很显著的。通过考虑手抄本和手抄本文化，我们摆脱了后起的一些人工划分的文类界限，也放弃了时代先后的假设，正是这些假设使我们将文本差异理解为时代变化之叙事的一部分。我们可以把类书引用的诗文看作这些诗文的不同版本，而不是摘抄的片段，承认在手抄本文化中，文本的字句和长度通常在记录的过程中被改变。最发人深省的是铃木《汉魏诗的研究》中的一个例子：李延年的李夫人诗在九个不同的场合被引用，没有任何两个是相同的。我在后面还会谈到这个问题。决定哪一个是"正确的版本"常常是文学研究和印刷文化时代的产物，也是一些总集（如《乐府诗集》）对不同版本并置比较的结果。

这里应该提到最近的一部富有理论性的著作。约瑟夫·阿伦（Joseph Allen）的《以他者的声音》大方地将《古诗十九首》也纳入乐府的范畴。但是他做的是文类体裁研究，他关心的是一个文类以及属于这一文类的次文类怎样通过后代的作品与早期作品的互相联系而建构起来。我并不否定他的总体观点，但是我关心的是早期诗歌，以及齐梁时期如何就这一诗歌建构诗歌的历史。虽然 Allen 认为乐府体裁经过了缓慢的形成过程，但是他的研究基于这一体裁已经定型的较晚的时期。他质疑了乐府传统中的早期匿名乐府出于汉代的假设，可是他采取了后代的视角，认为这些诗歌是较早产生的。最重要的是 Allen 接受了保留在主要文献中的文本和作者归属，忽略了材料的流动性，而这一流动性正是这本书研究的中心问题。

早期诗歌的术语

这本书中的很多讨论涉及在不同文本群体中重复出现的一些模式。我有时把这些模式称做"创作技巧"——这不是因为我们拥有关于这些诗歌的实际创作过程的任何历史知识，而是从它们相对的可预见性中可以看出，这些模式指引着创作，常常提供造句的模板以及对"下面要说什么"的预期。用这种方式去观察这一诗歌系统很有用处，因为它涉及一个共享的知识库存，而这一库存不仅局限于诗歌写作，聆听诗歌和传播诗歌的人也都有同样的知识。可能现存的一些建安和魏代早期的诗歌文本确实跟诗人最初写下来的形式一模一样,但是我们见到的这些文本经过了重复这些诗歌的人、写下这些诗歌的人以及抄写这些诗歌的人的多层复制。我们有足够的证据证明,诗歌的文本在这一过程中经历了变化,这种变化在有些情况下很显著。但是只要这一过程的早期参与者都了解我所说的"创作技巧",那么这种文本变化依然是当时正在进行之中的诗歌实践的一部分。文本复制(textual reproduction)到六世纪出现了其它种类的变化,这些变化显示出诗歌运作的一个完全不同的方面;而不出我们意料,它们显示出来的文本复制原则与六世纪的诗歌写作方式是一致的。

也许我们最终还是会把"诗人"和"诗歌作品"看作固定的文本进行处理,但是有必要从"诗歌材料"(poetic material)入手,把任何一个特定的文本都视为共享的材料库存之一小部分的具体实现,而不是独立的"创作"。没有任何具体的文本实现是历时悠久而完全稳定不变的。文本本身发生变化,其标题或类别也常常变动,有时音节会改变;有时一个文本失去它的作者,有时得到一个作者,有时作者发生变动。一个文本的某一特别版本在一份手抄本里被保存下来,有时是因为其声望,但是更多纯粹是出于偶然。从五世纪开始直到北宋早期手抄本文化的尾声,喜爱文学的人都在阅读这些写本。我们现有的诗歌正是通过这些人的中介。他们阅读的时候有一定的目的,且会忽略不符合这些目的的文本。萧统在编撰《文选》的时候寻找的是"重要"的文本——也即在他看来是"重要"的文本——而他的"哪些文本才是重要的"的意识,受到当时新兴的对文学发展史的兴趣的支配。徐陵编辑《玉台新咏》的时候,寻找的是满足当时读者阅读兴趣的文本。隋唐类书编者们寻找的文本，要含有符合既定题目的材料。郭茂倩保存了他能够找到的所有乐府诗歌，但是生活在北宋末期，他只能得到曾经卷帙浩繁的文本中偶然存留的一部分。现存的早期古典诗歌的经典之作和被忽略的作品都同样只是幸存的残片，在后世的偶然或一定的动机之下存留至印刷文化的批量复制中。

"互文性"（intertextuality）这个术语可能不适合早期古典诗歌。"互文性"预设了一种"文本"之间的关系。我们完全可以相信早期诗歌远远多于现在被保存下来的。除了少数赠答诗和呈给曹操和曹丕的诗以外，我们无法得知在这一时期，哪些人听到或读到过哪一首别人的诗。如果一首现存的诗的确是响应某一首同时代的诗，那首原诗也很可能不复存在。对于稍晚时期的中国诗歌来说十分重要的"互文性"在这里通常无法成立，甚至是无关紧要的。一个诗人不需要考虑之前的任何一首具体的诗歌，因为他读过或听过很多"同一类型的"诗歌，熟知很多遵循某种程序的诗句。就和语言习得（language acquisition）一样，很多具体的语言表述累积起来，就会指向一系列的语言可能性、规则和习惯。我们这里描述的诗歌实践既不是"口头程序"理论，也不是稳定文本的诗学，它处于二者之间，但拥有截然不同于二者的因素。

我需要特别的术语来描述这一实践。没有任何术语系统可以前后一致并且精确无误。术语的作用是强行规定出一套概念性的关系，通过使之成为习惯用语而让它变得有说服力。有些学者喜欢使用生造的词语来表达截然不同的概念，有些偏好借用具有历史和语义深度的旧词。我比较倾向于后一种做法，但是我必须要明确说明我对这些旧词含义的重新理解和使用。在书中的具体情况里，我还会更为细致地解释某一些术语。

考虑早期古典诗歌的最容易而且可能也是最好的方式，是"按主题创作"（composition by theme）。我们可以毫不费力地列出有限的一套主题，而这些主题可以涵括（可能是）创作于三世纪末之前的绝大部分五言诗，还有相当一部分杂言诗以及一小部分四言诗。我们可以用"路线图"的形象来考虑不同的主题：一些主题似乎很容易引入其它的主题；有时在某个特别的转折点，诗歌可以沿着不同的方向进行下去——这些是相邻的主题"地域"。有些主题则永远不会相互交汇。我们在这本书里将会看到，对人生苦短的沉思可能会把诗歌引入游仙、宴会，或劝人上进的主题。这些主题可以以有趣的方式相互交叉。"秋夜无眠"是一个非常常见的主题，但它不会转入任何一个上面提到的主题，却常常与"分离"的主题联系在一起，而"分离"的主题则可以转入宴会主题。正如地图是可能的行程路线图一样，一系列主题的组合可能会形成一个叙事。

我在一个广泛和概括的意义上使用"主题"一词。点出这一诗歌系统中的一些常见主题，提醒我们这些主题的范围实际上是非常有限的。后来的古典诗歌的主题范围要广阔很多。早期的古典诗歌范围有限，但是其一部分魅力也正在于此。

我使用的另一个术语是"话题"（topic）。让我首先解释一下这个选择的背景历史。英语的"topic"源自希腊语 topos，原意是"地方"。这一希腊词汇被重新用于文学批评，是因为拓展了它的语义的拉丁译文 locus communis 不幸在英语中与其字面含义混合起来，成为"commonplace"，即陈词滥调。这一词语在修辞学中的含义不过只是"常常重复的话语",但是在英文中被赋予了贬义。我希望读者以不同的方式考虑这一现象,所以,与其把希腊词"topos"作为术语重新起用,我更倾向于在一个扭曲的意义上使用英文中的 topic 一词。topos 是在较大的话语系统中的一种可辨认的特殊表达方式。也就是说,我们把它看作话语(discourse)中的一种可能性,而不是组成话语的基本要素(如果我在讲到其它的事情时加入"啊,可是人生苦短",这就是一个 topos)。我所使用的"话题"(topics)则无所不在,是早期诗歌主题(themes)的基本组成部分。换一种说法:"主题"(theme)本质上是一系列出于习惯被联系在一起的话题(topics)。在展现主题的过程中,这些话题遵循着多少可以变化的某种顺序,但是这一过程涉及一定的期待,即某些因素会以大体可以预测的顺序被提到。话题(topics)有时也会包括"程序语"(template),就是在固定的位置使用特定的词语表达大体相同的语义内容的句式。

　　这里我们需要谈到最不容易解说的问题之一——变体。对于习惯于这一诗歌系统的人来说,变体的重要性显而易见,不同形式的变体也十分容易辨认。但是很难在一个抽象的层面上描述这些差异。诗句永远有变化:诗人,诗句的传播者,还有写手,都会造成诗句的变化。

　　考虑到五言句在第二个音节后有一个停顿,再加上"位置性语言"(a positional language)只有数量有限的语法功能,早期五言诗的语法模式不出意料地非常有限。一些诗句成为我所说的"程序句"(template lines),这些句子的语法结构通常在同一位置有固定的一个或两个字,句中的其它位置可以用同义词或概念类别相同的字词代替(比如,"披衣"、"揽衣"、"蹑履"、"曳带")。一些程序句与某个特定主题中的话题紧密联系在一起,另外一些程序句则在一首诗的安排顺序中占据功能性的位置。后者的一个例子是出现在诗歌开头的句式:"××有××"(或者"××多××")。

虽然在很多不同的诗中找到同样的诗句和短语是很常见的现象,这些模式正是前面描述的变体中的"程序"。随着诗歌社会等级的提高(常常不是诗人的社会地位提高,而是创作场合变得更为正式和高级),词汇的等级(lexical register)成为变体的一个重要部分。一系列的词被标示为"高雅"的。因此我们会谈到"低俗修辞等级"的诗歌和"高雅修辞等级"的诗歌,以此显示诗人的教育程度、社会地位和创作场合的公开和正式程度如何在词汇选择上,以及越来越多地在句法程序上得到体现。

*　*　*

另一种重复出现的序列也十分重要,它与话题的习惯性排序有关,但也可以独立存在。这就是在不同诗句中以大体相同顺序出现的成套的字词组合。也就是说,在一个标准的话题排序("先 A,后 B")中,我们常常在 A 话题中看到 X 字,而在 B 话题中看到 Y 字。即使诗歌的话题出现变体,或更换主题,X 在先、Y 紧跟其后的排序依然存在。

另一个相关的现象是移位字词的回归。如果诗人在使用一个常见的诗句时,为了变化或者押韵的关系而删掉一个读者预期之中的字词,这个被移位的字词常常会在下一句或下一联中出现,虽然有时表示不同的意义。

上述两种重复出现的程序都是发生在特定字词的层面上,和包含这些字词的诗句所表述的意思毫不相干。这提醒我们这一诗歌系统在何种程度上又可以完全是"语言性"的（verbal），同时又可以是主题性的。虽然这些字词系列常常与主题一起出现，它们的重复出现于它们所在的诗句的意义是分离的。

在这本书中我得出的一个结论是，序列，无论是话题还是字词的序列，常常具有一种惯性，超越了诗歌内容，或者，在最好的情况下，推动诗歌内容的发展。当读到曹丕的一首以双鸟高飞结尾的乐府诗，并且无法理解这一意象与前面的诗歌内容有何关联时，我知道应该去寻找一些和鸟儿有关的习见话题序列。曹丕的这首诗有一长段关于音乐的描写，而这种音乐描写后面通常会出现双鸟高飞的意象。有些学者认为一首作为语言艺术的诗歌是对某些事先存在的"诗意"的表达，对这样的学者，我们的回答是：在这里，诗歌在很大程度上是一种语言机制，这种语言机制时常会在无意中创造出优美的诗篇。

* * *

变体可以是整个文本的变体，也可以是文本中字词的变体。当然，诗人可以对某个主题进行简短或冗长的处理，但是在流传和复制过程中，诗歌同样可以扩张或缩短。在以不同版本流传下来的文本中，以及在对比"原作"和逐句模仿"原作"的拟作时，我们经常可以看到这种情况。"西方"学者和东亚学者有一个根深蒂固的习惯，也即将文本当作其创作时刻的本来状态对待。但在理解早期诗歌中没有比这更加误导的观念了：早期诗歌是一个存在于复制状态中并通过复制而为我们所接受的诗歌系统。知道和传播诗歌的人、表演诗歌的乐师以及后代的抄写者和文学选集的编者都会对它们进行复制。而在复制的时候，所有这些人都会按照自己的需要改动文本。我们将会看到，这些改动的痕迹常常十分明显，诗歌的扩张和缩短都有较大的自由度。

＊　＊　＊

我们可以看到一个主题的界限，可是不知道一首"诗"的界限到底在哪里。在很多作品里可以看到我称之为"片段创作"（segmentary composition）的现象。也就是将形式上迥异的片段组合为一个较长的文本。这与我称为"拼合型乐府"（compound yuefu）的一种乐府诗相近。这种乐府诗的不同部分在乐府诗抄本传统中往往以音乐术语分别标注出来。很多这样的作品只有两个不同的部分，有时会增入一联对听众的祝福（当然也有混合很多不同部分的作品）。表示乐府不同部分的音乐术语主要有三个："艳"也即前奏，"解"也即章节，以及"趋"也即尾声。它们有时分开来单独出现，有时被拼合在一起。

在有些情况下，被拼合的片段具有相近或连贯的主题，但是在另外一些情况下，它们之间没有明确的关系。有时，当截然不同的片段被拼合起来，后代的诗歌诠释传统会想方设法把它们作为一首系统完整的"诗"进行解说。

虽然"片段创作"在乐府诗中最为明显，而且在那些不同部分得到标示的乐府里表现得非常清楚，但是我们在被作为"诗歌"保存下来的材料中也可以看到这种创作。从一个片段过渡到另一个片段的标志，是一个清楚可辨的首联，紧跟一个清楚可辨的尾联，而且常常出现主题的转换。

在研究早期诗歌时，我们一方面不再把它们视为在创作时刻已经成形和稳定的文本，而是一个不断被复制和再生产的事物，另一方面我们也最好应该考虑"诗歌运作"（poetic performance）而不是"诗歌"，在"运作"中早期的材料常常被组合和重新组合。一些例子证明，同样的片段在不同的"诗歌运作"中被重复使用。把不同片段拼合起来可能不仅在音乐表演中，而且在诵诗中都是常态。我们无法确定被拼合起来的两个不同片段是"两首诗"还是"一首诗"。如果一首保存在曹丕名下的乐府诗先提到羽化升仙，但是紧接着的换了韵脚的下一个片段抨击神仙信仰，这个关于"一首诗"还是"两首诗"的问题就至关重要。如果我们假设一位作者是为了某种目的创作这样的一首诗的话，那么结尾对神仙崇拜的批评就是诗的意义所在；但是如果在诗歌中拼合不同片段就像在音乐表演中一样属于常态，那么诗人有没有可能也在创作时就拼合了两个片段？在这第二种情况下，诗人就会造成一个混合物。然而这个混合物不见得流传到后世，保存下来的只是诗歌材料进入抄本传统并在其中传播的形式。乐府诗写本常常会把拼合起来的片段保存下来，但诗歌写本似乎更倾向于单一的片段——或者保存所谓的"组诗"。

* * *

这里还有另一种变体需要提到：音节变体（metrical variation）。同样的诗歌原材料可以用不同长度的诗句实现。任何诗人、表演者，或写手加编者都可以改变很多种文本的音节。这清楚地反映在同一首诗的不同"版本"（version）中，鼓励我们把音节视为一种实现诗歌原材料的可能形式，而材料本身在形式上是可以变化的。但是，后代的传统明显倾向于整齐诗句的长度

（包括《宋书》中对于所见歌曲材料音节不一的抱怨）。学者还常常把用五言形式重出的《诗经》成句视为"典故"。它们有可能在某些情况下的确是完全意义上的"典故",但是还有另外很多可能性:在汉魏时期,《诗经》仍然作为口头文本存在(至少会在学校里和在展示精英学问的公开场合被诵读)。将《诗经》成句从四言改为五言有既定的方式可以遵循,而且直到三世纪都有"通俗"四言的存在,可以在乐府里面看到。

在五言句中我们可以看到低俗修辞等级的诗句与高雅修辞等级诗句之间的大致分别。前者常常可以不加太多修改地被重写为四言句。后者如果不明显改动其语义价值的话,很难重新结构;而也许直至此时我们才可以开始用诗句的音节来定义诗歌体裁。

* * *

这本书展现了文学研究不那么可爱的一个方面:研究诗歌的内在运作机制,以及它的断片是如何被挑出来,组合为一个美丽的整体。在五世纪早期,无名氏的"古诗"已经获得了一种灵光(aura);到六世纪早期,灵光依然存在,但是其性质已经有了根本的变化:灵光部分来源于这些诗的作者是无名氏这一事实,而当时新的文学史叙事模糊地将它们置于汉代。我希望,破除文本及其文化叙事的神秘性不会泯灭它们的光环,而是重新赋予它们一种不同的美感。

第一章 "汉诗"与六朝

目前对汉代诗歌的描述,往往把可以确切地断定为汉代的祭祀歌词、歌诗和短歌与大量五世纪末或六世纪初——有时甚至更晚——才开始出现在文本记录中的诗混杂在一起。在中国古典诗歌的形成过程中,后者被认为远比前者重要。治乐府诗的学者往往从西汉设立的乐府机构开始,有时也将为数不多可以确切地与西汉乐府机构联系在一起的祭祀歌词与其它短歌纳入考察的范围;接下来便转向那些与歌唱联系在一起但通常直到五世纪末或六世纪初才被归为"乐府"的诗。另外有一组被称为"古诗"的文本,但从名字即可看出,其归类是后来才做出的。[1]还有为数不少的一批文本也被视为出自汉代作者之手,但其可信程度参差不一。不过,从汉末建安到魏,有更多的诗歌文本,是可以确定作者归属的——尽管其流传也同样受到后来时期的影响。

---

[1] "古诗"二字的使用和含义很复杂。早期指的是《诗经》里的诗。在陆云致其兄陆机的一封信中,我们发现其用法上出现了某种微妙的变化,因为陆云感到有对"古诗"做特别限定的必要:"一日见正叔(注:潘尼)与兄读古五言诗"[见黄葵编,《陆云集》(北京:中华书局,1988),第135页]。这里的"古五言诗"可能指的就是陆机所拟的无名"古诗"。然而,由于用来对比的对象是当前的诗作,我们无法断定其确切所指。

实际上，我们不知道无名作者的"汉乐府"（不是祭祀歌词，而是具有世俗内容的材料）或"古诗"何时才开始具有今日之面目。[1]将这些文本断为汉代更多的是出于信念，而非可信之证据；信念与上述古诗起源不可知的观点相比，更容易经受否定性论说（即认为这些文本不是汉代所作）的考验。不过，有几个粗略的参数可以帮助我们推断这一文本群中某些部分的日期。从保存在《汉书》中的几首诗我们知道，五言之句式及其独特的节奏在公元一世纪或早至公元前一世纪末时即已存在。从保存在汉碑上的一首诗，我们知道五言之文体形制在二世纪中期之后不久即已确立。[2]另一方面，从三世纪晚期对某些无名"古诗"的逐句摹拟中，我们可以比较肯定地得出结论：现在所见的这些诗至少在三世纪晚期即已流传。

* * *

要想从这些问题重重的材料中理出一个头绪，最好的方法也许不是从古典诗歌假定的起源——无论是西汉还是东汉——及其三世纪的早期发展开始，而是把目光转向其后的一个时代，是这

---

[1] 参见约瑟夫·阿伦，《以他者的声音：乐府诗研究》。Joseph Allen, *In the Voice of Others: Chinese Music Bureau Poetry*. Ann Arbor: University of Michigan Center for Chinese Studies, 1992, pp. 47-52. 阿伦认为将这些诗归为汉代纯属假设。但由于阿伦感兴趣的主要是后来的诗是如何需要并制造出其"原作"的，他没有进一步质疑这一假设。

[2] 见逯钦立，《先秦汉魏晋南北朝诗》（北京：中华书局，1983），第175—176页。有着固定节奏的五言诗句的出现可以上溯到西汉晚期，但在现有的可以比较可信地确定为西汉的作品中，却没有使用"古诗"和某些乐府诗的文体形制的例子。

一时代保存了这些材料,并对其进行评说。我们对古典诗歌早期发展的认识主要来自后来这一时代的学者:我们至今仍然沿用着这些学者所做的判断以及他们根据这些判断所编辑选定的文本。我们通常认定我们所读的是"汉魏"诗歌,但我们实际上是无法直接接触到那些所谓"汉魏"诗歌的:漫长的历史岁月横亘于我们和那个时代之间,而充当中介的,则是五世纪末和六世纪初那个特殊的文人群体,他们身处建康,南朝的首都。

对这一后来的时代,我们知道得更多——尽管仍然存在着很多无法确定之处。五世纪末和六世纪初的文人们孜孜不倦地进行着修订和保存文本、确定文本作者归属(这使得对于作者特征进行描述成为可能)以及追源溯流、描述文学史变化的工作。这一研究和批评活动是建立文化叙事的基础,南朝文人正是用这些文化叙事来界定自身所处的时代。这也就是说,我们对早期古典诗歌直到三世纪晚期的理解,是经由两个世纪之后一个具有不同文化特质的时代的中介而得到的。

手抄文本

无论是有关重大文化或文学变迁的重要论断,还是有关诗人在特定作品中显示出来的写作基调的局部性质的评说,都建立在脆弱的手抄文本的连续性这一基础上。对早期中古文学史的反思促使我们回过头去想一想,我们对当时文本流传的情况到底知道多少。学者们在处理这一问题时似乎假定文本流传的过程是透明的；当人们在十二三世纪之交郭茂倩的《乐府诗集》中第一次见到一首假定为汉代的诗歌文本时，大多不会去追究从汉到宋的一千多年间，这一文本身上到底发生过什么。十一世纪发展起来的文学研究显示出对文本来源和文本精确度的浓厚兴趣；由于这种兴趣在后来已成为一般的学术准则并一直延续到今日，现代学者们往往会把这一兴趣引申推广到更早期的编者和抄写者身上。然而，当我们将目光转向从抄本文化时代（通过印本的中介）留存下来的文本上时，却看到当时的人们对文本的精确复制并不那么在意（已经成为经典的《文选》是例外）。大致而言，一个文本的资料来源越多，异文也就越多。比如，被视为西汉李延年所作的那首歌（"北方有佳人"）在多种材料中得到引用，尽管《汉书》中保存着一个稳定的"原"本，其结尾却存在着九种之多的不同版本。[1] 在这一具体例子里，数种异文所表达的意思都基本相同；但是，情况并非总是如此。文本流动性的证据，最早出现在公元五世纪末，在这个时候我们这篇论文所讨论的材料——五言和杂言体的"通俗"诗歌——已经成为受到高度重视的文体。我们完全有理由追问，这些材料在经历了公元 317 年的巨大变乱以及辗转抄写过程中难以避免的各种随意性之后，在五世纪末期到达建康时，究竟处于什么样的文本状态？

《宋书·乐志》体现出数代学者在歌诗文本保存方面的细心；其所保存下来的文本，自五世纪末以来一直处于相对稳定的状态。然而，任何与《宋书·乐志》保存下来的这些早期文本打过交道的人，都会意识到手抄文本流传过程中各种常见的问题：借

---

[1] 见铃木修次，《汉魏诗的研究》（东京：大修馆书店，1967），第 81—82 页。

字，错字，错置，脱漏，衍文。《宋书》材料并非"问题文本"，它恐怕准确地再现了早期诗歌文本流传（而且是在最好的抄本传统之中）的实际情形。完好地保存这些文本的缺陷本身，即说明了这些文本的特殊地位。这反过来又促使我们去思考那些没有这么多文本缺陷的诗歌材料，是什么样的因素塑造了它们。在《玉台新咏》中以及在其它地方将《宋书》中的材料按照六世纪早期对诗歌的认识转换为"诗"的现象，至少会促使我们思考那些现已亡佚的资料的文本状况。它同时也提醒我们，六世纪的编者和抄手们——他们不受那些被委以保存宫廷音乐传统之重任的人们所不得不遵循的成规的制约——往往按照自己的观念，对文本进行随意的改变。北宋以后从事文本研究的学者在文本保存方面受到的制约，与那些宫廷乐师们在保存文本方面所受到的制约相近，不过，如果以为徐陵（507—583）为了阅读的愉悦而编撰《玉台新咏》时也受到同样的制约，则是用后代的情况推断前人，是不符合历史实情的。

五世纪末六世纪初的评论和编选工作建立在丰富的手抄本文化的基础上。我们对这一手抄本文化的规模的了解，大多来自成书于七世纪初的《隋书·经籍志》，但该志包含着一部显然是来自梁朝（502—557）的文献目录。[1]

挚虞成书于三世纪晚期的《文章流别论》通常被认为是第一

---

[1]《隋书·经籍志》经部前之序言对这一时期的图书与目录编撰情况有一概括的描述（见中华书局1973年版，第906—908页）。尽管列出了无数的书籍，《经籍志》往往会对梁代版本加以特别的注明，有时还会同时注明其存佚情况。这表明隋志所录不只是当时仍有留存的书籍，它同时还记录以前文献目录有载但当时已不存的版本。

部文章总集。[1]目前所存只有总论与文体分类之片段，从这些片段中可看出它与后来的《文选》一样始于赋和诗。尽管挚虞的这部集子中肯定会收入各种不同形式的五言诗，[2]但从其现存的诗评来看，他对古老的四言体情有独钟：他不仅视四言为"正"，而且在其现存唯一的对具体诗作的评论中，他对王粲的五首诗称赞有加，这五首诗全都是四言。[3]该集完全有可能把那些被视为层次低俗的诗——包括所有那些无名的诗作——排除在外。对于挚虞所选诗文的内容，我们仅能从其现存的诗评中推知出一鳞半爪，而我们对处于《文章流别论》和《文选》二者之间的其它文集的内容，则几乎一无所知。我们只能推测说，随着五言诗这一形式在五世纪之声誉渐隆，这些文集中肯定收录有越来越多的五言诗。[4]

诗歌选集在《隋书·经籍志》中被专门归为一类。其中的头

---

[1] 关于与此大致同时的另一部文集《善文》，参见邓国光，《挚虞研究》（香港：学衡出版社，1990），第175—176页。同时可参见康达维（David Knechtges）《文选》英译第一卷。*Wen xuan or Selections of Refined Literature*. Volume One. Princeton：Princeton University Press，1982, pp. 3-4. 关于其它已佚的早期文集，参见傅刚，《昭明文选研究》（北京：中国社会科学出版社，2000），第17—100页。

[2] 参见邓国光，《挚虞研究》第174页所引颜延之（384—456）的评论；亦见郁沉、张明高，《魏晋南北朝文论选》（北京：人民文学出版社，1996），第273页。

[3] 参见《挚虞研究》，第185、191页。不过如果把颜延之《庭诰》所留存的片段理解为是在称赞归入李陵名下的那些诗，那么挚虞的集子中是选有五言诗的。参见《魏晋南北朝文论选》，第273页。

[4] 这类文集的标题很多都以"集"字开始，如《集林》，《集苑》，《集钞》，《集略》，这多半暗示它们取自有名有姓的作者留下的文集。同时，我们也不能否定傅刚《集林》"不仅是诗文总集，而且还收录了小说"的推测，参见其《昭明文选研究》，第40页。

第一章 "汉诗"与六朝

两部（《集雅篇》五卷、《靖恭堂颂》一卷）强烈地暗示着所选的是大概应该归于"颂"类的四言诗。第三部出自谢灵运（385—433）之手，显然成为后来诗选的基础。从其卷数及知名度来看，谢氏所选肯定大多是五言诗；独钟五言的钟嵘在其《诗品》序中提到该集，不过批评它所选太滥。[1]列在谢集之后的选集中有一部题为荀绰所编的五卷本《古今五言诗美文》。西晋有一个荀绰，是著名的学者，但别处并无记载他曾编选过这一部诗集。如果此书果真出自西晋晚期的荀绰之手，该集则是最早的五言诗集。但从书名可以推断，这一描述性的题目多半是后人加上去的：我们浏览一下隋志即可发现，文集的卷数和题目都会经常发生变化；这种情形正如僧佑在整理佛经文本时所言，"或一本数名，或一名数本。"[2]

紧接谢集以及从谢集所衍生的选集之后，我们看到一个颇为耐人寻味的题目：无名氏所编的《古诗集》。[3]该集可能收录了无名的"古诗"，但肯定也收录有三世纪——也许更晚——有名

---

[1] 谢灵运曾两度任职于秘阁，而钟嵘批评他见诗就收。隋志列出了很多似乎是以谢集为蓝本而编选的集子，有的是在谢集基础上的扩充，有的是其精选（从卷数的减少和标题中的"英"字来看）。由此可见其流行程度之一斑。把该集的出现与五世纪中期人们对早期诗歌表现出来的强烈兴趣联系在一起是一个诱人的可能：是在这一时期（五世纪中期），"古诗"的拟作在陆机之后时隔一个半世纪再次出现，与之相伴的是文人"乐府"数量的大增。

[2] 《全梁文》71.12b。

[3] 大多数文集都无法断定其准确的成书日期，只能根据其在隋志中的排列顺序来大致推断。铃木相信这本集子是无名"古诗"的来源（见其《汉魏诗的研究》，第301页）。但这一点根本无法确定；它有可能成于谢集之后。书共有九卷，因此其所收录应远比钟嵘所提到的五十九首"古诗"为多；这至少可以说明"古诗"一词并不限指那些无名的诗作。

有姓的"古"作者之作品。简言之，我们所知甚少，然而，我们确实知道 317 年晋室东渡时书籍损失巨大。[1]对秘阁中誊录的作品，其可信度我们比较有把握。然而，当秘阁藏书亡失，书籍必须从其它渠道重新搜集，我们的把握也就失去了。我们必须记住，在西晋陷落和北宋印刷文化兴起之间，皇家藏书机构遭受过的一次又一次损毁。

当利用这些文献目录材料来考察早期无名五言诗的可能来源时，我们注意到文献目录作出一个重要的区分："诗歌"集和与音乐传统有关的歌诗集（包括我们现在称之为乐府的材料）是分开排列的。当同样的材料分别以诗和乐府的形式出现时（这种情况常常发生），其间的区别也许并不是纯粹文学意义上的"文学体裁"的区别，而是不同的文本保存渠道所具有的成规方面的区

---

[1] 魏和西晋藏书近 30,000 卷，而东晋初仅存 3,014 卷（尽管后来又有一些得以重获）。据说刘裕在 420 年建立刘宋之前的北征中曾带回 4,000 卷。谢灵运任秘书监时，曾造四部目录，共 64,582 卷。这个数目不一定准确，而且，谢灵运也许连副本也计算在内（也就是说，他所编的是一份"清单"而非"书目"），因为在王俭于 473 年所编的目录中只列了 15,704 卷。一份南齐永明时期的目录开列了 18,010 卷，一份梁初的目录列出了 23,106 卷（见《隋书》，第 906—907 页）。如果把谢灵运的夸大数字排除在外，我们从上述数字中可以看到一个合理的增长曲线，显示出东晋抄录活动的活跃以及梁代书籍增长速度的加快。然而，亦可看出，即使梁代的藏书也还没有达到魏时馆藏清单所显示的规模。我们可以把这些数字与隋志所录放在一起比较——共 14,466 部，89,666 卷（见《隋书》，第 908 页）。其中的大部分并不属于文学类（别集只有 4,381 卷，各种总集 2,213 卷）。也就是说，只有百分之七稍多一点的作品与文学有关。如果这一比例也大致适用于早一些的时期，那么在晋室东渡时文学书籍幸存者很少（要是按隋志所录文学类书籍与非文学类书籍的比例计算，东晋之初幸存下来的文学作品只有 220 卷）；因此刘裕从北方带回来的那批书籍完全有可能成为五世纪对五言诗兴趣剧增的主要推动力。

别。当我们看到《古诗十九首》的第十五首("生年不满百")几乎一字不差地重新出现在乐府"西门行"中的时候,人们有时喜欢追问究竟是歌者因歌唱的需要而扩展了"古诗"还是"诗人"对流行的乐府进行了加工这样的问题。这样的问题是不符合历史实际,也无益于事的。相反地,我们也许可以换个角度去思考这个问题:同样的诗歌"材料"在不同类型的文本成规中得到了不同的实现。

与音乐传统有关的歌诗集,来自于对保存古老祭祀音乐和宫廷音乐所感到的兴趣,这种兴趣可谓源远流长。那些表面上看来出自"民间"的无名歌词现在备受珍惜,以前可能曾用于非正式场合的宫廷演奏,是出于保存的欲望而被收集起来的材料的一部分。无论这些无名乐府中的某些篇什是否真的来自"民间",我们应该记住的是,它们是作为一代代的宫廷传统而保存下来的。[1]

这类歌诗集的一个显著特征是不仅收录歌诗本身,而且还收录与歌诗有关的传闻,至少从《宋书·乐志》和《乐府诗集》所引像张永(410—475)《元嘉正声技录》、王僧虔(426—485)《技录》(或《伎录》)和智匠成书于586年的《古今乐录》来看是如此。[2] 这提醒我们注意到诗集与这类歌诗集之间一个根本性

---

[1] 铃木修次是少数不断提醒我们注意到这一点的学者之一。参见其《汉魏诗的研究》,第186页。

[2] 有关智匠和《古今乐录》,参见中津滨涉,《樂府詩集の研究》(东京:汲古书院,1970),第614—615页。《古今乐录》列于经部之"乐"类而非歌诗集类。应该指出,智匠编录此书并没有受到皇家音乐机构的制约;在568年成书之前,他所参照的很多材料来源都可能进行过大规模的加工整理。

区别：诗集是为了阅读的愉悦而编选的，而音乐传统中的歌诗集似乎旨在校正和保存宫廷音乐传统本身。毫无疑问，《宋书·乐志》——这种传统中唯一完整的现存早期材料来源——是出于保存的目的而编录的。这些歌诗集没有我们在一般诗集中所经常看到的那种标题：其中的"英"或"英华"暗示收录的作品是经过精心挑选的。六朝现存的两部文学总集皆成书于梁代，它们的确都把无名乐府和诗收录在一起（但《文选》中所收乐府寥寥无几）；然而，将它们与宋志加以对照，我们就会发现，在大多数情况下，当被收入文学总集中时，音乐传统中的歌诗都按照当时的文学趣味进行过加工整理。

传统上把无名作品分为"乐府"和"古诗"两大类；这一区分一直被视为一种"文类或文学体裁的区分"。但是，如我们在前面所说，二者之间的区别也许主要是由文本保存的不同渠道而造成的。如果我们看一看这些作品在其它早期材料来源中是如何被引用的，就会发现，乐府中的段落经常被当作"古诗"引用，而"古诗"中的段落也常常被当作乐府引用。[1]唯一重要的区别是，整齐的五言诗段落既可以被当作"乐府"也可以被当作"古诗"来引用，而杂言的段落则总是被当作乐府引用，或者当作其它歌诗类型的文体（杂言的段落也很少被引用）。另外，乐府和"古诗"命名的成规也不一样（尽管有的乐府也像"古诗"一样以首行为题），但这不过是命名的习惯和成规而已，早期诗作被

---

[1] 比如，《古诗十九首》中的大多数篇什在隋唐材料中经常被当作乐府引用。隋唐时代所能接触到的早期文本远比现在为多。即使我们将这一现象解释为当时的引用缺乏精确性，它仍然表明，直到唐代，乐府与古诗之间的界限仍然很模糊，人们不觉得其间的区别是有关一个文本的重要信息。

引用时常常以不同的题目出现。[1]

某些类型的文本（以某种角色的口吻作出的叙事）往往主要保存在乐府渠道中，但我们也可以看到类似的文本作为"诗"而得到保存。作品结尾处对听众的祝福语也许是职业歌手与乐府的标志；但在文本流动性很强的时代，它所显示出的只是一种文学表现的形式，这一形式被保存下来，要么出于准确记录歌手表演实际状况的愿望，要么只是对这一表演实践表示怀念的手势。众所周知，"乐府"一词所指非常宽泛，而某些五世纪首次出现的早期无名乐府与无名古诗的确并不重合。真正意义上的"文类"区分最后确实出现了；但那是一个缓慢的过程，也许始于三世纪末（远远早于作为后来意义上的"文类"的乐府观念的出现），但直到唐代才最后定型。

简言之，在我们有"诗"之前，先有"资料来源"。每一资料来源都反映了独特的偏好和成规。它们都带有文献性质，要么被其自我陈述所界定，要么被它们与其它同类作品的关系所界定。我们现有的早期文本，无不经过这些资料来源的中介。直到十二三世纪之交的《乐府诗集》和更晚的冯惟讷《古诗纪》（成书于1544—1557年之间）出现，才有致力于按照作品留存下来的本来面目去保存作品的文集的出现。然而，在这一后来的时刻与早期诗歌最初产生和流传的那个时刻之间，却横亘着一大片历

---

[1] "古诗"和乐府之间曾经存在着区别的最好例子也许可以在陆机对"古诗"的"拟作"及其（不带"拟"字的）乐府作品中找到。但其"驾言出北阙行"却构成一个难题：该篇是对《古诗十九首》第十三首（"驱车上东门"）的逐句模拟，但在《艺文类聚》和《乐府诗集》中却被视为乐府。这里的区别仅仅是命名成规和习惯上的区别。

史的空间。

"古诗"的经典化

生活在公元三世纪后期的陆机（261—303），显然对某些无名古诗极为赞赏，以至于决定对其加以模拟。如果陆机所模拟的就是其弟陆云（262—303）信中所言的"古五言诗",[1]那么陆机对古诗的赞赏就不只是其本人所独有，而是一种普遍的共识。然而，陆云对"古五言诗"一词的使用是描述性的，并非指涉一组特定文本的专名。使用"古诗"一词并且确信别人会明白其确切所指，这种情况的现存最早证据出现在刘义庆成书于430年左右的《世说新语》中。下面这则轶闻中所述之事，如果是真实的，其发生应该在公元四世纪后期：

> 王孝伯在京行散，至其弟王睹户前，问："古诗中何句为最？"睹思未答。孝伯咏"所遇无故物，焉得不速老"："此句为佳。"[2]

正如《世说新语》中大部分轶闻一样，我们无法肯定这件事确曾发生并且是以所讲述的方式发生的。然而，这一则轶闻的重要性

---

[1] 见第25页注[1]。
[2] 余嘉锡,《世说新语笺疏》（上海：上海古籍出版社,1993）,第276页。

在于它隐含了一个假定，即"古诗"一词的所指是人所共知的；而且，就形式而言，它与谢安问谢玄《诗经》中哪一节最好那一则故事完全相同。[1]"古诗"中的某组篇什已被作为一组固定的作品看待。[2]"古诗"一词曾经用来指称《诗经》中的诗篇，现在指称的则是"古五言诗"。不过，也应该指出，在《世说新语·文学》的一百零四则轶闻中，仅有四则涉及五言诗。[3]

虽然"古诗"作为一组特定的作品已为人所知并得到人们的欣赏，它们在诗歌文化史中却尚未获得一个特定的位置：它们只是模糊的"古"诗而已。当它们在五世纪初期被模拟时，它们得到"改善"，修辞层次拔高了一截，变得更加典雅。在公元五世纪，我们首次看到对诗歌历史发展的论述，这是从历史的角度去理解诗歌的开始。我们不知道谢灵运五世纪初颇具影响力的诗选到底收录了哪些作品，但从他的"邺中集"对建安诗人的模拟中，我们可以大致推知他与以前的诗之间的关系。[4]这是一组奇特的作品，谢灵运在序言中以曹丕的口吻说话，表面上看来是在模拟一组要不是有此

---

[1] 见余嘉锡，《世说新语笺疏》，第235页。
[2] 我们对"古诗"一词之所指乃那些无名的"古诗"已经习以为常，以至于当我们看到王孝伯从这些无名"古诗"中吟咏出某一句时，我们便假定他心中所想的便是我们所知道的那同一组作品。然而，同样有可能的是，王孝伯心中所想的乃某些并没有清晰界定的早期作品，他对所谓"最佳"的那句诗的选择完全是偶然的。
[3] 除上述王孝伯一则外，其余三则为"文学"篇第六十六、八十五和八十八则。后两则所涉及的作者几乎没有什么作品留存，也从没进入经典。第六十六则说的是系于曹植名下的著名的"七步诗"。另外还有一些概论西晋作家文风的条目，但其参照框架大概主要是他们的赋体或散体作品。
[4] 详情可参见梅家玲，《汉魏六朝文学新论：拟代与赠答篇》（台北：里仁书局，1997），第1—92页。

拟作的话我们便无从知道其存在的作品。[1]从这些拟作中可以看出，谢灵运是在以典型的五世纪初期诗人的方式进行写作：把早期诗作的句子和它们所关注的问题"翻译"成修辞层次典雅的新作，正如陆机在一个多世纪之前对无名"古诗"和乐府进行加工改写一样。下面是王粲原诗的开头部分，该诗是题为"七哀诗"的一组作品的第一首，写作年代大概是二世纪九十年代：

> 西京乱无象，豺虎方构患。
> 复弃中国去，远身适荆蛮。
> 亲戚对我悲，朋友相追攀。
> 出门无所见，白骨蔽平原。[2]

下面是谢灵运拟作的开头：

> 幽厉昔崩乱，桓灵今板荡。
> 伊洛既燎烟，函崤没无象。
> 整装辞秦川，秣马赴楚壤。
> 沮漳自可美，客心非外奖。
> 常叹诗人言，式微何由往。

---

[1] 也许启发谢灵运的是曹丕作于218年的"与吴质书"，在该信中曹丕谈到编选建安七子的作品集，他们大多于前一年的瘟疫中丧生。果真如此，谢氏的拟作是一个很好的例子，向我们显示出五世纪初人们对五言诗的特殊青睐，因为曹丕心中所想的可能并不是建安作者们的诗，而是其它的作品。

[2] 逯钦立，第365页。

> 上宰奉皇灵,侯伯咸宗长。[1]

这两首诗之间的差别不只是谢灵运在拟作插入了一些典故（这些典故无疑有助于原诗修辞的雅化），而且，他把原作的修辞层次大大地拔高了一截。随着拟作的继续进行，其修辞也变得越来越典雅。

然而，当我们接下来看到江淹（444—505）约作于五世纪后期的三十首"杂体"诗时，我们可以看到，诗人对个人风格和时代风格之间的差异有了更清楚的认识。下面是江淹所拟王粲诗的开头部分：

> 伊昔值世乱,秣马辞帝京。
> 既伤蔓草别,方知杕杜情。
> 崤函复丘墟,冀阙缅纵横。
> 倚棹泛泾渭,日暮山河清。
> 蟋蟀依桑野,严风吹枯茎。[2]

尽管江淹两次运用了《诗经》的典故，[3]但都使用得非常直接，而且与王粲原诗中使用典故的形式几乎完全相同。

这代表着人们对诗歌历史的理解发生的一个深刻变化。在江淹的三十首拟作中，除了一首之外，全都是对特定作者的仿真，按年代顺序排列。例外的是第一首，题为"古离别"。它似乎是对某首无名"古诗"的模拟，尽管我们也完全可以把它视为对某

---

[1] 逯钦立，第 1182 页。
[2] 逯钦立，第 1572 页。
[3] "蔓草"与"杕杜"之典分别见《郑风》"野有蔓草"和《唐风》"杕杜"。

首无名乐府的模拟。[1]在这里,为了解决一个形式上的难题,一个权宜之计首次进入了诗史叙事:在按照年代顺序排列的一系列诗作中,无名诗作被置于首位。它"古",因此似乎也应该最早,应该置于诗歌历史发展过程的开端。

江淹《杂体》之后,出现了钟嵘的《诗品》。我们不知道钟嵘的具体材料来源是什么,但他可能有机会接触到宫廷藏书,一些诸如隋志所记载的书籍(按:钟嵘之弟钟屿在516年开始参与大型皇家类书《华林遍略》的编撰)。他对无名乐府连提都没提,这也许暗示着它们还没有被正式认可为"诗"。然而,钟嵘对无名"古诗"却情有独钟,将其置于上品之首:

> 其体源出于国风。陆机所拟十四首,文温以丽,意悲而远,惊心动魄,可谓几乎一字千金。其外,"去者日以疏"四十五首,虽多哀怨,颇为总杂,旧疑是建安中曹王所制。"客从远方来","橘柚垂华实",亦为惊绝矣。人代冥灭,而清音独远,悲夫![2]

---

[1] "古"这个字在文学传统中所经历的变化很值得研究。在标准的汉代用法中——这一用法一直延续到齐梁——"古诗"指的是《诗经》中的诗篇。在五世纪中期王僧虔关于乐府的论述中,我们看到"古辞"是与知名作者所写的歌辞相对而言的(由于所有的"知名作者"都是魏朝皇室成员,我们必须考虑到下面这种可能性的存在:"古辞"一开始也许并不暗示作者无名,它可能包括了非皇室成员或平民的作品)。由于沈约也用过"古辞"一词,我们也许可以假定,它在研究乐府歌辞的学者那里已经成为一个专门的术语。接下来我们便有了江淹所模拟的这首"古离别",它被模棱两可地置于我们称之为"古诗"的篇什和乐府诗二者之间。

[2] 王叔岷,《钟嵘诗品笺证稿》(台北:中央研究院文史哲研究所中国文哲专刊,1992),第129页;曹旭,《诗品集注》(上海:上海古籍出版社,1994),第75页。

应该提到的是,《文选》所收的后来成为中国古典诗歌奠基性文本的《古诗十九首》的核心部分,在钟嵘的这段话里已基本成形。

钟嵘的评论告诉我们很多东西。首先,我们得知,在六世纪初,有一个收录了五十九首无名"古诗"的集子存在。从钟嵘的措辞可以看出,陆机所拟的十四首位于这一组诗的开头。[1] 陆机只模拟了一组"古诗"的开头十四首这一假定相当难以成立,因此,结论只能是:在这一集子里,某选家或抄手把陆机模拟过的那十四首放在了这五十九首"古诗"的最前面。换言之,是拟作引起了人们对原作的注意,使原作变得引人瞩目。如果现代读者大都只读原作而很少读陆机的拟作,我们不可忘记,这些所谓的原作是如何产生的。我们往往用年代先后顺序去思考古典诗歌发展的历史,找到其发展的连续性;然而,在古典诗歌传统的形成期,对连续性的确认是一个基础和前提,在这一基础上,某些特定的早期文本才得以引起人们注意,并通过引起注意而得到保存。

陆机所拟的十四首"古诗"中,有十二首被萧统收入其《古诗十九首》中,后者还包括钟嵘上面这段话所提到的三首"古诗"中的两首,以及上述《世说新语》轶闻中提到的那一首。[2] 也就

---

[1] "其外去者日以疏四十五首"这种说法给人的印象是,这四十五首诗是以"去者日以疏"为开始的。
[2] 在钟嵘提到的陆机十四首拟作中,萧统只收录了十二首;剩下的两首中一首仍存,是对《古诗十九首》第十三首("驱车上东门")的模拟。《文选》还收有陆机一首在《古诗十九首》中找不到对应作品的拟作:"兰若生春阳"。该诗在《玉台新咏》中被系于枚乘名下。我怀疑陆机拟作中佚失的那一首乃是对《古诗十九首》第十七首("孟冬寒气至")的模拟,因为后来刘铄对此诗也有拟作(见逯钦立,第 1215 页),刘氏拟作可能是对陆氏拟作的加工重写。上述《世说新语》轶闻中所引的两句诗出自萧统所录《古诗十九首》第十一首"回车驾言迈"。

是说,《文选》的十九首经典"古诗",其中有十五首,在《文选》收录以前,其价值已经得到普遍的认可。除此之外,《诗品》提到的五十九首"古诗"显然大部分不甚符合六世纪初期对"古诗"所持的观念和标准:如钟嵘所言,它们显得"总杂"。尽管我们必须非常小心,不要对这一类用语进行"过分解读",但"总杂"意味着不够纯粹,也就是说,里面混杂着一些"古诗"不应该有的东西。[1]这告诉我们:这位六世纪初期的批评家,头脑中对"古诗"应该是什么样有他自己固定的看法,他总是以某作品是否与他心目中的理想相符合为标准,来决定其取舍和品级。[2]大概没有比这更有力的证据,说明我们现有的"早期诗歌"是按照某种特殊的标准从一大堆材料中挑选出来的,打上了从事挑选的时代所特有的文化观和历史观的烙印。

其次是写作年代的问题。钟嵘告诉我们,过去有人怀疑"古诗"的写作年代在建安年间,但他自己并没有给出"古诗"的具体写作年代。在《诗品》序中,钟嵘重新申述了"古诗"作者不确定的看法,他推断说它们(大概是指五十九首古诗中那些较"纯粹"的作品)可能出自汉代,并否定了出自战国这一我们在别处没有见到过的假设。不过,有一点是清楚的:钟嵘不知道这些作品是什么

---

[1] 颜延之在谈到那组归入李陵名下的诗时也用了"总杂"一词:"总杂不类,[元]是假托,非尽陵制。"(《太平御览》卷586,第3页上,中华书局1960年影涵芬楼本)
[2] 我们不知道是哪些特征使得其余的"古诗"被钟嵘淘汰掉了。我们也许可以猜测说,这些诗显示出更精致的"文学创作"的特征。在此我们再次遇到把修辞层次之高下与文学史中发生的变化混为一谈的例子。在钟嵘的时代(在我们自己的时代也常常如此),修辞越缺乏雅致,越容易被视为属于更早(也更"纯粹")的时期。

时候写的；它们的作者和写作年代纯属臆测。钟嵘也许会坚持说它们是汉代作品，但判断的标准并不建立在传统或权威性抄本的基础上，而是建立在对其风格的评估上。这是根据与那些已知姓名作者的作品相比较而推断出来的，这种推断的前提是假定风格差异只有从文学史的角度才能得到最好的解释，风格差异被视为从简单发展到复杂的历史过程，而不是基本上共时存在的修辞层次上的差异。

《诗品》在上中下三品之内是按照作者的年代先后顺序排列的；《文选》在其每一文体类别之内也是采取了作者年代先后的排列顺序；《文心雕龙》的各个章节常常把涉及的作者和作品按年代先后顺序梳理一遍。年代顺序也主导着《玉台新咏》各个部分的作品排列。在这一时期，年代顺序——此乃谱系和文化史之基础——已经成为在组织结构材料方面最重要的概念框架，不管总体的组织结构是品级（如《诗品》）还是文体类型（如《文选》和《文心雕龙》）。而要确立年代顺序，作者姓名是必不可少的。如前面所说的江淹《杂体》所示，对于依照年代顺序排列的结构来说，年代不确定的无名文本是一个特殊的难题。它们既可以被放在最前面，也可以被放在最后面；不过，把它们放在一个按年代先后顺序排列的序列之首给人带来的印象，是它们比有名有姓的作者的作品要早。对"古诗"的这一印象一直延续至今。然而，如前所述，这只不过是为了解决一个形式上的难题而采取的权宜之计而已。[1]

---

[1] 李善意识到了由排列的先后顺序而带来的假定的优先性这一问题。他指出"古诗十九首"里提到了东汉的地名，并解释说："昭明已失其姓氏，故编在李陵之上。"诗中提到遭受劫难之前的洛阳，并不意味着就一定写于那个时代；它们指的是一个"诗歌的洛阳"，这个洛阳的某些地名也曾出现在一些写作年代可以确知在洛阳遭劫之后的作品中。而且，在魏和西晋定都洛阳时，洛阳肯定得到了重建。

从很多方面来说，《诗品》中这短短的一段话，最清晰地显示出六朝文人们是如何处理其手抄本遗产的。他们按照自己心目中诗歌"应该是什么样"的强烈意识对其加以挑选，有时甚至是改写。这并不是说，我们现有的文本不能真正代表早期诗歌；它只说明，我们现有的文本是经过了挑选和改造而来的，是一个庞大手抄本传统的一部分。这些材料的某些核心部分是真实的，但其确切的形式体制及写作年代则大有商榷的余地。

关于起源的故事种种

"古诗十九首"之选择和经典化，是从总体上建构文学史并且为五言诗这一五世纪的主导诗歌形式提供建安之前的来源这一宏大过程的关键组成部分。在齐梁之前，我们屡屡见到对作者的评价，但通常是从源流的角度（谁先，谁后）所做的比较判断。对诗歌进行历史描述的最早尝试发生在随着玄言诗的消退而引起的诗风转变的时期，见于檀道鸾的《续晋阳秋》。该著成于五世纪前期，早于我们将要讨论的江淹和沈约的作品。下面这一段主要谈论的是四世纪的玄言诗人许询：

> 询有才藻，善属文。自司马相如、王褒、扬雄诸贤，世尚赋颂，皆体则诗、骚，傍综百家之言。及至建安，而诗章大盛。逮乎西朝之末，潘、陆之徒虽时有质文，而宗归不异也。正始中，王弼、何晏好庄、老玄胜之谈，而世遂贵焉。

第一章 "汉诗"与六朝

> 至江左，李充尤盛。故郭璞五言始会合道家之言而韵之。询及太原孙绰转相祖尚，又加以三世之辞，而诗、骚之体尽矣。询绰并为一时文宗，自此作者悉体之。至义熙中，谢混始改。[1]

这代表着对诗歌在三至四世纪的发展的权威论述和共识，在五世纪末六世纪初的文学批评家那里得到不断的重复。上引这一段落主要是为了勾勒许询这位诗人出现的历史背景；我们将看到，沈约在《宋书·谢灵运传论》中有类似的描述，他的描述则主要是为了勾勒诗歌理论中的一个问题——声律——出现的历史背景。但是，在沈约对诗歌的历史发展更晚也更详细的叙述中，"诗"（可能指五言诗，但不能确定）始于建安。"古诗"（不管有多少）也许很流行，广为人知，但它们还没有成为诗歌史的组成部分。

　　文学史这一概念本身隐含着对风格和趣味之差异达到一种连贯的认识；对文学史抱有同情的理解，就必须接受价值观念的差异。在前面，我们曾比较谢灵运对建安诗人的模仿和江淹《杂体》拟作之间的差别：谢灵运并不打算重现建安诗人的风格；相反地，他根据自己对特定的建安诗人所处的情景和所关注的问题的理解，用典型的五世纪早期的浓重风格将其展现出来。对谢灵运来说，诗有自己的过去，但却没有历史。

　　而在五世纪后期，江淹则试图再现一系列众多不同风格中，

---

[1] 见余嘉锡，《世说新语笺疏》，第262页。按："至江左，李充尤盛"一作"至过江，佛理尤盛"。

因为作者不同、时代不同而产生的某种独特的风格。从谢灵运到江淹,我们看到在对诗的过去的理解上,发生了重要的变化;尽管江淹的系列拟作本身还不是一部诗歌史,但它们代表了诗歌史得以产生的前提条件。从江淹的《杂体》序言中可以看出,他是从文学史的角度构思其拟作的:"夫楚谣汉风,既非一骨;魏制晋造,固亦二体。"[1]在同一序言中,江淹还指出了文学史思想的另一个重要方面:读者不应只根据自身所处时代的标准作出判断,而必须对于审美趣味的变化和差异抱有理解和同情。也就是说,在某种意义上,江淹是在对当时的批评实践作出回应:他要求读者能够欣赏和理解不同时代不同风格的诗歌,而不要作出"彼优此劣"这样缺乏历史精神的价值判断。

当然了,价值判断和文学史叙事以及经典形成的过程十分接近——无论是对同一历史时期的作品的优劣所作的判断,还是对不同的历史时期本身所作的比较性判断。在一定程度的历史相对主义与作出价值判断的本能反映之间,存在着一种紧张的关系,终齐梁之世,一直存在于文学批评领域。在下面的一段话中,我们可以清楚地看到江淹序言所暗示的论点:

> 故蛾眉讵同貌,而俱动于魄;芳草宁共气,而皆悦于魂,不其然欤!至于世之诸贤,各滞所迷,莫不论甘而忌辛,好丹而非素。岂所谓通方广恕,好远兼爱者哉![2]

---

[1] 胡之骥,《江文通集汇注》(北京:中华书局,1984),第136页。
[2] 同上。

江淹一开始所举的例子，在"美色"和"芬芳"这两个类别里，建立起一个比较简单的差异模型（佳人虽美，但其美色各各不同；芳草都香，但其香味彼此相异）；他并没有表示我们对丑色和恶味也应该产生愉悦之情。但这段话第二部分所蕴涵的意思，却非常接近于提出我们甚至对丑色和恶味也应抱有同情和理解。他建议人们也应该能够欣赏苦涩的味道和朴质的色彩。在刘宋时代，人们爱好富丽精工、浓墨重彩的诗篇；在这里，江淹似乎是在力图抬高"朴质"的价值，也就是对早期诗歌相对而言的直白风格进行鼓吹。

* * *

在文学史叙事中，有时难以将古典诗歌的历史与更宽泛意义上的文学的历史区别开来。像檀道鸾一样，沈约在其完成于488年的《宋书·谢灵运传论》中，也从汉赋直接转到建安诗歌，而不考虑它们文体上的差别。[1]像檀道鸾一样，沈约对于诗歌的这一宏大文学史叙事也有其特殊的动机：沈约关注的主要是声律的问题，而声律主要是就五言诗来说的。正如沈约所认识到的那样，声律是五世纪末出现的新问题。它促使沈约从线性发展的角度去看待文学的过去：声律始于建安这一特殊的文学时代，但只是出于诗人追求和谐音声的本能，并非出于自觉；接下来的一段时期，是诗歌创作的沉沦期，然后是声律规则在当代的振兴。

在该传论的第一部分，沈约从《诗经》开始他的叙事，然后

---

[1] 文见《宋书》（北京：中华书局，1974），第1778—1779页。亦见《文选》卷50。

是楚辞,接着是汉赋,最后是建安。沈约显然是在非常宽泛的意义上谈论"诗作"的——尽管当谈到建安时,毫无疑问,他主要想到的是五言诗。[1]对建安的叙述构成了第二部分的基础,在第二部分,沈约论述诗歌——主要是五言诗——从建安到五世纪的历史发展。

在第三部分,沈约转向高下相间前后相应的声律原则。从他自身所处的正在发展系统声律规则的时代出发,沈约称赞建安诗人"无先觉"地达到了声律的和谐(他提到一些非常具体的五言诗作)。从建安到五世纪前半期之间的历史阶段,则是一个衰退的时期,是对本能达成的声律原则的背离——沈约认为这是诗所蒙受的损失,而他自己的时代将会对此损失加以弥补,而这一弥补是有意识、"有先觉"的。

此处值得注意的是,尽管声律的核心问题是和五言诗紧密联系在一起的,沈约却未对文体类型做过任何明确的区分。在他的叙述中,五言诗似乎没有起源;它在建安时期突然出现,取代了骚和赋的中心地位。

文体类型确实是大部分齐梁文学批评家所关注的问题。我们无法确定江淹《杂体》和沈约《传论》的年代先后,但在江淹的序言中,他承认"五言之兴,谅非复古"。然而,从他所模拟的具体作者及其作品,我们可以看到江淹心目中五言诗发展传承的大致轮廓:首先是前面提到过的无名"古离别",接下来是李陵

---

[1] 建安赋作在早些时候的文学话语中曾占据非常显赫的位置,但在沈约此处的叙述中却好像根本不存在一样。我们也许可以把檀道鸾所说的"诗章"简单地理解为"诗",那样的话,檀道鸾就也是在把抒情诗转视为建安时期具有代表性的文学样式。

(卒于公元前74年),班婕妤,曹丕(187—226),曹植(192—232),刘桢(卒于217年),王粲(177—217),然后是嵇康(223—262)和阮籍(210—263),最后是西晋诗人。

在江淹的这份名单中,可以发现很多有意思的问题。如前所论,在一个按年代先后顺序排列的序列中如何安置无名诗作所带来的形式上的难题,最终导致人们将其放在第一个有名有姓的作者——李陵——之前。[1]李陵组诗流传于五世纪前期,颜延之(384—456)已经对其中某些篇什的真伪提出了怀疑。这一组诗主要描写离别,也许是因为历史记载中他和苏武的著名离别场景才被人系于李陵名下。这组诗后来获得《赠苏武》的题目是很自然的。也许由于把这么多写于同一场合的离别诗系于一个人的名下显得有些不合常情,其中的一些诗最终被归于苏武名下,题目自然成了《赠李陵》。[2]这些诗使用无名乐府和"古诗"中常见的材料,但流露出作者接受过基本文学教育的明显痕迹。很难相信其中的某些作品会出自三世纪之前的作者之手。但是总算有一个有名有姓而且年代确定的历史人物,被人们拿来作为五言诗历史中的第一位诗人。

在江淹的名单中,紧接李陵之后的是公元前一世纪末期的班婕妤。只有一首诗系于她的名下,即所谓"团扇"诗。接下来,江淹直接转向四位建安诗人。如果说在沈约那里,建安是五言诗

---

[1] 由于钟嵘接受了李陵是那批诗的作者的说法,无名古诗就必须放在这些作品的前面。这也许是为什么在其序言中钟嵘不得不对无名古诗的年代上限作出限定,排除任何将其视为战国作品的企图。
[2] 后来,唐代的评注者们又从"苏武诗"中分出一些,作为他和妻子兄弟离别之作。

发展史中的第一个重要时刻,江淹则为这一时刻提供了建安以前的历史渊源——尽管从现在的角度来看,建安以前这段历史的三个时刻当中,至少有两个(李陵和班婕妤是其代表)似乎出现于建安之后,而第三个时刻(即无名"古诗")则没有作者,只是"古"而已。

沈约在其诗歌史叙事中,从建安直接转到年轻一代的西晋诗人潘岳(247—300)和陆机,对阮籍和嵇康闭口不提。江淹有一组诗专门模拟阮籍,而在其系列杂诗中,仿真的对象既包括阮籍也包括嵇康。我们也许可以简单地推断沈约认为阮籍不重要,但证据却完全相反:沈约曾专门评过阮籍的诗,其片段尚有留存。沈约为何将阮籍排除在诗歌史叙事之外?这个问题我们无法回答(在488年的语境中他忽略陶潜是可以理解的)。下一代文学评论家钟嵘则把阮籍置于上品。最好的解释也许是,对沈约来说,阮籍所代表的是表现于诗歌文本中的人格,值得专门对其加以评论,但在建立于声律和修辞基础之上的诗歌史叙事中却不值一提。在后来的时代,这一区别将会解体:阮籍在钟嵘那里、陶潜在萧统那里,都分别提升到了上等品级。在书志中与诗靠得很近但却被分别归属的无名乐府,首先是在《文选》那里,然后更大规模地在《玉台新咏》那里,似乎终于越过了二者之间的界限,进入到了文学性的"诗歌"领域之中。在齐梁,人们对诗的理解越来越宽泛,而这一过程所赖以立足的原则是江淹奠定的:如果人们不仅"好丹",也能"爱素",那么,人们就既可以看到风格"直白"的"古诗"和乐府的价值,也可以看到像阮籍和陶潜这类不那么讲求辞藻的诗人的价值。

显然,齐梁存在着关于诗——不管是"古"诗还是"今"

诗——的广泛的社会话语。这一社会话语的蛛丝马迹可以在很多不同类型的文本之中找到。值得注意的分歧和争论的确存在，但我们也看到了一定程度的共识——对于重要作者和文本的共识，尽管对如何解释其重要性可能众说纷纭，或者仅仅就相对价值产生意见分歧（"X的确重要，但没有Y那么重要"）。现在让我们转向刘勰和钟嵘，他们的作品都产生于为我们保存了那些经典文本的著名选集的编撰之前，都给出了完整的五言诗源起与发展史。

在这里，我们应该记住：至此还没有出现关于五言诗起源的叙述。有一系列文本在流传，人们逐渐将作者名字赋予这些文本，无名诗作似乎不费什么力气便获得了作者。人们觉得某一特定历史人物很适于做某首诗中的主人公，这非常接近把诗系于某作者名下的做法，以至于二者之间的转化不知不觉就完成了。随着大型五言诗集开始在五世纪出现，作者，无论是可靠的还是推测的，都将按照年代先后顺序被排列起来。构建文学史的材料，看来已经齐备了。

现在让我们看看刘勰《文心雕龙》的"明诗"篇。在这里，我们看到一个完整的五言诗史，包括对五言诗起源的讨论。下面这一段话紧接在对汉代其它诗体形式的讨论之后：

> 至成帝品录，三百余篇，朝章国采，亦云周备；[1]而辞人遗翰，莫见五言，所以李陵、班婕妤见疑于后代也。[2]按

---

[1] 这指以刘歆（？—公元23年）《七略》为基础修撰的《汉书》"艺文志"，它开列出314首"歌诗"。

[2] 我们前此提到颜延之对系于李陵名下的诗作作出质疑。对班婕妤"团扇"诗的怀疑，除了这里的记载之外，没有其它文本资料提到过。

召南行露，始肇半章，[1]孺子沧浪，亦有全曲。[2]暇豫优歌，远见春秋；[3]邪径童谣，近在成世；[4]阅时取证，则五言久矣。又古诗佳丽，或称枚叔，[5]其孤竹一篇，则傅毅之词，[6]比采而推，两汉之作也/乎。[7]观其结体散文，直而不野，婉转附物，怊怅切情，实五言之冠冕也。至于张衡怨篇，清典可味；[8]仙诗缓歌，雅有新声。[9]暨建安之初，五言腾涌，文帝陈思，纵辔以骋节；王徐应刘，望路而争驱。并怜风月，狎池苑，述恩荣，叙酣宴；慷慨以任气，磊落以使才，造怀指事，不求纤密之巧；驱辞逐貌，唯取昭晰之能；此其所同也。及正始明道，诗杂仙心，何晏之徒，率多浮浅。唯嵇志清峻，阮旨遥深，故能标焉。若乃应璩百一，独立不惧，辞谲义贞，亦魏之遗直也。晋世群才，稍入轻绮，张潘左陆，比肩诗衢，采缛于正始，力柔于建安，或析文以为妙，或流靡以自妍，此其大略也。[10]

---

[1] 《诗经》"行露"第二段有四句是五言。挚虞曾经引用，以证明五言诗由来已久。
[2] 见于《孟子》，也见于楚辞《渔父》篇。
[3] 指《国语·晋语》中优施唱的歌，四句中有三句是五言。
[4] 见《汉书》"五行志"。
[5] 枚乘死于公元前140年左右。钟嵘和萧统视所有的"古诗"为无名之作，但是《玉台新咏》里把一些"古诗"系于枚乘名下。
[6] 傅毅生活于公元一世纪。《古诗十九首》第八首被系在他名下仅见于此。
[7] 这里采用的是唐写本中使用的"也"字。但在流传下来的印本中，该句是以"乎"字结束的，令人以为刘勰怀疑这一年代的推断。详见后。
[8] 这首诗保存在后来的资料里，但那是一首四言诗，而这里刘勰一直都在谈论五言诗。
[9] 如果这里刘勰是在谈论张衡的作品，现存文献则都没有任何记载。
[10] 詹锳，《文心雕龙义证》（上海：上海古籍出版社，1989），第185—204页。

如果说文本和作者按照年代顺序排列是构成文学史叙事的基础，我们在这里看到的对五言诗起源的叙述中，建安之前作品的作者归属却大多有问题。就像在刘勰著作中有时会出现的情况那样，我们常常无法确定刘勰本人对这些问题的评估。

刘勰一开始便对李陵和班婕妤的作者归属提出质疑。这也许是他个人的质疑，但更可能是当时文学批评话语之中通行的。刘向所整理的皇家藏书目录收歌诗三百余篇，列入二十八个作者名下，这二十八人中，既不包括李陵，也不包括班婕妤。[1]五世纪早期，颜延之以写作风格为标准，对李陵诗中某些篇什的真伪提出过怀疑；然而，刘勰此处的批评却是针对李陵诗的整体而言的。由于刘勰稍后又提出了与该批评相冲突的观点，我们无从得知他究竟是怎么看待这一批评的；但这是他唯一提及李陵和班婕妤的地方。

接下来，刘勰举出了很早以前即已存在五言的证据——也许是在回应江淹五言"谅非复古"的说法——像挚虞那样，把各种杂言诗句的起源都追溯到《诗经》。刘勰自己也知道，在杂言形式的古诗歌中找到五言诗句不足为奇；而且，他所举的先秦时期的三个例子，在音节和风格上都显然与他所讨论的五言诗不同。

接下来是无名"古诗"。在此我们第一次看到"古诗"被归入枚乘名下——在李陵之前。这一说法为徐陵的《玉台新咏》所

---

[1] 当代学者也许可以轻易地否定这一批评，因为五言在当时的地位非常低，因此几乎没有可能收入皇家藏书。然而，对刘勰来说，这却会是一个非常有分量的批评。

接受。江淹没有模拟枚乘,这一事实说明:要么他没把这一说法当真,要么当时还没有这一说法。[1]刘勰提到了枚乘,但他没有说明人们认为所有古诗都是枚乘所作还是认为枚乘只写了其中某些篇什(如《玉台新咏》中的篇什)。刘勰本人对此的看法也不清楚。接下来他说傅毅乃《古诗十九首》第八首("冉冉孤生竹")的作者,但我们同样无法得知这是刘勰本人的看法,还是他在陈述别人的看法。简言之,所有早期作者的名字都被提到,但都说得不明不白,含含糊糊。

刘勰终于表达了自己的看法,尽管是建立在推测的基础之上("比采而推之")。但不幸的是,任何得到清晰明确表述的希望都立即消失得无影无踪,其原因是刘勰本人所无法控制的。因此我们便面临一个文本的难题:该句结尾处的异文("两汉之作也/乎"),使得整个句子既可作肯定理解,也可理解为语气不确定。后来的批评家非常希望刘勰对于"古诗"出自汉代加以确定(有些版本甚至在句子的开头加一个"固"字以加重肯定的语气),然而,通行的版本却都是以疑问词结束的。如果接受疑问词"乎",我们既可以将其理解为一个带有轻微反问语气的感叹句,表示对汉代日期的赞同;也可以将其理解为真正的疑问句,表示对汉代日期的怀疑。这样一种语法上十分自然的读法,或可以与

---

[1] 把"古诗"归入枚乘名下这一做法本身即显示出其晚出:它似乎遵循的是这样一个顺序,无名"古诗"排在最前面,接下来是李陵等有名姓的作者。无名诗作对当代作家和批评家们有磁石般的吸引力,他们肯定会想方设法为其找到比李陵更早的作者(除了那些相信其作于建安时期的人以外)。司马相如曾服务于武帝,因此他显得与李陵靠得有点儿太近了(尽管武帝在位时间之长可以拉开先后之时间距离)。这样一来,西汉早期著名文人就只剩下贾谊和枚乘了,二者之中,形象比较模糊的枚乘便成了更好的选择。

钟嵘所引述的认为"古诗"乃建安时期曹氏父子或王粲所作的说法相呼应。[1] 不过，如果刘勰是在以一种非常巧妙的方式表达自己对"古诗"的早期断代的怀疑，那么他的怀疑很快就被后人的解释消解掉了。

有一点我们确实知道得很清楚。无名"古诗"遭到了沈约的忽视，在江淹那里也只是被模拟的第一种诗歌"形式"（没有出现"古诗"这一类名），但在刘勰那里，却已经获得了与建安诗作同样的经典地位：它们被视为"五言之冠冕"。在刘勰那里，只有"古诗"和建安诗人获得了毫无保留的赞许（获得刘勰赞赏的还有魏代的嵇康和阮籍，但赞美程度不如前二者）。

对五言诗起源的下一个重要叙述，可以在《文心雕龙》之后不久出现的钟嵘《诗品》序言中看到。这一叙述以直线型的形式完整地出现在钟嵘的总序以及零散地出现在其对具体诗人的评论之中。不幸的是，序言和正文中的说法有时相互矛盾，特别是就三世纪之前的早期作品而言。下面这一段话选自总序：

> 逮汉李陵，始著五言之目矣。古诗眇邈，人世难详，推其文体，固是炎汉之制，非衰周之倡也。自王扬枚马之徒，词赋竞爽，而吟咏靡闻。从李都尉迄班婕妤，将百年间，有妇人焉，一人而已。诗人之风，顿已缺丧。东京二百载中，惟有班固咏史，质木无文。降及建安，曹公父子，笃好斯文。平原兄弟，郁为文栋。刘桢王粲，为其羽翼。次有攀龙

---

[1] 从技术上说，建安仍然属于汉朝，但它一般都被视为一个独立的时期，而不包括在"两汉"这一极为宽泛的名称之下。

托凤,自致于属车者,盖将百计。彬彬之盛,大备于时矣。尔后陵迟衰微,迄于有晋。太康中,三张二陆两潘一左,勃尔复兴,踵武前王,风流未沫,亦文章之中兴也。[1]

如果说刘勰在处理建安前五言诗的作者归属问题时仍然显得小心翼翼的话,钟嵘则对李陵和班婕妤的作者归属确信不疑。然而,信念产生了一个新的问题:钟嵘想写五言诗的历史,但作者姓名太少了。对于李陵之后的西汉,以及整个东汉,他感到一种"恐白"(horror vacui,对空白的恐惧)。他提到班婕妤和班固,这两个名字是唯一的——而且我们应该指出:每人名下都只有一首诗。钟嵘的确毫不含糊地断定无名"古诗"乃"炎汉之制",但他的序在从李陵到建安之间的三百年中,只给我们留下了两位有名有姓的诗人和两首诗。

《诗品》正文稍微弥补了这一空缺,尽管这样一来,和序言发生了很多冲突。[2] 在正文中,班固被评为下品,与另外两位东汉末年的诗人郦炎和赵壹放在一起。这两个人序言中都没有提到,两人的诗都质木无文,之所以被收入显然只是为了凑数而已。秦嘉的妻子徐淑被放在中品,但在序言中也没有提到她。[3]

---

[1] 王叔岷,《钟嵘诗品笺证稿》,第50—62页;曹旭,《诗品集注》,第8—23页。

[2] 冲突之一发生在魏这个时期。序言用"陵迟衰微"来描述魏,因此才有后来西晋的"复兴"之说。但在正文中属于这一时期的阮籍却被放在上品,嵇康被放在中品。在序言末尾处,在钟嵘列出的他所认为佳作的名单中,也包括阮籍的"咏怀",而被其称为"一字千金"的"古诗"却一首也没有列入。

[3] 秦嘉的例子很耐人寻味。我们有理由相信,钟嵘只知道系于徐淑名下的那首诗,他的评论也是针对那首诗而发的。《玉台新咏》中所收的几首"秦嘉诗"有可能是作于《诗品》之后以补其缺的。

不过这样一来，尽管东汉也许仍然显得有些空落，但它已经有了大约六首诗，而不是一首。

钟嵘拾起刘勰提出的很多问题。钟嵘很有可能读到过刘勰对五言诗早期历史的叙述；但与其将钟嵘的评论视为对刘勰的直接响应，不如把他们的议论视为对有关诗及诗史的当代话语的共同参与。刘勰注意到五言诗没有收入西汉皇家藏书目录之中；钟嵘列出了西汉著名词赋作家的名单，但说其"吟咏靡闻"。枚乘的名字只出现在词赋作者的名单之中。认为钟嵘不知道有人将"古诗"归入枚乘名下是令人难以相信的；显然，他认为这样的说法不值一提。他对归入李陵名下的那些诗深信不疑，尽管他对李陵的赞许是有保留的，认为李陵诗之所以动人主要是由于他的悲惨遭遇（"使陵不遭辛苦，其文何能至此"）；[1] 换句话说，他认为李陵并不具有很高的文学才能。

虽然钟嵘在其序中提到"古诗"是在谈到李陵之后（他需要一个明确的日期作为五言诗的起源），在正文中他对"古诗"的评价却放在最开始处。序言毫不含糊地把"古诗"断为汉代（而且大概是西汉）之作；在正文中，他引述了它们出自曹氏父子和王粲之手的说法，但对二者孰是孰非未下结论。紧接其后的是班婕妤的诗，钟嵘为材料单薄所困扰，但对班婕妤的作者身份未予置疑。

和刘勰一样，钟嵘也举了一首五言诗来代表东汉。班固的《咏史》之所以取代了张衡的《怨诗》（刘勰所举的东汉的例子），也许是因为张衡的诗是四言体。钟嵘接下来跳过了整整一

---

[1] 王叔岷，《钟嵘诗品笺证稿》，第140页；曹旭，《诗品集注》，第88页。

个世纪,一下子来到了建安,他对这一时期的诗的由衷赞赏与刘勰无异。

"经典"是由那些其价值人人都认同的文本和作者构成的——尽管对其价值的阐释可能不一样。就此而言,"古诗"和主要建安诗人的作品确实已经成了经典之作。[1]在建安之后,我们看到刘勰和钟嵘的叙述出现了真正的分歧。对刘勰而言,这是一个衰落的时期,只有嵇康和阮籍的作品才在一片衰微之中现出一点亮色;西晋的情形则更为糟糕。对钟嵘来说,魏是"陵迟衰微"的时期,但西晋却是对建安的复兴(西晋诗人有四位被钟嵘置于上品)。萧统显然接受的是钟嵘的观点。

就经典之建构而言,阮籍是很有意思的例子。他已经成了"名家"之一。对刘勰而言,"名家"必须是文学史叙述的中心组成部分:魏代诗人总体而言很卑弱,但阮籍(与嵇康和应璩一道)的伟大却拯救了整个时代。这个时期之所以从总体上而言比不上建安,正因为建安作者个个都具有天才,而魏则是一个有少数特立之才子、但总体上却很平庸的时代。钟嵘的序言却恰好与此相反,它给出的是时代精神而非个人天才的叙事。他也许完全不同意刘勰对于西晋的看法,但两位批评家对魏的看法在本质上是一致的。对钟嵘来说,对阮籍价值的确认,必须置于其他名人和名作的环境中才能进行;尽管他是那一时代最好的诗人,在钟嵘的处理中,他对那一时代的诗歌发展史而言却不是中心。

---

[1] 除了《世说新语》中提到的那则轶闻之外,五世纪出现了对"古诗"的拟作这一事实也许显示出它们已经得到看重;然而,我们之所以知道五世纪有拟作是由于有《文选》和《玉台新咏》的存在,而此时"古诗"的地位已经正式确立。

第一章 "汉诗"与六朝

* * *

尽管这两位批评家之间存在着差异,他们的共同之处也不少;从他们同时代人对早期诗歌的评论来判断,钟、刘二人的共同之处实际上也是六世纪初建康的文化精英们的共识。在试图对五言诗的早期历史发展做出描述时,有一系列被经典化了的作者姓名是必须被提到的,包括建安以前的诗人。

在说完"古诗",接下来谈到东汉时,刘勰似乎比以前自信多了。他毫不迟疑地把"怨篇"系于张衡名下;然而,"怨篇"——至少就其现存的版本而言——却是四言体(该体在东汉有很多例子)。张衡诗之列入,正如钟嵘之列入班固诗一样,是为了试图填补江淹所留下的从班婕妤到建安之间长达二百余年的空白。

"恐白"在此是个有用的概念。由于害怕留下空白,因此便要想方设法进行填补。五言诗的早期历史太单薄了(这种单薄不足为奇——假如我们意识到:我们处理的不是某种文体的真正历史,而只是寥寥几首被系于早期作者名下的晚期诗作)。于是人们不断把现有的诗系于知名作者的名下,来填补这一空白。也许曾经一度不甚为人所知的系名,现在被赋予了显要的位置。我们知道班固的《咏史》在沈约的时代即已为人所知,因为陆厥在他写给沈约的书信中,以称赏的语气提到了它。除班固之外,钟嵘还加上了徐淑、郦炎和赵壹。在这些人之中,郦炎和赵壹的作品可确信是东汉作品,但如前所述,其质量如此平庸,可以看出钟嵘别无选择,在尽可能地网罗进他所能网罗到的所有东汉五言诗。假使这些诗是写于公元三世纪中期之后的,这样的诗和诗人在钟嵘的下品中都根本不会有什么位置。

这里的过程十分明显。评论家和选家们在搜寻当时存在的所有记录，试图找出一系列建安以前的诗人和作品来。无名"古诗"再也不可能是建安之作，只因为别的地方——一个更早的时期——更需要它们。尽管接受了李陵诗的真实性，萧统在处理有问题的作品时，总的来说还是很谨慎的，而且，没有收录那些质量低劣但可确信为东汉时期的五言作品。

然而，在编纂《玉台新咏》时，徐陵却没有感到谨慎从事的必要。他编这部诗集毕竟只是为了阅读的愉悦。这部集子为建安提供了一个丰满的历史。被认为是建安之前的作品几乎占了整整一卷的篇幅：无名"古诗"和所谓的"枚乘诗"，无名乐府，班婕妤的"团扇"诗，以及一首现已归于苏武名下的李陵诗。李延年的"李夫人歌"录自《汉书》。一首五言艳诗（《同声歌》）被匪夷所思地系于张衡名下；秦嘉与徐淑之间的赠答诗现在有了完整的一组（秦嘉的诗很可能是专门为该集而作的）；《饮马长城窟行》不再像《文选》中那样是无名作品，现在成了蔡邕的作品。此外再加上两首相当迷人的歌谣，被系于两个仅此一见的"汉代"作家辛延年和宋子侯名下。[1] 最后是长篇叙事诗《古诗为焦仲卿妻作》，其成篇年代聚讼纷纭，但现有的版本很可能出自六朝时期。以前的早期五言诗作品少得可怜，现在却一下子出现了这许多——其中不少似乎是近作，是一个诗歌极大丰富的时代对一个诗歌短缺的时代做出的慷慨捐赠。这些诗相当大的一部

---

[1] 在《烽火与流星》一书中，田晓菲指出，除一些日期不明的南朝乐府而外，"春暮落花"的主题直到五六世纪才开始大量集中地在诗中出现。由于这一主题出现在宋子侯的《董娇娆》中，我们有理由怀疑该篇乃齐梁之作。

分从此一直保存在每一部早期诗歌的现代选本中,而且几乎总是以同样的顺序出现。空白消失了,取而代之的是"经典"。

我们确实拥有了一个"历史",但这段历史却不是关于建安以前的五言诗的;我们发现的这段历史,实际上发生于488年《宋书》之完成与大约半个世纪后《玉台新咏》之编撰这二者之间。在488年,五言诗的历史还不成其为一个问题。当时存在着广义上的"美文"的宏观历史,五言诗乃是这一宏观历史的最后阶段,这一阶段开启了诗歌的第二层历史,这第二层历史以五言诗为主。但对沈约来说,建安并不存在重要的前史。

江淹对著名五言诗的拟作是按年代先后顺序排列的,因此不得不把当时流传的一些著名诗篇和无名"古诗"被系于早期作者名下这一事实加以认真对待。这不是建安之前五言诗的真正历史,仅仅是把作品按年代顺序排列这一做法所必然带来的结果而已。刘勰的确想写一部简短的五言诗史,但建安之前的作品有太多不确定因素。他唯一能够确定的是,"古诗"和建安诗人同等重要。钟嵘添加了一些作者的名字,并且确认了刘勰所怀疑的那些作者归属的可靠性。徐陵加入形形色色的无名诗以及相当数量的有名有姓诗人的作品,最终完成了建构经典的任务。这一经典文本系列一直延续到今天。

* * *

六朝文学选集与文学评论作品,保存、整理,也许还在很大程度上修订了存留于手抄本中的一批经过选择的早期诗歌材料。后人接受了这一时期所选择的材料,并在此基础上完成了他们自己对所谓"汉魏"诗歌的更详细的叙事。明代中期,无名乐府和曹操(被钟嵘作为"古直"的代表而列入下品)获得了经典的地位,[1]而对于李陵和班婕妤作者身份的信念则一落千丈。文学史就像是排队:无名"古诗"曾经站在可以约略编年的李陵和班婕妤诗作之前,但是当李陵和班婕妤的作者身份失去信誉之后,无名"古诗"被置于东汉,作为建安之前的五言诗里程碑。同时,无名乐府进入队列,占据了一个更靠前的位置。[2]这一基本序列保存在所有的选本、教科书和文学史之中,似乎已是毋庸置疑的历史事实。人们从这一序列之中,建构出了一个关于文学史和文化史的习惯性的叙事:诗歌在一开始的时候简单、直接、来自"民间"——这也就是西汉或者东汉早期的无名乐府;紧接其后的,是东汉晚期由不知名的文人所创作的更规整的作品,即"古诗";在此基础之上,建安诗人建构起了一座更具文学色彩然而同样充满活力的诗歌大厦。这一现代的标准叙事就很多方面而言是对齐梁批评家们的重新表述,也就是说,诗一开始很单纯质朴,后来变得越来越复杂和华美。

虽然无名诗的写作年代在长达数世纪的时间范围内游移不定,上述假定的序列却很稳定。值得注意的是,我们根本找不到任何——除了五世纪的猜测之外——表明无名"古诗"的年代早于建安的确凿证据。无名乐府乃汉人所作的早期证据,除了一些对特定歌谣的来源所作的异想天开的推测之外,是沈约的一段简短的话,这段话值得我们仔细玩味:

凡乐章古词,今之存者,并汉世街陌谣讴。江南可采

---

[1] 王叔岷,《钟嵘诗品笺证稿》,第324页;曹旭,《诗品集注》,第362页。
[2] 但应该指出在《玉台新咏》中无名"古诗"排在无名乐府之前。

第一章 "汉诗"与六朝

莲,乌生十五子,〔1〕白头吟之属是也。〔2〕

这的确只是沈约的"声称"——我们对这一"声称"的覆盖面及其根据都无法确定。〔3〕和他对仪礼歌辞的历史所做的细致而广泛的记录(保存了所有的题目和年代)相比,这一段落显得异常含混不清(比如"之属"这类措辞的使用)。如果是一样他所确知的事实,沈约通常会明确提到,比如在谈到荀勖的"清商三调歌诗"时。沈约此处的声称所引起的问题远比其所能回答的问题要多;如果据此将所有被视为"古词"的作品都断为两汉四百余年间所作,那是极为草率的。〔4〕即

---

〔1〕 这里所引是原文。后来的编者要么想去掉这里的"子"字,将其分为《乌生》和《十五》两篇(《技录》曾提及《十五》,但沈约没有收,见《宋书》第561页校勘记14);要么想把"十五"换成"八九",使标题变成"乌生八九子",这是该乐府诗的第一句。见苏晋仁、萧炼子,《宋书乐志校注》(济南:齐鲁书社,1982),第59、62页。

〔2〕 《宋书》,第549页。

〔3〕 参见增田清秀《樂府の歴史的研究》(东京:创文社,1975)第79—83页对此作出的细致讨论。增田认为对这一段落的解释有误。然而,他所感兴趣的是"相和歌辞"这一类别,认为民间音乐在魏明帝时曾被收集加工而用于宫廷演奏。

〔4〕 我们要问的第一个问题是:沈约是如何知道的?他也许只是在沿袭"传统说法",但在此处,我们不知道"传统"是某种延续下来的描述,抑或只是用来解说早期文本的一种模糊的方式。这把我们带回到前面讨论过的由作品无名性所引起的形式上的难题:这是不是在一个其它文本大都已按朝代标明的集子中,用来解释"古"这一用语的一种特殊方式?我们必须将这段话放在《乐志》的上下文中来看,而《乐志》主要用于保存处于最高修辞层次的仪礼文本。既然作者的目的是照原样保存他所见到的传统宫廷阅读抄本(包括那些根本无法阅读甚至无法标点的材料),我们要问:这些诗在此究竟起到什么作用,我们该怎样去评价它们?显然是世俗性的文本为何出现在祭祀仪礼文本之中?"古"成了用来证明它们的存在合理性的因素。"街陌谣讴"引起《诗经》采风的联想,可以解释这些文本与祭祀仪礼歌辞之间的区别。它们确实看起来好像是通俗歌谣,但我们无法确知它们是什么时候进入宫廷文本系统的。

使我们把沈约此处所说的理解为声称《乐志》中收录的所有"古词"都是汉世之作（无论我们是否相信这一点），那也并不意味着其它材料中被称为"古词"的作品也应被视为汉代作品。[1]

* * *

  对古典诗歌早期发展史的通行叙述跨越了好几个世纪的空间，但其所根据的文本实际上有可能全部来自同一个时期。其历史发展的序列有可能真的像一般所描述的那样，但也有可能比一般所描述的要复杂得多。同样有可能的是，所有这些材料都大致来自同一个时期，也即三世纪前期。然而，有一点是很清楚的，那就是，修辞等级的差异，本来暗示了阶级、教育程度和表现方式方面的差异，被转换为一个具有时间先后的历史顺序，在这一顺序中，用修辞层次较低的语言风格写成的作品，被认为早于那些修辞层次较高的作品。在这里，我们并没有任何关于真实的历史演变的证据；相反，我们看到的只是一种信念：对于文学史发展过程的信念（相信文学从简单发展到复杂，由质朴发展到文雅）。正是这种信念，把根本无法断定年代的诗歌材料，排列为一个历史发展过程。

  当然了，在社会上层人士的诗歌写作实践中，我们的确可以看到公元三世纪的诗歌语言大致经历了一个修辞越来越讲究的过程。然而，这并不意味着用修辞层次较低的语言所写的诗歌就此消失了，并不意味着它们已经完全被修辞层次较高的诗歌所"取代"了。相反，我们有充分的证据表明，用修辞层次较低的语言

---

[1] 该词在类书中的使用非常含混，更不用说在音乐歌诗材料中的使用了。

写作的诗歌，一直贯穿于整个三世纪的文学写作之中。

* * *

为无名诗歌确定写作年代方面的根本性问题，引发了一系列同等有效的其它问题，它们使得对古典诗歌起源的叙事变得确然问题重重。这些问题大部分我们无法提供很好的回答，但我们有充分的文本证据，使我们得以继续保持这些问题的开放性，继续把它们作为有效的问题加以看待。早期诗歌文本究竟有多稳定？我们看到无数异文，看到同一个文本以多种不同的"版本"存在。增减几个对句，或者使用不同的诗行，似乎都是家常便饭，不仅后期的抄本如此，六世纪之前的文本传统也同样如此。有充分的证据表明在《玉台新咏》和郭茂倩《乐府诗集》所引用的材料中，某些文本进行过加工，以适合当代的诗歌标准。我们可以拿它们和沈约《乐志》中的"版本"进行对比。如果这在有《宋书》"版本"进行对比的一小部分歌诗里是常见的情景，那么，《玉台新咏》和《乐府诗集》中那些没有其它版本可供对比的早期作品又该如何呢？在上面的讨论中，我们已经看到"古诗"是如何被经典化的；某些无名乐府到后来也成了经典作品。但我们不可忘记，这些文本存在着不同的"版本"，它们被加工改造，以适应它们不同的保存渠道各自所有的规范和标准，即使在六世纪初期已经如此。

早期诗歌中"作者"的性质是什么？当然，有某些产生于特殊场合的作品使我们相信其作者归属的真实性；然而，我们必须考虑到，还有一种假借他人之口所作的诗，诗中的说话者也在一个特定场景下说话，但却不是诗的作者。直觉性地感到某个知名的诗人很适于做一首无名诗作的作者，和把这一无名诗作系于那个作者的名下，这二者之间存在着微妙的界线。一个突出的例子是曹植。人们不断把诗系在他的名下，以至于他的诗集不断地膨胀。同一首诗被归到不同作者名下的例子屡见不鲜。我们或许永远无法确知早期诗歌的真正作者归属，而在一个文本不断发生变化的时代，作者归属的问题也许原本就是不相干的。[1]

我们还必须提出与书写有关的问题。哪些东西被书写了下来，什么时候，为什么？文本是直接书写下来的，还是从口头记诵转写下来的？在抄写文本时，人们是不是很细心？我们知道洛阳的手抄本在南渡时只有很少的一部分被带到了建康。从这批文本中，六朝的选家们挑选了哪些？他们又是在多大程度上对所选的文本进行加工，使它们符合心目中差异和变化的标准？

我们必须对中国古典诗歌在三世纪及更早之前的起源叙事做出全新的思考。这些问题经常遭到忽视，然而却是非常重要的问题，值得我们提出。与此同时，我们应避免在证据不足的情况下作出绝对的结论。我们不应根据作者归属和写作年代无法确定的文本来编写文学史，也不应该在根本不存在明确文体区分的情况下对文体类型作出界定。相反，我们必须把现有的材料视为一个庞大得多的歌诗世界所遗留下来的一点点蛛丝马迹——这些蛛丝

---

[1] 参见傅汉思（Hans Frankel），《曹植作品的真伪问题》，《冯平山图书馆金禧纪念论文集》，陈炳良等编辑（香港中文大学出版社，1982），第183—201页。

马迹在保存过程中经过了后人的中介——看看这些蛛丝马迹究竟能够告诉我们一些什么。

* * *

每一个唐前文本,都必须就其资料来源进行考察。每一资料来源都有其特征,有其自身动机,这些动机决定着文本的选择,也决定着文本的形式。这并不是说其中的某些文本不能代表一种可以上溯到汉魏的准确的抄本源流,问题是我们对其一无所知。

《宋书·乐志》并不为读者"选"诗,它旨在保存。它保存了宫廷音乐的材料,既包括祭祀文本也包括世俗文本。《乐志》弥足珍贵,因为它保存了来自表演传统的文本,连同文本中所存在的问题以及表演的痕迹一起保留了下来,没有使文本去适应公元五世纪和六世纪"诗"的观念。[1]它包含着手抄本传播之不能避免的种种问题:同音字,错位,丢落的韵脚,漏字,还有问题太多、意义难通以至于根本无法标点的文本(这最后一点是中国手抄本文化独有的现象)。须知这是宫廷诗歌传统,在对待文本的小心慎重方面,在可能的文本保存方面,已有很长的历史。要是连宫廷诗歌抄本都是如此,我们不禁要问宫廷之外的诗歌抄本

---

[1] 对《乐志》的任何解读,都必须把它对保存宫廷歌诗的兴趣,放在沈约所承认的变化和损失的语境中加以考虑。对于沈约是从何处、又是出于什么样的偶然机会得到这些文本的,我们只能依靠猜测。在一部以宫廷仪礼音乐为主的书志里,为何可以看到曹操和曹丕的社交性诗作,而看不到王粲的《安世诗》?王粲的这些诗作,如沈约所言,"今亡"(苏晋仁等,《宋书乐志校注》,第21页)。即使在人们迫切希望保存这类文本的情况下,很多沈约所提到的具有仪礼重要性的篇什还是亡佚了,这使我们不由要发问:我们现有的文本为什么得以保存下来?

又该如何。

每一重要的资料来源都是独特的。《文选》选择文本是为了代表"最高"的文学成就,用具体例证来展现传统;萧统也许接受了诸如钟嵘这样的批评家对无名"古诗"的评价,但他显然属于那种对保存完好的文本情有独钟的人。如果我们相信它的序言(没有理由不相信),《玉台新咏》选择文本的根据,是它们能否带来阅读的愉悦。我们不知道智匠568年的《古今乐录》里面收录了些什么;由于这一著作常被郭茂倩引用,我们推测其内容被抄入了《乐府诗集》,它似乎是《宋书》中没有收录的许多早期无名乐府最可能的资料来源。从总体上说,这些乐府比《宋书》所录在文本方面的问题要少;这也许正说明它们受到了六世纪文学观念的影响而遭到编辑整理,同时也反映出在收录它们的时候,编者不必像沈约那样不得不完全依照原样抄录所见的文本,而具有一定程度的整编自由。我们还应该提到唐代的《古文苑》,它从保存到唐代的手抄本中作出自己的取舍,包括一些被六世纪选家所忽略的"古诗"和李陵诗。

隋唐类书如虞世南(558—638)的《北堂书钞》,欧阳询(557—641)的《艺文类聚》和徐坚(659—729)的《初学记》,以及李善的文选注,既有极高的价值,也存在很多问题。其编者仍然可以接触到早期的抄本,包括保存在北方的一批其范围我们无从得知的材料。他们选择文本的动机(为类书条目提供范例和注疏时的征引)与文学选集的编者大不一样,也保存了许多别处没有保存的文本。他们有时抄录得不很细心,而且往往只是给出片段和节录,目的只是提供适合他们需要的范例。但同时,这些材料却没有像那些被编辑整理所中介过的文本那样动辄受到"校正"。到了近代,这类"校正"通常会被编校者小心地标注出来,但我们有清晰的证据表明,在印刷文化初期(还有在抄本时代),编选者们对其认为错误的地方往往会根据自己的想法加以改正,或使其编选的文本符合某一标准版本,而对这些改动根本不加注明。类书和注疏中的大量引文还提醒我们注意到那些没有被收入文学选集的材料的庞大规模。同一手抄本传统在唐代一直得到保存,在后来的类书比如白居易(772—846)的《白氏六帖事类集》和成于983年的千卷巨帙《太平御览》中还曾重新出现。

作为一个整体,这些不同的资料来源是对保存到了六朝晚期及其后的抄本传统所做的不同"处理"。这些抄本是皇家藏书历经浩劫之后的幸存物,在重新搜集整理的过程中,也许使用了质量比较低劣的抄本来源(佛教寺庙藏书是可能途径之一)。直到公元五世纪,五言诗才获得较高的文学地位,这一文学样式的传播过程充满偶然性,对于三世纪和三世纪以前的诗歌(五言诗和杂言乐府),我们就正是通过这些偶然事件才看到的。我们现有的材料为数不少,但我们不可忘记把这些材料传递给我们的中介。

我们虽然会在一些具体情况里对作者归属提出质疑,但是总的来说我们会把这些材料——无名氏乐府、"古诗"以及从公元二世纪末到三世纪初叶一系列系于具体作者名下的诗篇——作为"同一种诗歌"进行对待。也就是说,把它们全都视为共时性的,不存在时间差别和历史演进。当一些有可靠系年的作品表现出历史差异,我们会对之加以评论;但是我们应该记住其它种类的诗篇仍继续被创作,它们不一定更古老。我们会为这一诗歌的起源设置限定因素,但是我们不会试图判断人们是在什么时候停止写作这种诗歌的。这让我们能够检视在创作技术的层面这一诗歌都有哪些共同之处。我们会试图在修辞等级方面而不是在历史变化和作者风格差异的方面描述它们的不同。

早期的痕迹

可靠的汉代文献中存留下来的大多数诗篇都是四言诗或者长度不整齐的所谓的"楚骚体"。我们在这里的目的不是要检视这一材料,而是要寻找可以确定属于汉代的五言文本,以及那些句子长度不整齐,但是已经在使用"古诗"和乐府的典型传统和模式的文本。这可以帮助我们判断那些不太确定年代的文本最早什么时候可以出现。

一组重要的乐歌是"铙歌",保存于《宋书·乐志》。和"古辞"不同,沈约在这些乐歌的标题里特别注明它们是"汉"代作品。有些"铙歌"文本问题非常严重,以至于完全无法解读,或者只有一部分可以解读。虽然有一些"铙歌"——也即那些文本保存得最完好的——处理的是"通俗"的母题,但很多铙歌都属于宫廷语境。[1]那些还可以解读的"铙歌"最引人注目的一点是,

---

[1] 我们从题目以及可读的段落中可以得知这一点。这也许代表了一份宫廷演出曲目,把十分明显属于正式皇家场合下演奏的乐歌和那些也许用于宴会场合的比较不正式的乐歌混合在一起。

在它们之中完全看不到任何在其它无名氏乐府、"古诗"和文人诗歌里普遍出现的传统手法和诗句模式。这一"负面"证据暗示我们：这些是我们现有的保存在后代文献中的最早的文本。[1]这些歌有时用到五言，但诗句长度基本上是不整齐的。无论这些乐歌多么有意思，我们还是把它们排除在本书研究范围之外。

除了早期文本中五言句偶尔地出现之外，我们最早的五言文本（也就是说有五言句典型的2:3节奏和语法模式）出现在班固《汉书》里，也即公元一世纪末叶。这也就是据说为汉高祖戚夫人以及汉武帝时李延年所作的歌。除此之外有一首街陌谣讴包括几行五言句。我们还要指出，所有这些文本，除了戚夫人的歌之外，都包括在《玉台新咏》里（剔除了一首街陌谣讴中进行道德说教的一联）。

这些文献都是人人尽知的。问题是这些文献是如何使用的。《汉书》是"严肃"的正史，因此早先的学者倾向于接受它对一篇作品的系年。我们有很多其中包含各种诗歌的西汉文本。当我们注意到在《汉书》里，使用五言形式的人包括一位妃嫔，一个职业歌者，还有街上的儿童，我们不免要怀疑在班固的文学形式版图上，五言诗似乎属于"妇孺"和来自社会下层的新贵。这也就是说，在《汉书》里，五言标志了一个人的社会地位，就像对古老语汇的掌握标志了另一个社会阶层一样。

戚夫人的歌是她在汉高祖死后受到吕后迫害而作的，是一个耸人听闻的故事的一部分：

---

[1] 很多学者，包括逯钦立在内，都认为这些确实是西汉的作品。这是可能的，虽然没有真正的证据让我们可以作出这一假设。

> 子为王，
> 母为虏，
> 终日舂薄暮，
> 常与死为伍！
> 相离三千里，
> 当谁使告女？

据说吕后听到这首歌之后勃然大怒，于是把戚夫人变成"人彘"。《汉书》中所引的五言诗，句子的节奏一般来说都是正确的（2∶3），但是通常只能见到少数后代五言诗常用的传统手法——在这首歌里是对距离的衡量：一行诗的前半句用各种词语表达两人之间的距离（这里用的词语是"相离"），后半句则对距离进行具体的衡量。

我们到底是怎么得到这样一个文本的？这个问题总是值得一提。我们不能完全排除有人听到戚夫人唱这首歌于是把它报告给吕后的可能性。只是不知怎么一来，这首歌继续完好地流传下去，直到有一天它进入书写记载，又在两百年之后出现于一部传世文本。无论如何，这显然是戚夫人在那种处境里面"应该"唱的歌。我们虽然不能绝对排斥这首歌的历史真实性，但是它读起来实在太像是来自一部历史演义，在其中主人公往往会在一个情感激荡的时刻放声高歌。

很少有严肃的学者还相信李延年的歌确实来自汉武帝时代；它很有可能来自汉代到后来围绕着汉武帝衍生出来的历史演义。[1]《汉书》中的街陌谣讴可能确实来自汉成帝统治时期，但是一首

---

[1] 康达维在《汉武帝的赋》一文中认为李夫人传和各种汉武帝的传说之间有很大关系。见《第三届国际辞赋学学术讨论会论文集》，第 1—14 页。

提到臭名昭著的赵飞燕姐妹，历史演义的绝好题目；另一首则据说是预言了王莽篡汉。我们不知道这些诗歌到底源于何时；它们甚至可能是班固自己编造出来的或者重新改编过的。从上述例子中我们唯一可以确知的是，五言形式在公元一世纪下半叶已经被人使用，当时是和低微的社会地位联系在一起的。

系于李延年名下的歌被放在这样一个故事里："孝武李夫人，本以倡进。初，夫人兄延年性知音，善歌舞，武帝爱之。每为新声变曲，闻者莫不感动。延年侍上起舞，歌曰：

> 北方有佳人，
> 绝世而独立，
> 一顾倾人城，
> 再顾倾人国。
> 宁不知倾城与倾国，
> 佳人难再得！

上叹息曰：'善！世岂有此人乎？'"[1]

这首歌化用《诗经·瞻卬》的成句："哲夫成城，哲妇倾城。"在《诗经》里，女性的摧毁力量还没有成为美貌的同义词。因为这则故事明显在暗示汉武帝对歌曲中《诗经》典故的警告缺乏觉悟，完全有可能是班固模仿他心目中的艺人风格编造了这首歌。

只有歌的第一行用了"古诗"、乐府中熟悉的程序。除此之外，这首歌并没有再用熟悉的程序，而且混合了真正的五言句

---

[1]《汉书》，第3951页。

（第1、3、4、6句）和加上一个虚字扩展成五言的四言句。[1]在这首歌以及《汉书》收录的街陌谣讴里，五言诗中常见的词组和模式的缺失是非常重要的。因为这些词组和模式在后代五言诗中太习见了，我们可能会得出这样的结论：要么这些诗产生在一个这些传统还并不存在的年代，要么它们就是出自一个社会阶层较高、因此不熟悉五言诗传统的作者之手（比如班固）。

大约半个世纪之后，我们在一篇碑文中看到了这些缺失的传统。碑文是为一个名叫费凤的人写的，其中提到公元143年这个日期，但是碑文本身可能写于公元二世纪后半叶。[2]碑文中纪念费凤的诗是五言形式。到底是什么原因导致了五言诗被刻入碑文这种独一无二的情形，我们现在只能猜测而不能确知了。诗的一部分是叙事，十分质木无文，为一些系于曹操名下的乐府提供了先例。但是这首诗既包括了长短多变的句子（常常是从《诗经》成句变形而来），也包括了在乐府和"古诗"中常见和典型的程序句。譬如作者在谈到东南方盗贼作乱时写道："丹阳有越寇。"[3]诗的中间部分写到费凤之死时，我们看到一些熟悉的句子：

---

[1] 与其认为这样的句子是"扩展"而成的，不如把它们想成是可以用四个字或者五个字"实现"的句子，只消得加减一个虚字。这是把《诗经》成句融入五言诗里的有用手段。因为早期也存在一种通俗的四言诗，这种灵活的句子可以用于四言和五言两种形式。李延年的歌可以很容易写成四言形式，完全不影响其意义表达："北方佳人，绝世独立，一顾倾城，再顾倾国。倾城倾国，佳人难得。"
[2] 逯钦立，第175—176页。碑文的一部分最早为欧阳修在《集古录》中引用，见《欧阳修全集》（世界书局，1963），第1120—1121页。
[3] 比较曹操《蒿里行》："关东有义士。"

> 不悟奄忽终
> 藏形而匿影
> 耕夫释耒耜
> 桑妇投钩筥
> 道阻而且长
> 起坐泪如雨[1]

诗的结尾是这样的：

> 壹别会无期
> 相去三千里
> 绝翰永慷慨
> 泣下不可止

对于熟悉乐府和"古诗"的读者来说，这是相当惊人的。著名的乐府《陌上桑》里有"耕者忘其犁"的句子，描写耕者如何倾倒于罗敷的美丽。在费凤碑诗里，我们看到一模一样的描写，表现耕者对费凤的去世感到悲哀。我们在这里看到的实际上是一个可以被不断重新表述并用于不同语境的"话题"，无论语境是一个重要人物之死还是一个采桑女的美丽。

其它诗句让人想起乐府和"古诗"中无数的例子。我们只消引用一下《古诗十九首》第一首中的几句诗：

---

[1] 这里我用的是《集古录》版本而非《隶释》（逯钦立采用的底本）。《隶释》作"望远泪如雨"。

>相去万余里，
>各在天一涯。
>道路阻且长，
>会面安可知。

　　费凤碑中"相去三千里"这一句，也许最好地显示了费凤碑诗是对五言诗传统的一种"实现"方式，因为一句本来是描写"生离"的诗现在被用来描述"死别"，但是非常精确地给出生者和死者之间的距离。

　　在费凤碑诗的结尾，诗人表示完全被悲哀情绪所征服，不能再写下去。这可以说是"古诗"里面最常见的结尾形式。但是有一个细节值得注意：诗中的叙述者说他"绝翰"——停下了手中的笔——这非常明确地指向以书写形式进行创作。这是我们在传世的早期诗歌里面看不到的。费凤碑诗不仅提到把文本书写下来，而且谈到一个在书写中展开的创作过程，这可能暗示了伴随纸的日益普及而出现的比较不那么繁复费时的字体。[1]在这个文本的背景里，当然存在着"口头创作"，但是我们应该记住，第一首使用了很多延续到创作时期明确之后代诗歌中的传统手法、可以大概确定写作年代的诗，宣称它自己是一篇书写文本，而不仅仅是一篇以书写形式保存下来的文本。

　　指出费凤碑诗与"古诗"、乐府的对应，不是说"古诗"、乐

---

[1] 应该指出，在公元二世纪后半叶，我们开始看到对"草书"的评论。草书这种字体使流畅的书写成为可能，其书写速度可以更接近口头创作。

府以其现存的形式一定可以被追溯到公元一世纪或者二世纪；这些对应告诉我们：到二世纪中叶，我们已经可以看到一系列诗歌常用手法的存在，它们是许多"古诗"的创作基础。同样的手法在整个公元三世纪都一直被人使用。

第二章　早期诗歌的"语法"

如果不考虑所谓的"原本"、作者和创作年代问题，我们可以将现存的每个文本视作诗歌创作的多种可能的实现方式之一。被保存下来的仅仅是实际创作的一小部分，也只是现存文本的不同实现方式的一小部分。在现存的诗歌中，存在着异文，"同一首"诗歌的"不同版本"，还有被视为"不同"的诗，但这些诗其实含有大段相同的部分。如果把这种现象看作一系列各种各样的变形，那么我们就会意识到"同一首"诗歌的一个不同"版本"和另外一首"不同的"诗之间并不存在绝对的界限。当我们想象一下那些没有保存下来的文本变体，以及以不同形式拼合的片段组合，我们就可以把早期诗歌看作"同一种诗歌"，一个统一体，而不是一系列或经典化或被忽视的文本。这个诗歌系统有其重复出现的主题，相对稳定的段落和句式，以及它特有的描写步骤。

产生于这个诗歌系统中的诗，其中有一些具有非凡的美；所有的诗都拥有一种灵光。在这一章，我们将讨论这些诗歌产生的共同基础——这一诗歌系统的"语言"，这些诗共同的创作规则。从现存的作品中，我们可以对早期诗歌的构建成分和创作步骤获得很多了解。这种"语言"的一个重要成分是词汇的等级,它在质朴无华和渊博或文雅之间变动。有些学者相信这种变动代表着文学从朴素和大众化到渊博和精英化发展的历史变化过程。针对这种观点,我们应该指出,《费凤别碑诗》,现存可以确定创作时期的最早的典型"古诗"作品,既显示了相当的学识,风格又非常朴质和直白。

套语(commonplace lines)和变体

让我们首先来看一下《费凤别碑诗》中的一句诗:"道阻而且长",和《古诗十九首》第一首中的"道路阻且长"。哪怕一个文盲都听得懂这两句诗,但是稍有教育水平的读者则能识别出其背后暗含的《诗经·蒹葭》中的句子:"道阻且长"。这两个五言诗句代表了扩展四言句的两种常见方法:加入一个虚词(特别是在五言句的第三个字的位置),以及将单音节的名词换成复合词。费凤碑采取了前一种方法,在"且"前面加上"而",形成复合词"而且"。《古诗十九首》的句子则把单音节的"道"扩展成常见的复合词"道路"。[1]

我们现有的知识不足以确定这句诗究竟是对《诗经》的"用典",还是已经完全进入当时的诗歌材料库(poetic repertoire),以

---

[1] 如果费凤碑的版本听起来较为笨拙和"原始",这意味着《古诗十九首》第一首出现在五言诗形式上的结构更加规范的较晚的时代。

至于可以作为套语（commonplace）独立存在。[1]但我们可以说这两个不同版本的五言句实际上是"同一个"诗句的不同实现方式，它们之间的差别是一个文本内部最普通的文本变化之一种。

在署名蔡琰但很可能作于三世纪中期到四世纪初之间的《悲愤诗》中，我们可以看到值得称之为"变体"的句子："回路险且阻"。[2]"长"被换成了较高雅的同义词"迥"，并且被移作"路"的修饰语，同时加上了作为新的特征的"险"字。但这一句与其在《古诗十九首》中的实现方式有着完全相同的基本形式。

曹植的《送应氏二首》第二首中的版本，也是一个变体。这里我们必须引用整联：

> 山川阻且远，
> 别促会日长。[3]

它与《古诗十九首》中有同样的话题顺序：

> 道路阻且长，
> 会面安可知。[4]

---

[1] 费凤碑诗充满了对《诗经》的引用，我们习惯于把这一句也当作"典故"。但它在《诗经》和费凤碑中的使用语境截然不同，所以就像很多被用在古诗中的《诗经》成句一样，最好把它看成是一个"习惯性引用语"（tag），也就是说，一个脱离了原始语境、自由浮动的句子，可以被应用于任何适当的情景。这在很多方面都继承了《诗经》"断章取义"的引用传统。此外，我们应该记住东汉时《诗经》在很大程度上仍然是一个口头诵读和表演的文本，《诗经》中的诗句可以口耳相传，一个人知道《诗经》成句不一定意味着有多么深厚的书本学问。
[2] 逯钦立，第 199 页。关于这首诗作者的讨论在第 232—243 页。
[3] 逯钦立，第 454—455 页。
[4] 同上书，第 329 页。

描写离人之间相隔距离是常见套语,曹植的版本删去了这一套语中的"长"字,但是它又在下一句中出现。"会日长"意谓"我们再见面的日子还很遥远",其中"长"的用法有些奇怪(因为它也可以表示"会面的日子很长");但是,读者对这种情形下"应该说什么"有一定预期,这种预期限定了这里"长"的意义,同时上一句更普通的表述方式"阻且远",因为表达了"长"的意思,也规定了对下一句中"长"字的理解。[1]

到三世纪后半期出现了一种新的变体的规则,我们可以用传统欧洲诗学术语"扩充"(copia)来指称它,也就是把本来的一句扩展成两句或两句以上。曹植可以用"山川"来代替"路";在《情诗》的第四首中,张华保留了曹植的变体,但在另一句提到了道路:

悬邈修涂远,
山川阻且深。[2]

基本的句型即使在这种被扩充的情况下也仍然没有改变。在张华的同时代人陆机的《拟涉江采芙蓉》里我们看到另一变体:

故乡一何旷,
山川阻且难。[3]

---

[1] 因为诗的韵脚,曹植显然不能在第一句的末尾用"长"字。
[2] 逯钦立,第619页。
[3] 同上书,第687页。

至此我们谈到的都是同一个"话题"的不同实现方式和变体。[1]这一诗句也可以为相异而相关的语义,比如《古诗十九首》第十二首的第一句"东城高且长",提供一个形式上的模板。[2]程序句也可以暗示同一主题的其它相邻成分,如下面"李陵组诗"之一中的一段:

良友远别离,
各在天一方。
山海隔中州,
相去悠且长。
嘉会难再遇,
欢乐殊未央。[3]

为比较起见,我们再引《古诗十九首》第一首的开头:

行行重行行,
与君生别离。
相去万余里,
各在天一涯。
道路阻且长,
会面安可知。

---

[1] 参见序言。
[2] 逯钦立,第332页。
[3] 同上书,第339页。

第二章　早期诗歌的"语法"

至此，我们对早期诗学的"混合搭配"因素应该开始有所认识。在《古诗十九首》第一首和上面引用的曹植的段落里，"会面安可知"的话题都在同一联中紧接在"道路阻且长"的话题之后出现。在李陵组诗的这一首中，与"道路阻且长"相似的一句"相去悠且长"作为下联出现，这一句的下半句"悠且长"用了熟悉的程序，并明显引出了下一联中第一句诗"再遇"的话题。[1]

如果看了上述例子，得出所有人都在模拟我们现在所看到的《古诗十九首》第一首的结论，那就大错特错了。[2]当然这并非全无可能，但却不是问题所在：这一时期的诗歌是一个流动的共享诗歌材料库的一部分，而这个共享诗歌材料库由可以被用不同方式实现的联系松散的话题和程序句组成。这个话题和联系的网络超越了任何特定的实现方式。本书后面会谈到一些例子，在这些例子里，一个文本显然在呼应和引用某个早期文本，但这种情况与上述这些习惯性的并且常常重复的模式截然不同。

话题和主题："夜中不能寐"

在"古诗"和很多无名乐府以及知名作者的作品中，诗歌表

---

[1] 我会把一系列系于苏武、李陵名下的组诗称做"李陵组诗"，而不是把某些诗叫做李陵诗，另一些诗叫做苏武诗。
[2] 实际上，我们现有的《古诗十九首》第一首"行行重行行"的版本，可能不是三世纪最常见的版本。参见本书第334—336页。

达的形式大体上都很常规化。我们可以大略地列出一系列主题，每一个主题与一系列话题相连，这些话题被提到的顺序并不固定。每当一个话题出现，它都可能会引出其它相连的话题。每个话题都有自己的一套词汇，这些词汇可以在"质朴"与"华丽"之间变化。词汇等级越高雅，出现变体的可能性就越大。除了这些创作原则之外，我们必须再补充一点：应该把这些主题单位看作可以独立存在、也可以在乐府或一些诗歌中被组合起来的片段（segments）。

主题与主题之间常常相互交织。我们将会看到，游仙的主题可以导向宴会的主题，反之亦然。而宴会主题也可以导向别离的主题（在这个情况里是因为别宴显而易见的社会功能）。一个主题可以被连篇累牍地表现，也可以只以一联出现。在同一文本的不同版本里，在同一文本不同的引用里，主题的篇幅常常会发生变化。

让我们从最小的单位也即"话题"开始，逐个研究这些因素。在上面对"道路阻且长"的讨论中我们已经见过一小组"话题"。铃木修次《汉魏诗的研究》中有一个非常好的例子：铃木列出这一时期的诗歌里一系列关于人生苦短的诗句。[1]这个"话题"可以被用在各种不同的主题中，从一般的及时行乐（carpe diem）的主题，到一些特定的主题，比如系于孔融名下的悼子诗。这一话题常常以短语"人生"开头，继之可以加以变化的描述语宣称生命短暂或有限，有时候提供一个比喻。"人生"可以被类似的同义复合词代替，比如生年、年命、人寿、民生、人命。这个"话题"可以用一句诗或一联诗来表达，或者扩展到

---

[1] 铃木修次，《汉魏诗的研究》，第364—372页，见附录六。

两联。

　　　　　　　　＊　＊　＊

　　有时有必要将主题看成大的组织原则，但是它也可以被看作一组通常一起出现的话题。这些话题的集合勾勒出一种一般的，或可以在某种具体创作语境下特殊化的情形。与一个主题相关的话题，其组合可以是无序的，但是它们常常以大体上相似的顺序出现。有一些话题可以在很多不同主题中出现，因此在特定的主题中引入某一些话题可能会引入新的主题。

　　在下面的论述中，我会举例说明早期诗歌中一个常见的主题："夜不能寐"。围绕在它周围的话题包括：着衣，徘徊，明月，清风，鸟鸣，有时候还有弹琴（或弦歌）。虽然这些大多是三世纪不眠人意料之中的平常事，另外一些失眠时同样平常的反应却没有被包括在内。诗歌传统可能基于现实的经验，但是它还是有独立的文学的生命：只要有月亮，就一定是明月，从来不会是月牙甚至不会是半月；在这一时期，诗人从来不在雨夜失眠；季节往往是秋天；诗人必定独守空床。失眠诗的叙述者永远是孤单一人。因此这一主题常常和另外一个人的缺席联系在一起，有时表现的是不眠的女子思念爱人。

　　不是在每首以"夜不能寐"作为主题的诗里面都会同时出现所有的相关话题。一些话题包含直接或间接的声明，比如"人生苦短"；另一些话题是可以根据诗中情景不同而变化的意象或辞句。月光笼罩大地，有时直接照在床上，让人更加无法入眠；但有时只有走出房门才能看到月亮。如果不是明亮的满月，月亮就不会在诗里出现；但是如果诗歌发生的时间不是阴历十五左右，叙述者可能就不会提到月亮,而是描写耀眼的繁星。

最著名的两个例子是《古诗十九首》的最后一首和阮籍"咏怀"组诗的第一首。虽然前者被普遍认为早于后者,但没有确切的证据可以证明这一点。

古诗十九首(十九)[1]

明月何皎皎,
照我罗床帷。
忧愁不能寐,
揽衣起徘徊。
客行虽云乐,
不如早旋归。
出户独彷徨,
愁思当告谁。
引领还入房,
泪下沾裳衣。

正如在《古诗十九首》中常见的那样,我们在这首诗里无法确定叙述者的身份:他可能旅行在外,也可能是她,独守空房。虽然注家常常倾向于认为这里是一个女子的声音,但没有任何因素可

---

[1] 逯钦立,第334页;《文选》卷29;《玉台新咏》卷1(作为枚乘的作品)。隋树森,《古诗十九首集释》(北京,1957),第27—28页;桀溺,《古诗十九首》(巴黎:法国大学出版社,1963),第45、154—157页。

第二章 早期诗歌的"语法"

以帮助我们确定叙述者的性别。在一些其它的、更具体的诗歌里,叙述者可能是出门在外的男子,也可能是留守在家的女子。

咏怀[1]

阮籍

夜中不能寐,
起坐弹鸣琴。
薄帷鉴明月,
清风吹我襟。
孤鸿号外野,
翔鸟鸣北林。
徘徊将何见,
忧思独伤心。

阮籍的诗包括这一主题中的更多话题:弹琴,清风,鸿雁;但是,这个版本没有提到行旅主题,无论是诗人的行旅,还是缺席者的行旅。论者多半假定阮籍一定是在评论魏代皇室的衰微和司马氏兴起的社会现实,所以这首诗被赋予了沉重的寓意。虽然这样一首诗很可能被用来影射当时发生的事件,但是这只是一种假设,无论文本本身还是历史背景都不能提供任何支持或反驳这一假设的证据。也许诗人的"忧思"确实关乎魏代的命运,但没有

---

[1] 逯钦立,第496页;《文选》卷23;《艺文类聚》卷26。黄节,《阮步兵咏怀诗注》(北京,1957),第1—2页。参见侯思孟(Donald Holzman),《诗歌与政治:阮籍的生平和创作》(剑桥:剑桥大学出版社,1976),第229—232页。

人认为《古诗十九首》中或者下面曹丕诗中导致不眠的"忧愁"或"愁思"是出于同样的原因。[1]

系名曹丕的《杂诗》对这一主题做了更详细的处理。[2]这里的"清风"变成了秋天的冷风,出现在"明月光"之前,似乎是诗人无法入睡的原因之一。行旅的话题重新出现,在这首诗中诗人本人是出门在外的行人。

杂诗[3]

曹丕

漫漫秋夜长,

烈烈北风凉。

展转不能寐,

披衣起彷徨。

彷徨忽已久,

白露沾我裳。

---

[1] 在《诗歌与政治:阮籍的生平和创作》一书中,侯思孟承认每个意象都有"先例",但他还是试图论述阮籍"使传统焕发出新的生命"(第230页)。追随有时强作解人的笺注传统造成了一些不近情理的解释,比如"'北林'确实指代皇帝"(第231页)。我就不在这里一一引用诗歌中"北方"与皇室毫无瓜葛的例子。李陵组诗中有一句"晨风鸣北林",我们会逐渐意识到诗歌中的树林一般都在北边,而不是东边、南边或西边。这正如诗歌中的鸟儿总喜欢向南飞一样。虽然这首诗中鸟儿南飞正好与季节相应,但不是每首诗中都是如此。

[2] "杂诗"这一诗题在一开始可能是加在那些系于某位作者名下的无题之作上面的。一旦建立了这一类别,诗人便开始有意地写作题为"杂诗"的诗篇,并且常常延续三世纪前半期的风格。

[3] 逯钦立,第401页;《文选》卷29。

第二章 早期诗歌的"语法"

俯视清水波,
仰看明月光。
天汉回西流,
三五正纵横。
草虫鸣何悲,
孤雁独南翔。
郁郁多悲思,
绵绵思故乡。
愿飞安得翼,
欲济河无梁。
向风长叹息,
断绝我中肠。

在看到足够多的例子之后,我们开始注意到这些诗共有的"话题",也注意到与其中一些话题相关的程序句。睡觉的意思可以用"寐"、"寝"或"眠"字表现,但"不能"二字在五言句中一定是在第三和第四个位置。不眠的叙述者披衣起床,来回踱步,"揽衣起徘徊"(《古诗十九首》第十九首),"披衣起彷徨"(曹丕),"揽衣起踯躅"(阮瑀,见下),"蹑履起出户"(徐干,见下),"揽衣起西游"(曹植《赠王粲》);而曹睿的乐府诗则把这个话题扩展开来:

揽衣曳长带,
屣履下高堂。
东西安所之,
徘徊以彷徨。

这个程序句很常见，所以读到李陵组诗中"褰裳路踟蹰"这句诗，我们尽可以怀疑第三个字，"路"，应该作"起"，因为后者常常出现在诗句第三个字的位置。[1]

在《咏怀诗》的第一首中，很多学者都把重要的象征意义赋予"孤鸿"，特别是与林中其它飞鸟相比而言。"孤鸿"在曹丕的诗中出现时变成了孤雁，与"草虫"的鸣声相对（在两首诗里"鸣"都占据了诗句第三个字的位置）。[2]我们下面会看到，这是"夜不能寐"这一主题的标准"话题"之一。这个主题一般与秋季相关，而曹丕的孤雁跟阮籍诗中的孤鸿一样飞往南方。在一首有时系于曹睿名下的诗里，鸟儿飞往意料之中的方向，但是作为"春鸟"，它似乎搞混了季节。

乐府诗[3]

曹睿

昭昭素月明，

---

[1] 但不可否认，李陵组诗中确实有一句诗，"执手野踟蹰"，似乎可以印证这一用法。

[2] 注意在下面引用的曹睿的诗里，"悲声命俦匹"的第三个字是（在当时）和"鸣"语音完全相同的"命"字。

[3] 逯钦立，第418页；《文选》卷27；《玉台新咏》卷2；《乐府诗集》卷62。黄节，《魏武帝魏文帝诗注》（北京，1958），第71—72页。《文选》和《乐府诗集》把这首诗当作无名氏所作。逯钦立否定了《玉台新咏》把"古诗"系于枚乘名下的做法，认为它们是无名氏作品。但是关于这首诗他却接受了《玉台新咏》的说法，认为是曹睿的作品。这充分反映了人们对修辞等级所持有的成见：因为这首诗的修辞等级明显比《古诗十九首》高雅，所以当传统为这首诗提供了一个可能的作者时，逯钦立倾向于认同他。吴淇认为这首诗是从《古诗十九首》第十九首扩展而得（见黄节，《魏武帝文帝明帝诗注》，第72页）。

第二章　早期诗歌的"语法"

晖光烛我床。
忧人不能寐,
耿耿夜何长。
微风冲闺闼,
罗帷自飘扬。
揽衣曳长带,
屣履下高堂。
东西安所之,
徘徊以彷徨。
春鸟向南飞,
翩翩独翱翔。
悲声命俦匹,
哀鸣伤我肠。
感物怀所思,
泣涕忽沾裳。
伫立吐高吟,
舒愤诉穹苍。

　　我们可以把"春鸟向南飞"理解为作者有意为之,也可以认为是出于无心。这种矛盾常常促使传统笺注家对诗作出寓言性解读,可是这种读法在这里似乎行不通。在后代诗学中,诗歌内容的逻辑连贯性非常重要,但在这里却无关紧要。三世纪诗歌中的鸟儿,一般都倾向于在五言诗句的末尾"南飞"(有时候"东南飞")。诗歌中对"南飞"的概念可以有很多种不同的表达方法,但变化只发生在处于句中第三个字位置的"向"字上。在曹睿诗的第四句中,夜好像越来越长,这与众鸟南飞的秋天是一致的,对明月的指称也和秋天的季节一致,因为在诗歌中月亮永远是在秋天最明亮。这些都让我们对"春鸟"产生疑问。对这个问题没有确切的答案,但是季节错乱的修饰语提醒我们:我们阅读的是对景色的"再现"(representation),因此这些景色反映的是诗歌的逻辑,不是现实生活的逻辑。[1]

读过"夜不能寐"这一主题很多变体的读者会立即发现上面这个版本的问题所在。这首诗应该结束于倒数第二联泣涕沾裳的时候。修辞等级高雅的尾联似乎是后来加上去的赘物。这是《文选》的版本,宋刻本的《玉台新咏》就没有这个尾联。也许萧统和徐陵看到的是不同的版本,也许萧统或某个后代的编者觉得结尾显得太突兀而加上了最后一联;也可能徐陵出于直觉删掉了似乎不该出现的尾联。我们无法知道究竟是怎样的,但可见文本变体常常出现在一些不符合标准模式的因素上。

* * *

曹睿《长歌行》里的孤鸟是丧偶的燕子(后面我还会谈及丧偶的鸟儿),这一话题以修辞等级较高的语言扩展为诗歌的重心。孤鸟往往是某种人类境遇的潜在隐喻(因此它在这一主题的其它具体表现中,可以代替只身远行者在诗中起到的作用),这在曹

---

[1] 我怀疑五臣注没有提到这个问题的原因是这首诗在《文选》里是无名氏作品。只有在认为季节错乱背后隐含了某种作者意图时,季节错乱才会成为一个问题。

睿的下一首诗里也明显如是:

长歌行[1]

曹睿

静夜不能寐,
耳听众禽鸣。
大城育狐兔,
高墉多鸟声。
坏宇何寥廓,
宿屋邪草生。
中心感时物,
抚剑下前庭。
翔佯于阶际,
景星一何明。
仰首观灵宿,
北辰奋休荣。
哀彼失群燕,
丧偶独茕茕。
单心谁与侣,
造房孰与成。
徒然喟有和,
悲惨伤人情。

---

[1] 逯钦立,第415页;《乐府诗集》卷30。黄节,《魏武帝文帝明帝诗注》,第53—64页。

> 余情偏易感，
> 怀往增愤盈。
> 吐吟音不彻，
> 泣涕沾罗缨。

与春鸟南飞相似，首联中众鸟乱鸣的"静夜"构成一个令人难忘的矛盾：这真是一种喧闹的寂静。它提醒我们，这不是一种实指的诗歌，即使是这样一首充满具体细节的诗（而且这些细节不是"夜不能寐"这一共同主题的一部分）也不例外。如果前面的几首诗是这个主题的"版本"的话，我们可以把这首诗看成一个"变体"。大多数相同的因素都还在，但改头换面地出现，并且缺少熟悉的程序句。诗中没有明月，但是景星和北辰星"一何明"；没有清风，但是有"众禽"和充足的泣涕。相对于"揽衣起徘徊"，叙述者没有"揽衣"，而是以手"抚剑"。他没有"起"，而是"下"（"下前庭"）；他仍然"徘徊"，只是这一举动移位到"抚剑下前庭"的下一行："翔佯于阶际"。

　　与爱人离别的寂寞是"夜不能寐"这个主题的话题之一，虽然它本身也可以被扩展为一个主题。如果分离的主题出现在诗的开始，就很容易容纳或融入不眠的主题。程序句可以在五言句之外的音律中改头换面地出现，但是相对来说它们会保持单一的音律。不过，话题则可以用多种多样的音节加以表现。

第二章　早期诗歌的"语法"

燕歌行[1]

   曹丕

别日何易会日难，
山川悠远路漫漫。
郁陶思君未敢言，
寄书浮云往不还。
涕零雨面毁形颜，
谁能怀忧独不叹。
耿耿伏枕不能眠，
披衣出户步东西。
展诗清歌聊自宽，
乐往哀来摧心肝。
悲风清厉秋气寒，
罗帷徐动经秦轩。
仰戴星月观云间，
飞鸟晨鸣，
声气可怜，
留连顾怀不自存。

在这首诗里，夜不成眠这一主题的三音节标志（"不能寐/寝/眠"）被放在一个七言句的后一半（"耿耿伏枕不能眠"）；"披衣"作为程

---

[1] 逯钦立，第 395 页。参见黄节，《魏武帝魏文帝诗注》，第 49—51 页。这里采取的是《宋书·乐志》的版本，《玉台新咏》卷 32 有另一个版本。注意《玉台新咏》的版本删掉了第 11—12 行。

序句的标志一般出现在五言句的开头,现在被放在一个七言句的开头("披衣出户步东西");"清歌"代替了弹琴。但最引人注目的是,诗中一旦提到"不眠"的主题,预期之中的话题一定会紧接着出现(着衣,徘徊,音乐,清风,床帏,月光,禽鸟)。

徐干(170—217)的诗一开始笼统地描写秋日相思,然后转入不眠主题的一个缩略版本。

室思(四)[1]

徐干

惨惨时节尽,
兰叶凋复零。
喟然长叹息,
君期慰我情。[2]
展转不能寐,
长夜何绵绵。
蹑履起出户,
仰观三星连。
自恨志不遂,
泣涕如涌泉。

---

[1] 逯钦立,第377页;《玉台新咏》卷1。韩格平,《建安七子诗文集校注译析》(长春,1991),第352页;吴云,《建安七子集校注》(天津,1991),第296—297页。

[2] 逯钦立引用《玉台新咏考异》,认为"君期"有文本上的问题。纪容舒认为应该是"期君"。韩格平理解为"君归之日"。吴云把"期"当作祈使语气的"其":"希望你能安慰我的心情"。需要注意的是,字的移位是手抄本传播中的一个普遍问题。

在这样一个非常简略的版本中,哪些话题被保存下来,哪些话题被删除是一个很有意思的现象。这里有不眠,着衣,出门,明亮的星辰以及泣涕。当然了,我们在一定程度上必须满足于文本现有的面貌,并且与类书保存的文本相比,我们倾向于相信《玉台新咏》中保存的"诗"的完整性;但是,如果这首诗是通过类书保存的,一个自然的推测就是关于飞鸟、清风和音乐的句子可能被删掉了。

虽然"不能寐"的程序句是宣告这一主题最普通的方法,但只要诗中展示了不眠,而且列出了常见的话题,那么创作的原则都是一样的。下面李陵组诗中的版本虽然没有"不能寐"的程序句,但是基本的话题都包括在内。

> 晨风鸣北林,
> 熠耀东南飞。
> 愿言所相思,
> 日暮不垂帷。
> 明月照高楼,
> 想见余光辉。
> 玄鸟夜过庭,
> 仿佛能复飞。
> 褰裳路踟蹰,
> 彷徨不能归。
> 浮云日千里,
> 安知我心悲。
> 思得琼树枝,

以解长渴饥。[1]

　　经常重复的主题及相关话题在以完整的形式出现时很容易辨认，但它们也会以被分割截裂的不完整形式出现，或者其中的片段引文出现在抄本里面。下面这首诗可能只是原诗的一个片段，在幸存到七世纪的抄本中被系于阮瑀名下。诗以描写秋天开始，但中道转入了不眠主题中的相邻话题（揽衣，起床，徘徊，月光）。这些"话题"的出现似乎创造出一种压力，迫使这首诗提到"夜不能寐"，这反映在"鸡鸣当何时"的问句中。在诗的第二联和第三联描述的情况之间似乎缺失了什么，而缺失的正是"夜中不能寐"的声明。

诗[2]

阮瑀

临川多悲风，
秋日苦清凉。
客子易为戚，
感此用哀伤。
揽衣起踯躅，
上观心与房。
三星守故次，

---

[1] 逯钦立，第340页；《古文苑》卷4；《艺文类聚》卷29。
[2] 逯钦立，第380页；《艺文类聚》卷27、34（第二次被引为《七哀诗》）。韩格平，《建安七子诗文集校注译析》，第369—370页；吴云，《建安七子集校注》，第327页。

第二章　早期诗歌的"语法"

明月未收光。
鸡鸣当何时，
朝晨尚未央。
还坐长叹息，
忧忧安可忘。

我在上面对此诗的评语暗示，这首诗可能开始于白天，阮瑀出门在外，当他回到家中时发现自己无法入睡。下面让我们再看一个不眠的例子。王粲在东汉末年的董卓之乱中逃离长安，来到荆州。在黄昏时分（此时宣称不能眠还为时尚早），诗人下船上岸，徘徊踯躅。诗中的某些因素符合我愿意相信是曾经真实发生过的经历：诗人在渐浓的黑暗中彷徨，群鸟飞翔，微风时至，白露沾衣；诗人然后回到下榻之处。他所经历的这些个"诗意话题"需要它们的主题："独夜不能寐"。一旦主题句出现，王粲就必须整衣，起床（"起"不出所料地出现在句子第三个字的位置），抚琴，以完成该当完成的话题序列。与我们在上面读到过的大部分诗篇不同，这首诗不是对一个标准诗歌主题的简单演示；相反，在一个不同的语境中，常见话题的出现似乎迫使诗人引入"不眠"主题。[1]

---

[1] 参见伊藤正文《王粲诗论考》20（1965）：38—42。我与伊藤的不同在于，我不把这首诗与传统的关系视为诗人向"独创性"（originality）靠拢，相反，我认为这首诗以"独创"精神开始，但是中途却屈从于诗歌传统的压力。我们应该注意到王粲《从军诗》第三首"从军征遐路"一诗中有类似的情况；这里诗人也走上岸，经历了与秋夜无眠主题相符的话题。但是在这首诗里诗人出于从军的责任感把忧愁抛置在一边。

七哀诗（二）[1]

王粲

荆蛮非我乡，
何为久滞淫。
方舟溯大江，
日暮愁我心。
山岗有余映，
岩阿增重阴。
狐狸驰赴穴，
飞鸟翔故林。
流波激清响，
猴猿临岸吟。
迅风拂裳袂，
白露沾衣衿。
独夜不能寐，
摄衣起抚琴。
丝桐感人情，
为我发悲音。
羁旅无终极，
忧思壮难任。

上面提到的很多诗的写作日期无法大致确定，甚至一些作者归属

---

[1] 逯钦立，第366页；《文选》卷23。吴云、唐绍忠，《王粲集注》（河南：中州书画社，1984），第16—17页。

都很可疑。但是，我们知道王粲的这一首诗作于二世纪末期，而上面阮籍的诗作于三世纪中期左右。在二世纪末期到三世纪中期之间的这一阶段，"夜不能寐"的主题与组成它的话题在开初就已经确立，而且在这一阶段的末尾依然存在。

* * *

这里有必要把上面引用的一组"夜不能寐"诗的尾联重新开列出来：

泪下沾裳衣。（《古诗十九首》十九）

忧思独伤心。（阮籍《咏怀》一）

断绝我中肠。（曹丕《杂诗》）

舒愤诉穹苍。（曹睿《乐府诗》）

泣涕沾罗缨。（曹睿《长歌行》）

留连顾怀不自存。（曹丕《燕歌行》二）

泣涕如涌泉。（徐干《室思》四）

思得琼树枝，以解长渴饥。（李陵组诗）

忧忧安可忘。（阮瑀《诗》）

忧思壮难任。（王粲《七哀诗》二）

我们首先会注意到李陵组诗的例子是一个很突出的反常例子。至于其它尾联,我们也许只是碰巧赶上了一群忧郁的诗人;但从早期诗歌的整体上看,某种类型的诗歌大多数以对忧伤或泪水的描写结尾。我们开始认识到,虽然这些诗句确实保持自己的语义(它们总是出现在伤感的诗歌中),但它们在诗歌的"语法"中,拥有的是一个基本的位置上的功能,也就是说它们是一种宣告一首诗至此结束的方式。这种对忧伤的描写起到的位置上的功能,可以与另一种截然不同的结尾方式进行比较,这种不同的结尾方式有时保存在乐府诗里。同时,让我们来重温一下关于孤鸟的话题。

片段:《艳歌何尝行》

下面是保存在《宋书·乐志》中的无名氏乐府《艳歌何尝行》的文本。

艳歌何尝行[1]

飞来双白鹄,

---

[1] 逯钦立,第272页;《宋书·乐志》;《乐府诗集》卷39。前十二句在《艺文类聚》中被引作"古诗";《玉台新咏》卷1有一个稍有不同的版本。黄节,《汉魏乐府风笺》(香港:商务印书馆,1961),第43—44页;桀溺,《中国古典诗歌的起源:汉代抒情诗的研究》(*Aux origines de la poésie classique en Chine: Étude sur la poésie lyrique à l'Époque des Han* (Leiden: E. J. Brill, 1968),第142—146页;Anne Birrel,《汉代中国的流行歌曲和歌谣》,第53—57页。

乃从西北来。
十十五五,
罗列成行。[1]
妻卒被病,
行不能相随。
五里一反顾,
六里一裴回。
吾欲衔汝去,
口噤不能开。
吾欲负汝去,
毛羽何摧颓。
乐哉新相知,
忧来生别离。
躇踌顾群侣,
泪下不自知。

念与君离别,
气结不能言。

---

[1] 这一句不押韵,显然存在问题。余冠英在《乐府歌辞的拼凑与分割》(第30页)中认为,"来"和"行"的古音协韵。他举的第一个例子"行胡从何方,列国持何来"(见逯钦立,第286—287页)是郭茂倩从《太平御览》中辑录出来的,但是在《太平御览》的版本中,这个例子中并没有"方"和"来"的押韵,两句诗都以"来"结尾(也即"行胡从何来,列国持何来")。因此这显然不是"古韵",而是郭茂倩对《太平御览》版本做出的改动。余冠英的第二个例子来自《孔雀东南飞》,但是这个文本恐怕不能用来作为古韵的证明,而且它的某些韵脚比较奇怪。

> 各各重自爱,
> 道远归还难。
> 妾当守空房,
> 闲门下重关。[1]
> 若生当相见,
> 亡者会黄泉。
>
> 今日乐相乐,
> 延年万岁期。

首先需要说明的是,作为无名氏乐府的《艳歌何尝行》在讨论中往往与无名氏古诗区分开来,更不用说与建安和魏代诗歌了。[2]具体到这首诗而言,对乐府和"诗"的传统区分很有意思,因为前十二句在公元七世纪的类书《艺文类聚》中实际上被引作"古诗",而换韵的第17—24句则是一个标准"古诗"主题的缩略了的实现方式。[3]这是一种常见的乐府类型,我称之为"拼合型乐府",由常常独立流传的、截然不同的片段构成。这很可能反映了一种实际的表演情形,也即把至少两个相对独立的片段拼合在一起。第一个片段往往表现人类世界之外的事物,比如禽鸟或仙人;

---

[1] 虽然我在这里采取了现有的文本,但在抄录过程中"闲"是"闭"的一个常见异文。"闭门"是对隐居的常见指称。
[2] 很多学者注意到它们在形式上的重合,但是大部分学者依然接受文类的不同。桀溺有时理所当然地认为乐府诗的时代较早,但是在讨论乐府的时候,他也会援引"古诗",似乎它们为乐府提供了可用的话题。
[3] 见桀溺,《中国古典诗歌的起源》,第145页。

第二个片段表现人类世界的某种情景，一般与开头的片段构成对应，但有时二者之间的关系也会存在矛盾与张力。

《宋书》中《艳歌何尝行》的版本，是《艳歌何尝行》最早被记录下来的版本，在韵脚和意义上可以分成三个不同的片段：第1—16行，第17—24行，以及第25—26行，在上面引用时用空行分隔开来。[1]最后一联的韵脚有别于整首诗，是职业歌手用来显示歌曲终结的程序化标志，表达对听众的祝福。它的位置上的功能与前面关于不眠的诗歌中表达悲伤流泪的尾联完全相同，但有一点重要的差异：它在内容上与前文毫无关联，紧接着夫妻别离的悲恸，表达了"今日乐相乐"的欢欣。如果检测口头程序（oral formula）的一个标准是内容上的不一致性（比如荷马史诗中"聚云"的宙斯驱散云层），那么这一联算是通过了检测（虽然它的功能是位置上的而不是出于音韵的需要）：它的作用不过只是传达"歌唱至此结束"的信息。

标准的文学史叙事会认为这首诗早于阮籍和建安诗人，甚至早于《古诗十九首》。[2]这种对文本的历史安排，源于对《艳歌何尝行》似乎更原始或更接近"民间"的直觉判断。这种直觉判断一部分是由于此诗程序化的结尾和冗长多余的诗句。如果我们不把这些特点看作"民间"的痕迹，而是看作职业表演传统的痕

---

[1] 桀溺指出第13—16行（"乐哉新相知"至"泪下不自知"）的传统性质，将它们作为独立分开的一段。但是我认为第13—16行是一个完整片段必不可少的尾声。我不认为在这首诗的背景里存在着"固定的文本"；相反，每个主题部都被扩展开来，以适应文本复制的场合：一个片段需要尾声，同时这个尾声也起到了从一个片段向下一个片段转折的作用。

[2] 很多文学史叙事偏爱《玉台新咏》中较晚的版本。这一版本去掉了第17—24行妻子的告别（"念与君离别"至"亡者会黄泉"），因为它打乱了韵脚。

迹，那么这种标准顺序（"民间"文学在先，然后才是文人的改编借用）背后的文化假设就立刻被复杂化了。但是即使我们承认这样的诗歌带有"民间"的痕迹，没有任何自然或历史的法则可以证明它就因此而较早出现。修辞等级的差异是显而易见的，但没有真正的证据（除了沈约笼统地将"古辞"当作汉代的作品）可以切实证明《艳歌何尝行》早于我们在上面引用的任何一首诗。

比较《艳歌何尝行》和王粲的《七哀诗》可以看出，从创作实践上说，它们的不同只在于程度，而非类别。在这两首诗里，一个起始的主题得到开展，在展开这一主题的过程中都用到了与另一个主题共享的一些话题，而这些话题的积累引导诗人进入第二个主题。我们已经在王粲诗中见到了这一现象：在诗人宣布"独夜不能寐"之前，"不眠"的话题就已经出现了。在《艳歌何尝行》中，雄鹄向雌鹄倾诉悲伤，明显是人事的比喻，越来越多地用到只适合人事的话题。第 16 行（"泪下不自知"）不仅仅是纯粹的人类现象（完全不适用于鸿鹄），而且如我们在前面看到的，它也是"古诗"宣告尾声的标志。正是在这个尾声出现的时候，"歌者"换韵并转向一个与鸿鹄的处境平行对应但明显属于人事的情景。

如果把《艳歌何尝行》当作表演实践的基础层，我们可以看出王粲诗和它的一致与差异。王粲在诗歌大概三分之二的地方写道：

独夜不能寐，
摄衣起抚琴。

他用熟悉的程序句"宣告"一个熟悉的话题，为读者提供一种话题转换和辨认的快感。与《艳歌何尝行》不同之处在于王粲的诗内容上具有连贯性：他的不眠是对前面室外经历的延续，而不是一个内容平行但是截然不同的诗歌片段。诗的前后也保持了相同的韵脚。

这样，我们看到创作实践中的三个层面：话题、主题和主题的组合。有些主题组合是拼合独立的片段，如《艳歌何尝行》；有时则像王粲诗一样，把不同主题融入具有内容连贯性的表达中。这些简单的原则有助于解释早期诗歌中的很多具体个案。

"诗篇"和现存文本：对鹄（或鹤）的进一步讨论

《艳歌何尝行》没有真正的标题，在不同的地方有不同的名称。除了《乐志》之外，这首诗也出现于其它一些早期文献中，其间明显的文本差异会引出这样的问题：哪一首才是原诗？也许当问出这样糟糕的问题时，我们会意识到这可能根本就是个错误的问题。

我们需要把文本当作诗歌原材料的特殊实现方式。虽然材料的一些部分相对稳定，但仍然有一定的变化余地。我们前面指出，广而言之，这种流动性在表演实践和文本录写中都很常见。但是在这里我们必须区分两种实现方式：在表演中或文本初次被写下来的实现方式（关于这两种情况我们都只有间接的证据），以及在后代抄本中的实现方式（抄本通过某现存印刷文本保存下来）。在后一种情况中，仍有相当程度的自由，但是，文本的保存和流传渠道,以及这一渠道背后的诗歌观念(一首诗应该是什么样的),作为文本的中介,影响了文本的实现方式。换句话说,我们现有的这些早期文本中的很多具体形态,实际上都是由保存它们的文献的性质所决定的。[1]

《艳歌何尝行》一诗有非常多的变体,包括诗中的鸟是鹄还是鹤的差异。在讨论这些变体之前要说明的是,没有证据显示这些不同的版本在北宋的《乐府诗集》之前曾经被并列在一起进行比较过。在北宋时期,人们开始关注文学作品的考据以及"正确的"标题和文本。直到近年才有人把所有的变体放在一起进行检视。这意味着虽然一些文本是可变的,但读者或学者并不注意变体的问题;一直到宋代出现了某种特定的文学考据形式,这种情形才发生改变。写本在传抄时导致的变体是这些文本的常态,每个特定的实现方式都"就是"原本。

《艳歌何尝行》主要保存在三个文献中:基于五世纪材料的《宋书·乐志》,六世纪早期的《玉台新咏》,和七世纪早期的类书《艺文类聚》。我们必须承认,有时候不可能把不同文献之间变体的复杂性和不同文献的印本之间变体的复杂性区分清楚,对于《玉台新咏》而言更是如此。[2]下面是这首诗的三个面貌迥异

---

[1] 一般而言,创作、表演和文本录写的基本原则是相同的。比如,我们可以假设在非仪式性的表演中(即并非原样复制文本的表演)中,歌者或诵读者可以根据当时场合需要随时改变或扩展文本。不同之处在于,在传世的录写文本中,我们可以清楚地看出特定的传播形态如何影响了文本的形式。

[2] 仅举一例来说,《四库全书》版的《玉台新咏》作"鹄",但同样收在《四库全书》中的纪容舒的《玉台新咏考异》作"鹤"。更奇怪的是,《艺文类聚》作"白鹤",但却把这首诗放在"玄鹄"的条目下(虽然书中另有"白鹤"的条目)。

的版本：

艳歌何尝行	大曲白鹄艳歌何尝行	古诗
《玉台新咏》	《宋书》	《艺文类聚》
飞来双白鹄，	飞来双白鹄，	飞来白鹤，
乃从西北来。	乃从西北来。	从西北来。
十十将五五，	十十五五，	十五十五，
罗列行不齐。	罗列成行。	逻迾成行。
忽然卒疲病，	妻卒被病，	妻卒被病，
不能飞相随。	行不能相随。	不能相随。
五里一反顾，	五里一反顾，	五里一反顾，
六里一徘徊。	六里一裴回。	六里一徘徊。
吾欲衔汝去，	吾欲衔汝去，	吾欲衔汝去，
口噤不能开。	口噤不能开。	口噤不能开。
吾欲负汝去，	吾欲负汝去，	吾欲负汝去，
羽毛日摧颓。	毛羽何摧颓。	毛羽日摧颓。
乐哉新相知，	乐哉新相知，	
忧来生别离。	忧来生别离。	
跼躅顾群侣，	蹢躅顾群侣，	
泪落纵横垂。	泪下不自知。	
	念与君离别，	
	气结不能言。	
	各各重自爱，	
	道远归还难。	
	妾当守空房，	

	闲门下重关。
	若生当相见，
	亡者会黄泉。
今日乐相乐，	今日乐相乐，
延年万岁期。	延年万岁期。

我们前面提到，《乐志》与现存的其它文献数据不同，它的功能是保存，也就是以早期写本或演奏中的原貌保存文本。既然《艳歌何尝行》属于"大曲"，它很可能需要不止一个片段；但是我们也有理由怀疑除了在这一具体的文献保存情况之外，关于双白鹄的片段是否一定会与妻子的临别话语并列在一起。[1]

《玉台新咏》本包括了歌者的结束语，似乎说明这一选集所用的底本的确来自《乐志》中的乐府数据。《玉台新咏》删去了关于分别的片段（从而实现了让人感到满意的一韵到底），将每行诗句的字数规范化，修正了第四行缺失的韵脚，并且把第十六行改为"泪落纵横垂"，以避免重复作为韵脚的"知"。换句话说，这一版本的实现方式在保留了"古朴"风味的同时，也变得更加符合六世纪早期诗学的审美标准。但是我们不应该把这一改变视为"原诗的失真"，因为在原封不动地复制文本的时代到来之前，一个文本的实现方式总是会随着时代和文本的保存渠道而改变。

---

[1] 参见朴英姬的观点，她认为视角的复杂性是组合不同片段的动机。《从艳歌何尝行论汉魏晋乐府诗的几个问题》，《中国文化月刊》193（1995.11），第103—123 页。

第二章　早期诗歌的"语法"

《艺文类聚》常常只保存文本片段（虽然我们也同样可以说《玉台新咏》只保存了《艳歌何尝行》的一个段落），这一片段标作"古诗"，似乎说明它曾经是独立流传的文本。《艺文类聚》本是一个特别有意思的实现方式。首先，如同《玉台新咏》把诗的前六句都变成了五言句一样，这里它们全都变成了四言句。这提醒我们在早期诗歌中四言和五言可以很容易地相互转换，诗句的音节和文本之间没有那么紧密的联系；相反，四言、五言等音节的选择只是实现诗歌材料的一种可能的形式（正如"不眠"主题的一些话题在曹丕的《燕歌行》中用七言句实现一样）。其次，《艺文类聚》本刚好在禽鸟描写即将转入人事描写时中断。这一点应该部分归因于类书作为文本保存渠道的特殊性质：类书在选录文本时往往截取片段而不收全篇，而且是在关于禽鸟的条目下保存文学文本（虽然这里把鸟的种类搞错了）。《艺文类聚》本在早期诗歌中标志诗篇尾声的"泪落"到来之前戛然而止，被删去的部分（第13—16行）是对鸟儿的拟人化表现，正是这一表现创造出一种压力，迫使《乐志》版本的《艳歌何尝行》转入关于人事的片段。

简言之，每个版本都是诗歌材料的实现方式，这些实现方式根据文本出现的文献性质的不同而变化。如果我们要设定一个历史的先后顺序，那么《乐志》的版本显然代表了最早的文本实现方式。但是那个版本可能不会早于公元四世纪或五世纪的宫廷表演传统；它无法帮助我们达到某个更早的"原作"。

还有另一个关于我们这对鸿鹄的版本，这是一个较短的片段，附在《临高台》诗的一个版本中的末尾。这首《临高台》

系在曹丕名下,但这很不可靠。[1]它的第一部分是保存在《铙歌》中的无名氏《临高台》的异文。[2]在无名氏的《临高台》中,"黄鹄"翻飞,有人试图射杀它。系于曹丕名下的《临高台》没有提到射杀——因为在乐府的语境中这未免太残忍了。

> 临台行高。
>
> 高以轩。
>
> 下有水。
>
> 清且寒。
>
> 中有黄鹄往且翻。
>
> 行为臣。
>
> 当尽忠。
>
> 愿令皇帝陛下三千岁。
>
> 宜居此宫。
>
> 鹄欲南游。
>
> 雌不能随。

---

[1] 逯钦立,第 395 页;《艺文类聚》卷 42;《乐府诗集》卷 18。黄节,《魏武帝魏文帝诗注》,第 51—52 页。我沿用了逯钦立的断句方式;黄节的断句很不一样。《文选》注将这首称为"本辞"并且引用了关于黄鹄的一联。这首诗显然不会是曹丕的作品,除非我们想象他为汉献帝创作此诗。这里对《铙歌》本的改变之一是把简单的"主"改为"皇帝陛下"。Christopher Connery 在《文本的帝国》中谈到了这首诗(第 166—168 页)。他试图推翻这样一首诗中所谓的诗人的抒情主体性,这完全正确。但是如果我们要用"互文性"这个词汇来讨论这首诗的话,这个概念首先必须要经过细致的定义。

[2] 逯钦立,第 161 页。

第二章 早期诗歌的"语法"

我欲躬衔汝。
口噤不能开。
我欲负之。
毛衣摧颓。
五里一顾。
六里徘徊。

这样一首前后内容几乎毫不衔接的片段组合都会保存下来，证明了一些乐府选集以保存音乐数据为宗旨的特性。很难猜测这些片段是根据什么被组合在一起，除非是黄鹄的"翻"，这个字在这个版本里和在《宋书》本的对应句"黄鹄高飞离哉翻"里都被用作韵脚。"黄鹄往且翻"会立刻使人联想起前面讨论的诗歌材料，这一材料的开头在这里被保存下来，只移动了其中一联的位置。这里我们已经很接近"集成曲"（medley）的概念，在"集成曲"里面，一个片段引起的联想可以引到下一个片段。"集成曲"的概念也许可以帮助我们理解片段的组合。

鸟

《玉台新咏》的编者徐陵很可能是以《乐志》版《艳歌何尝行》为底本，去掉了夫妻离别的片段，因为它与诗的内容不合并且打乱了韵脚。[1] 逯钦立甚至想把《艳歌何尝行》分为两首。[2] 我们知道片段可以被拓展或压缩。那么,如果关于"鸟"的片段与诗的其它部分韵脚相同并且被压缩为一联,那么我们还会不会对这种组合感到不安呢?

李陵组诗[3]

双凫俱北飞,
一凫独南翔。
子当留斯馆,
我当归故乡。
一别如秦胡,
会见何讵央。[4]
怆恨切中怀,
不觉泪沾裳。
愿子长努力,
言笑莫相忘。

如果我说这是《艳歌何尝行》的另一个实现方式,尽管是一个

---

[1] 这一点虽然无法绝对确定,但是很有可能,因为徐陵保存了歌者最后对听众的祝福,而这在《玉台新咏》的乐府诗中并不常见。在这首诗的《玉台新咏》版里,表达祝福的尾联与第一个片段协韵,可以较为平顺地融入到诗歌整体中。

[2] 逯钦立,第 272 页。

[3] 逯钦立,第 341 页;《古文苑》卷 4;《艺文类聚》卷 29。

[4] 从上下文来看,这句诗的意思应该是"我们何时可以再相会?"但是"何讵央"一定有文本上的问题。逯钦立认为"讵"应作"遽",这一改动无法令人完全满意。

截然不同的实现方式,我希望不会显得太过夸张。关于鸟的片段在这里只是一联而已,虽然它很容易被扩展为更长的段落。这里分别的很可能是两个男子,而不是一对夫妇。这个版本的叙述角度是即将离开的人,而不是留下的人。但在宋代类书《太平御览》对这几句的引用中,第二联的"子"和"我"的位置是颠倒过来的。当然,如果这首诗出自留下的人而不是离开的人,这两个代词的改变就是理所当然的了。也就是说,这一文本并不是固定不变的,而是可以随表演场合做出改变(包括文本上和口头上的表演)。"不觉泪沾裳"的意思也出现在《艳歌何尝行》中("泪下不自知")。诗的结尾虽然不同,但是劝对方努力和莫相忘也是其它"古诗"常用的结尾方式。

如果我们接受《艳歌何尝行》中关于鸟儿离别的较长片段可以只用一联来表达的观点,那么我们还可以找到其它的例子,在语义修辞等级上进行简单变体之外,这些例子开始向我们展现所谓"文学性"的标志。

李陵组诗[1]

黄鹄一远别,
千里顾徘徊。
胡马失其群,
思心常依依。
何况双飞龙,
羽翼临当乖。

---

[1] 逯钦立,第338页;《文选》卷29;《艺文类聚》卷29。

> 幸有弦歌曲，
> 可以喻中怀。
> 请为游子吟，
> 泠泠一何悲。
> 丝竹厉清声，
> 慷慨有余哀。
> 长歌正激烈，
> 中心怆以摧。
> 欲展清商曲，
> 念子不能归。
> 俯仰内伤心，
> 泪下不可挥。
> 愿为双黄鹄，
> 送子俱远飞。

这里是黄鹄而不是白鹄，但是它依然在"反顾"——虽然是从"千里"之外，而不是《艳歌何尝行》中的"五里"或"六里"。关于鸟的片段被减少为一联，但我们还是可以认出它来。不过在这首诗里，关于鸟的一联之后紧接着另一个与之平行对应的例子：胡马。《古诗十九首》第一首中有一个著名的对仗联：

> 胡马依北风，
> 越鸟巢南枝。

李陵诗明确说明了为什么胡马会依北风（因为"失其群"）。但是

第二章　早期诗歌的"语法"

最说明问题的变化是"依"。作为一个单字,它的意思是"依倚",但是重叠为"依依",它就变成一个复合词,表示思念渴望。这两个版本的共同之处是声音(或许也用的是同一个汉字),而不是意义,虽然在这个例子里,对单音节字"依"的特殊实现方式暗示了"依依"(思念渴望)。从文本的一种"版本"到另一种"版本",我们有时看到的不是意义的连续性,而是声音用文字表现出来,而文字的意义可以变动,以求"语有伦次"。

我们现在有两个以动物比喻人事的平行范例——黄鹄和胡马,但是还不够:诗人必须再提到第三种动物(虽然"飞龙"不是现实的动物世界里所有的)。与之相比,乐府和"古诗"传统中的动物模拟都显得不那么强烈,也没有那么高级。作者修辞训练的痕迹很明显(最明显的表现是把模拟分出等级)。

何况双飞龙,
羽翼临当乖。

大部分乐府和"古诗"不会使用两个平行的模拟,也不会提到龙;不过,这里修辞训练的最清楚的标志是"何况"二字,它把诗中的平行模拟变成十分明确的程度的比较。"何况"二字不会出现在修辞等级较低的诗歌语言传统中。我们首先看到两种普通禽兽(来自"低俗的"诗歌传统)为离别而感伤的例子;禽兽中的精英,"飞龙",对离别理所当然地有着更加强烈的情感;而我们人类只有在"飞龙"的例子中才能找到与自身境遇最相称的比喻。

在曹植的《薤露行》中出现相似的平行模拟:

鳞介尊神龙，
走兽宗麒麟。
虫兽犹知德，
何况于士人。[1]

这一平行模拟不能帮助我们确定曹植诗的创作实践，它所显示的是修辞等级的不同。这两个文本不仅都使用了高雅的修辞等级，而且也都把"高雅性"（士人的特殊）本身当成了主题。[2]

这里我们清楚地看出，在他处用"古诗"的"语法"实现的诗歌材料，被运用于一个看起来是属于精英阶层的观点的表达。我们在下面还会再谈到这首诗，因为它用有趣的方式，吸取了一些修辞等级低俗的诗歌材料。但是在这里我们可以清楚地看到它对《艳歌何尝行》中材料的文人化改动。

我们已经看到，《艳歌何尝行》中鸟儿分飞的主题以一个完整的片段出现，而同样片段在《艺文类聚》的版本中可以作为一首独立的诗歌。我们还看到，这一主题也可以只以一联进行表现，作为开头的首联，像《诗经》中的"兴"一样引出分离的主题。下面，在最后的变体中，关于鸟儿分飞的一联从一首诗的开头移到诗的中间，就像《古诗十九首》第一首中关于"胡马"和"越鸟"的比喻联一样。

---

[1] 逯钦立，第422页。
[2] 虽然不是这里要探讨的问题，但我们应该注意，在"黄鹄一远别"一诗对动物模拟作出等级分类之后，诗人对音乐类型也进行分类。

李陵组诗[1]

陟彼南山隅,
送子淇水阳。
尔行西南游,
我独东北翔。
辕马顾悲鸣,
五步一彷徨。
双凫相背飞,
相远日已长。
远望云中路,
想见来圭璋。[2]
万里遥相思,
何益心独伤。
随时爱景曜,
愿言莫相忘。

这首诗当然不是一首博学的诗歌,但它自始至终都暗示了一定的文人教育。诗的开头有《诗经》的影子,而且全诗中不时出现属于高雅修辞等级的词语。但是,在表面的雅致之下,这个版本的作者表现出对低俗修辞等级的诗歌材料及其话题序列的熟悉和遵守。辕马在分别时的悲鸣是相对高雅的形象,但是接下来的

---

[1] 逯钦立,第340页;《古文苑》卷4;《艺文类聚》卷29。
[2] 指书信。

"五步一彷徨"让我们想起了别鸟：

> 五里一反顾，
> 六里一徘徊。

"五步一彷徨"来自熟悉的话题序列，并且自然地引出了双鸟的形象，出现在这里的是双凫。

> 双凫相背飞，
> 相远日已长。

既然作为必需因素的"彷徨"已经出现在对辕马的描写里，这些凫鸟就不能够再"彷徨"而只能飞走，从而引出了这一联的第二句，也即"日以远"话题的形式之一（如《古诗十九首》第一首中的"相去日以远"一样）。如果此时我们检视一下《古诗十九首》第一首和其它一些关于分别的诗歌，这首诗余下的部分就完全可以预料：对离人的遥望；浮云；收到或期盼来信，或托人寄信；尾联表达爱意和关怀，这可能出现在收到的书信中，也可能在捎给离人的口信里。

这是真正意义上的"诗歌材料"，主题和话题都可以有很多的变体：这份材料可以以多种方式实现；它可以被扩展或压缩；可以用不同的修辞等级表述；可以单独出现，也可以和其它的、平行对应的主题联系起来。一旦主题被实现，话题和程序句都是现成的。五言句是表达这些主题的最适合的形式，但是它们也可以被扩展成七言句或压缩为四言句。如果鸟儿必须分离，诗中的叙述者既可以

第二章 早期诗歌的"语法"

是离去的人,也可以是留下的人;而且最重要的是,这种典型化的情形可以被应用于一个特定的语境中。这是永远根据具体的场合用不同的方式实现的"虚拟"诗歌材料——不论这个场合是口头表演,还是写本传统中一个特定的文本保存渠道。

一旦我们把握了早期诗歌作为虚拟诗歌材料(正如语法是"虚拟"的一样)的重要性,就会从根本上改变我们阅读早期诗歌的方式。学者们一直倾向于把这些早期诗歌文本看作是独特的和稳定的,因此可以对它们按照创作年代先后进行比较,比如学者常说诗歌 Y 借用或改写了诗歌 X 中的诗句(前提是 X 出现在 Y 之前)。但如果一个三世纪诗人创作了某一主题的又一个"版本",他很可能不是在响应任何一个更早的特定文本,而只是采用了一系列共享的话题和变体的程序。因此,我们要想真正理解早期诗歌,不应该试图寻找"前例",而应该检视现存文本中的共通之处。

这里让我们来比较一个关于别鸟的比较可靠的西汉版本。在《焦氏易林》的格言诗里,我们当然不能期望看到各种要素的复杂组合,但是,这首诗简洁到只有无法随群的雌鸟。

> 九雁列阵,
> 雌独不群。
> 为罾所牵,
> 死于庖人。[1]

在这个层面上,我们可以把不群的雌鸟简单地称做"母题"(mo-

---

[1] 陈良运,《焦氏易林诗学阐释》(南京:百花洲文艺出版社,2000),第 251 页。

tif）。跟《焦氏易林》中的很多意象一样，它很可能是一个在当时很流行的母题。我们常常在《焦氏易林》中发现早期经典诗歌中的意象和母题，但是我们从来没有见过它们与早期诗学中特有的相关话题、序列和程序句一起出现。如果这些母题本身比较古老的话，那么它们只是乐府和"古诗"的原材料而已。

关于离别的片段

现在，让我们回顾一下《艳歌何尝行》中关于分别的片段，很多后代学者都想把它从原诗中除去。

> 念与君离别，
> 气结不能言。
> 各各重自爱，
> 道远归还难。
> 妾当守空房，
> 闭门下重关。
> 若生当相见，
> 亡者会黄泉。

我们可以在一首非常著名的"古诗"中，找到与之相应的对夫妇离别主题的表现：

李陵组诗[1]

结发为夫妻,
恩爱两不疑。
欢娱在今夕,
燕婉及良时。
征夫怀往路,
起视夜何其。
参辰皆已没,
去去从此辞。
行役在战场,
相见未有期。
握手一长叹,
泪为生别滋。
努力爱春华,
莫忘欢乐时。
生当复来归,
死当长相思。

这些定义宽泛的"古诗"有一套共享的公用语言和创作实践,但是这并不意味着所有的诗篇都有同等的美学价值。这首诗说明从公用语言中还是可以产生出优秀的诗歌。但是,如果我们想研究这一诗歌可能企及的成就,最好的出发点还是这种公用的语言。

---

[1] 逯钦立,第338页;《文选》卷29;《玉台新咏》卷1。

在上面的诗中,我们又看到一个夫妇离别的场景。也许有人认为它只有尾联与《艳歌何尝行》的离别片段相呼应,但我们可以很容易地为《艳歌何尝行》余下的部分找出近似的句子。比如在下面一首"古诗"中:

无名氏古诗[1]

悲与亲友别,
气结不能言。
赠子以自爱,
道远会见难。
人生无几时,
颠沛在其间。
念子弃我去,
新心有所欢。
结志青云上,
何时复来还。

这首诗的前四句是《艳歌何尝行》中离别片段前四句的变体(第二句是原封不动的复制)。

这样一来,《艳歌何尝行》的离别片段只有第三联"妾当守空房,闲门下重关"没有一个程序句。但在这一时期的诗歌中很容易为

---

[1] 逯钦立,第335页;《玉台新咏》卷1。批注中指出它不见于《玉台新咏》的原始版本,但是没有其它现存的早期文献可以证明这一点。

这一联找到相近的对应句。我们可以从曹植著名的《美女篇》开始:

> 青楼临大路,
> 高门结重关。[1]

在曹丕《燕歌行》的第一首中,

> 君何淹留寄他方。
> 贱妾茕茕守空房。[2]

或曹植《杂诗》第三首,

> 妾身守空闺,
> 良人行从军。[3]

我们也不应该遗漏傅玄的《秋胡行》:

> 皎皎洁妇姿,
> 冷冷守空房。[4]

我们可以从一首诗到另一首诗,找到很多对应的诗句,在这

---

[1] 逯钦立,第 432 页。
[2] 同上书,第 394 页。
[3] 同上书,第 457 页。
[4] 同上书,第 556 页。

些对应句里,不仅同样的措辞重现在同样情景中,而且同样的字眼也在诗句的相同位置出现。三世纪还有也许是更早的诗歌创作可能很频繁,但也往往好比昙花一现,因为诗歌很少被写下来,被写下来的诗歌能保存到南朝写本中的就更少;而在这些诗歌中,被选择和录入现存文献的就少之又少了。除了以保存音乐数据为目的的《乐志》以外,后代读者依照他们自己对早期诗歌想当然的认识和他们所认为的"好诗"的标准选择和编辑这些诗歌。考虑到文本的大量遗失和有目的性的选择,现存诗歌中有如此大的一部分共享着如此多的材料,正说明存在着不断重复使用的话题和程序,它们有时会以习惯性的组合方式拼合,有时会以变体的形式出现。

另一首《艳歌何尝行》

如果说前面讨论的《艳歌何尝行》的各种"版本"引出了"哪一首才是原本"的问题,那么与《乐志》中第二首无名氏《艳歌何尝行》相比,它的问题就不算什么了。第一个问题来自一种常见的观点,即每个乐府标题下都应该只有一首"古辞"。"古辞"的本义是"古老的歌辞",但是后来被理解为"原始的歌辞"。这种意义上的转换来自于为作品编年和排列先后顺序的愿望,而且人们认为在一开始必须只能有一个"原本"。

两首不同的无名氏"古辞"存在于同一个乐府标题下,这是一个不稳定的状况,意味着其中一首古辞需要一个作者。《乐府诗集》在《艳歌何尝行》的第一个版本之前有一段较长的讨论,

第二章 早期诗歌的"语法"

这段讨论充满模糊性,不但没有解决问题,反而引发了更多的问题。郭茂倩引用了六世纪的《古今乐录》对王僧虔《技录》的引文(原文没有标点符号):

艳歌何尝行歌文帝何尝古白鹄二篇

我们不知道王僧虔的说法有没有权威性,我们也不确定他指的是哪几首诗(其中之一很可能是前面讨论的"白鹄"的某个版本)。在公元五世纪,王僧虔想必知道上面这一引文的含义,并且可能见过他所提到的文本。但是因为《乐府诗集》中的《古今乐录》引文脱离了原文的上下文,我们就只能对它的意思进行大概的猜测。这一段引文一般被理解为:"二篇:文帝的《何尝》,和《白鹄》的古辞/原作"。这解决了《乐志》中在《艳歌何尝行》之下有两首无名氏古辞并且唐代的《乐府解题》仍然称之为无名氏作品的问题。[1]

郭茂倩解决矛盾的方法是把第二个版本当作曹丕的作品,这是对王僧虔评语的一个合理解释。[2]但是,《艳歌何尝行》的第二个版本比我们的"飞来双白鹄"更为"总杂"。我们当然有理由猜测曹丕出于对歌曲表演的熟悉,从专业歌手的角度进行创作,但是这首诗里叙述者的声音在个人化的程度上远低于其它较为可靠的曹丕的作品。以传统诗学的眼光来看,这首诗很失败——除非我们以一种完全不同的方式看待诗歌创作。

---

[1] 桀溺把这两篇都当作曹丕的作品。桀溺,《中国古典诗歌的起源》,第148页。
[2] 当然,这假设了我们讨论的《艳歌何尝行》和王僧虔所指的曹丕作品是一样的。

艳歌何尝行（《乐府诗集》）

曹丕

"艳歌何尝行"，（无名氏）古辞（《宋书·乐志》）[1]

何尝快独无忧，[2]
但当饮醇酒，
炙肥牛。

长兄为二千石，
中兄被貂裘。
小弟虽无官爵，
鞍马驱驱，
往来王侯长者游。

但当在王侯殿上，
快独摴蒲六博，
对坐弹棋。

男儿居世，
各当努力。

---

[1] 逯钦立，第397页；《宋书》；《乐府诗集》卷39。黄节，《魏武帝魏文帝诗注》，第56页；桀溺，《中国古典诗歌的起源》，第146—150页；Birrel，《汉代中国的流行歌曲和歌谣》，第87—89页。

[2] 一些现代版本把这一句断为两个三字句："何尝快/独无忧？"这个解决方法很吸引人，因为它使这一句变得比较容易解读。但是，问题短语"快独"在第十句又一次出现，因此在第一句把这个复合词拆开似乎是不应该的。

蹙迫日暮,
殊不久留。

少小相触抵,
寒苦长相随。
愆恚安足争,
吾中道与卿共别离。
约身奉事君,
礼节不可亏。
上惭沧浪之天,[1]
下顾黄口小儿。
奈何复老心皇皇,
独悲谁能知。

  乐府和"古诗"已经构成传统经典,人们对它们作出的诠释,都是为了迎合"汉诗"的经典形象。对于了解这一形象的人来说,这首诗(现在被安全地系于曹丕名下,时代"较晚",而且又是一位次等诗人的不怎么成功的作品,因此很少被阅读)是由一些耳熟能详的诗歌混合而成的几乎语无伦次的杂烩(pastiche)。

  但是,如果我们假设一首歌曲的创作是由"主题片段"构成,并且片段与片段之间的衔接和转折给人带来一种特别的乐

---

[1] 这与曹丕《大墙上蒿行》(逯钦立,第396页)中的一句非常相似。在《大墙上蒿行》里,寻欢作乐的贵族青年表示"上有沧浪之天",但人不能"久来视",所以要及时行乐。

趣,"杂烩"就变成了"集成曲",而且内容上充满断裂的连贯性给听众带来愉悦。与其认为这首诗在内容上的不一致是蹩脚诗人造成的,不如说这是早期表演实践在文本中遗留下来的显著痕迹。桀溺在对这首诗的分析中说得好:"如果我们现在还拥有完整的系统,我们可以与过去的诗人们一样自信地从一个母题跳至另一个母题。"[1]但与桀溺不同的是,我相信我们确实有足够的拼图板块帮我们看出这首诗的连贯性。

下面我们就来讨论这些拼图板块。在此之前,我们应该考虑一下《乐志》中的音乐分类。"艳歌"是一个"序曲",它跟其它一些"序曲"一样,包含一个很长的"趋"(从"少小相触抵"开始)。也就是说,与前面所举的那首更著名的《艳歌何尝行》一样,这首诗是两个部分的拼合。

这首诗以对忧郁的描写开始(如果我们把开头的六个字连起来读的话)。按照惯例,忧郁总是伴随着及时饮酒作乐的劝告一起出现,在《善哉行》和《西门行》中也都是这样。而且诗中关于饮酒和食物的短句,"饮醇酒,炙肥牛",与乐府《西门行》完全相同。[2]

在开头的片段之后,是"三兄弟"片段的一个版本,与《长安有狭斜行》中的"三兄弟"片段最为相近:

大子二千石,
中子孝廉郎。

---

[1] 桀溺,《中国古典诗歌的起源》,第150页。
[2] 逯钦立,第269页。

第二章 早期诗歌的"语法"

> 小子无官职,
> 衣冠仕洛阳。[1]

除了句子长短上的变化之外,这一段与《艳歌何尝行》中"三兄弟"段落的最大区别在于其押韵句。[2]最小的儿子照惯例一定是个荡子,《艳歌何尝行》中对他的描写比《长安有狭斜行》中要好("衣冠仕洛阳"表示他并不是"无官职")。诗开头处的"作乐"母题在这里延伸到赌博和冶游,令人想到《古诗十九首》以及曹植的一些乐府诗中宴饮欢会的场景。在传统的话题序列中,"作乐"会引出"人生短暂"的话题。"三兄弟"片段之后,以"男儿居世,各当努力"开始下一片段。"努力"的语境值得探讨。它曾出现在《文选》选录的《长歌行》中("少壮不努力,老大徒伤悲"),虽然不是明确地劝勉一个人在社会上出人头地,但是在那首诗的上下文整体语境中很容易被如此解读。[3]

它也以措辞明显更高雅的形式出现在李陵组诗中:

> 努力崇明德,
> 皓首以为期。[4]

---

[1] 逯钦立,第266页。
[2] 这里有个很简单的原则:押韵句中的公式化表达和模板句必须要灵活,以适应不同的韵脚。
[3] 逯钦立,第262页。参见本书第四章关于"努力"的母题与"人生苦短"的相关讨论。
[4] 逯钦立,第337页。

在上面的《艳歌何尝行》和李陵组诗中的"双凫俱北飞"中,它是一般性的勉励:

> 愿子长努力,
> 言笑莫相忘。

最著名的例子是《古诗十九首》第一首结尾的"努力加餐饭"。这个例子告诉我们"努力"的含义可以多么宽泛。在每个例子中勉励的话都标志着一首诗到此结束,在上面所引的《艳歌何尝行》中它标志了一个片段的结束。[1]

诗进行至此("蹙迫日暮,殊不久留"),也就是整个"艳歌"的部分,都可以说是宴会诗的一个精彩变体。诗中描述的情况在"趋"的部分转为矛盾冲突和分离在即。不同片段之间的落差使读者必须把它们连接起来,这也造成了一种特殊的阅读快感。我们可以很容易地在这里建构一个叙事:三兄弟各有一个妻子,而"小妇"永远是诗人注意力的集中点。《长安有狭斜行》中在"三兄弟"片段之后有这样的一段:

> 三子俱入室,
> 室中自生光。
> 大妇织绮纻,
> 中妇织流黄。

---

[1]《古诗十九首》第四首中也有一个变体:在宴会饮和思考生命短暂之后,诗歌鼓励听众采取行动,"先据要路津"。

> 小妇无所为，
> 挟琴上高堂。
> 丈人且徐徐，
> 调弦讵未央。[1]

既然《艳歌何尝行》中的小儿子一直在外寻欢作乐，而寻欢作乐引发了人生短暂和勤勉努力的议论，那么在这里我们很容易把结尾部分理解为小妇的抱怨。在这种语境下，前面对少壮努力的勉励既是一个片段的传统结尾方式，也是向下一个片段的过渡。[2]

虽然这种假想的叙事可以把这些片段统一起来，无可讳言，这首诗也有一些不那么合理的连接方式。"趋"开头部分的矛盾冲突话题在这首诗的语境中似乎出人意料，让我们想知道它的出处。我们可以把它解释为妻子规劝丈夫这一情节的一部分。但是，它也出现在话题与话题的传统的连接中。也许矛盾冲突是兄弟话题一个可能的延伸。如果诗中出现三个（或更多）兄弟的话，其中之一似乎总是要么很穷，要么身陷窘境——虽然他与其他几个兄弟都是"同根生"。譬如这首很短的无名氏乐府《上留田行》：

> 出是上独西门。

---

[1] 逯钦立，第266页。
[2] 把"趋"解释为妻子对丈夫所说的话是黄节的提议。桀溺反对这种解读，认为"纯粹是想象"。如果我们可以对桀溺关于《宋书》中早期乐府诗的精彩讨论做一点补充的话，就是要将一个主题的组成部分与一个特定的叙事分离开来，就像我们在下面的论述中所做的那样。兄弟不和的母题很容易移植为对夫妻冲突的描写。

> 三荆同一根生。
> 一荆断绝不长。
> 兄弟有两三人。
> 块摧独贫。[1]

我们也许还应该考虑《长安有狭斜行》的另一个版本——《鸡鸣》,其最后一部分讲到了四五个兄弟,同时也联系到共生的植物[2]:

> 兄弟四五人,
> 皆为侍中郎。
> 五日一时来,
> 观者满路傍。
> 黄金络马头,
> 颎颎何煌煌。
> 桃生露井上,
> 李树生桃傍。
> 虫来啮桃根,
> 李树代桃僵。[3]
> 树木身相代,
> 兄弟还相忘。

这里明显指出了兄弟之间的冲突,或兄弟中的一人在另一人有难

---

[1] 逯钦立,第288页。
[2] 同上书,第258页。
[3] 这四句让人想到隐喻性的政治歌谣,比如汉成帝时童谣的最后四句。

时不肯援助。学者们一直对《鸡鸣》的开头片段感到困惑,这个开头片段似乎在警告荡子不要为非作歹。

> 鸡鸣高树巅,
> 狗吠深宫中。
> 荡子何所之,
> 天下方太平。
> 刑法非有贷,
> 柔协正乱名。

《鸡鸣》的结尾可能强烈地暗示了兄弟之间无法相互帮助,在《艳歌何尝行》里,赌博游戏、寻欢作乐的小弟可以被视为"荡子"(多半是"败家子")。《鸡鸣》的开头部分对犯法的暗示在另外一首诗《东门行》中表现得更加明显,《东门行》是《艳歌何尝行》结尾片段的一个较长的实现形式。下面我们引用的是《乐志》中的《东门行》版本。[1]

> 出东门,
> 不顾归。
> 来入门,
> 怅欲悲。
> 盎中无斗储,

---

[1] 逯钦立,第269页;《宋书》;《乐府诗集》卷37。桀溺,《中国古典诗歌的起源》,第126—128页;Birrel,《汉代中国的流行歌曲和歌谣》,第134—137页。

还视桁上无县衣。

拔剑出门去,
儿女牵衣啼。
它家但愿富贵,
贱妾与君共铺糜。

共铺糜。
上用仓浪天故,
下为黄口小儿。
今时清廉,
难犯教言,
君复自爱莫为非。

今时清廉,
难犯教言,
君复自爱莫为非。
行!
吾去为迟,
平慎行,
望吾归。

《东门行》里讲的是穷人,不是有钱的荡子,但是它与《艳歌何尝行》一样都有冲突的场景和妻子的规劝。

这种相互重合的文本的叠加可能很令人困惑,但是如果把它们放在一起考虑，我们就可以得到叙事理论中的一种标准的情况：我们看到的是情节功能（plot functions）和变量（variables）。不同之处在于，这一诗歌系统中从来没有完整的情节，只有一个情节的不同阶段（phases）。我们看到三个（或两个、或五个）兄弟，小弟遇到了一些麻烦（或触犯了法律，或挥霍纵欲，或只是因运气不好而穷困潦倒）。[1]《鸡鸣》中没有特别提到小弟或他的荡子生涯，学者们这才会感到困惑。但考虑到这些文本是一个"故事"的不同实现形式，就没有必要明确提到一个出于窘况的小弟：因为听众已经知道这一点。其他的兄弟没有帮助这位小弟；他的妻子或者试图劝说他，或者显然没有这样做，而是为某个别人演奏音乐。这与其说是一个"故事"，不如说是一个纲要，列出了一系列指向不同故事可能性的选择。

在这些诗里我们看到的不是故事，而是拼板，但是这些拼板足以建构不同的变量。换言之，如果 A 诗与 B 诗共有一些相同的材料，B 诗又与 C 诗共有另外一些材料，那么即使 A 诗与 C 诗唯一的联系来自于它们都与 B 诗共有一些相同的材料，C 诗中一些其它的因素可能还是可以用来解释 A 诗。我们必须把这些文本看作由熟悉主题组成的材料库的不同实现，主题与主题之间有千丝万缕的联系：只有在如此对待这些文本的时候，上述的解释才说得通。从这一角度出发，当听众听到《鸡鸣》开头警告荡子不要犯法的片段，就会辨认出一系列多多少少与之相关的主题和话题；当他听到关于兄弟的片段，他的预期就得到了证实。他并不需要听

---

[1] 桀溺（《中国古典诗歌的起源》，第 149 页）认为关于出入贵族之家的母题总是正面的，但是如果考虑《宋书》以外的乐府诗，这一说法并不一定正确。最小的兄弟一般来说是一个有问题的角色，上层的生活也常常会变成负面的状况。

到出自妻子之口的哀求。当他听到结尾关于兄弟不肯相助的片段，会意识到这是新的因素（至少在现存的诗歌中没有明确的类似成分）：不听警告的后果，和长兄们不肯帮助小弟。

如果我们把《鸡鸣》看作自成一体的一首"诗"，它在前后一致性方面就会表现出很多问题，这一点很多传统评论者也都指出过。但是如果我们把它看作共享诗歌材料的一种实现方式的话，它实际上相当具有连贯性。同理，作为一首被认为晚于"汉乐府"的诗，曹丕的《艳歌何尝行》可能会被看作一些熟悉的诗句和段落拼凑而成的杂烩；但是如果把它当成相同诗歌材料的另一种实现方式，它其实是一个首尾相当连贯、清楚和完整的版本。

不同话题的集合不一定构成叙事，但是从这种集合中可以产生叙事。延续性在于话题本身。具体的细节可以被重新组合。诗里的妻子可以是别人的妻子，不过就跟《长安有狭斜行》或其较短的"版本"《相逢行》中两个长兄的妻子一样，她可能擅长缝补。可能发生的越界不一定非得是舞刀弄剑的暴力行为。妻子劝说的不是将要离家的丈夫，而是留在家中的丈夫，这个丈夫因为她给荡子缝补衣服而满心狐疑。所有的组合因素都具备，包括"兄弟两三人"，诗人把它们组合成一个新的故事——或老故事的另一个变体。

艳歌行[1]

翩翩堂前燕，

---

[1] 逯钦立，第 273 页；《玉台新咏》卷 1；《乐府诗集》卷 39。黄节，《汉魏乐府风笺》，第 44—45 页。

冬藏夏来见。
兄弟两三人,
流宕在他县。
故衣谁当补,
新衣谁当绽。
赖得贤主人,
览取为我组。
夫婿从门来,
斜柯西北眄。
语卿且勿眄,
水清石自见。
石见何累累,
远行不如归。

　　这个文本的主要来源《玉台新咏》需要我们加倍地谨慎。《玉台新咏》中收录的早期文本常常根据六世纪读者的品位被修改。燕子可以代指寄人篱下的旅人,在这首诗里它们只出现在首联,但我们完全可以想象十行关于燕子的诗句出现在这首诗的最前面,而诗的最后以对听众的祝福结尾。也就是说,这首诗的实现方式完全可以与我们前面讨论的《艳歌何尝行》的第一个版本非常相似。
　　诗里虽然只提到"兄弟两三人",但是真正出现的似乎只有一个荡子,我们知道这一定是小弟,因为小弟总是最可能出麻烦。[1] 栽

---

[1] 在敦煌类书残卷中,第四行的"流宕"作"分居",这个异文更加清楚地显示了这首诗跟《上留田行》中一样讲述的是那个"块摧独贫"的兄弟。

衣补衣是妇女的工作，而且此时尚未专业化，所以一定是女性家庭成员的责任。对荡子来说，穿衣是一大问题，而这个问题被慷慨的女主人解决了。这位女主人也改头换面地出现在《陇西行》中，在那里，她因为抛头露面招待客人而处于传统道德规范的边缘，但是终于因为没有逾越那个边界而保住了名誉。[1]

在《艳歌行》里面，女主人的丈夫回家看到这一幕非常生气，疑心重重。我们在前面的两个例子中看到作为叙述者的妻子试图规劝游荡在外的丈夫。这里她似乎是在劝说起了疑心的丈夫：什么事都没有发生，没什么可担心的。我们可以把最后一联理解为出自诗歌的叙述者之口，或者出自丈夫之口，或者甚至是出自妻子之口。把妻子视为可能的叙述者（以此制造出话语的转折）原因很简单，因为荡子的妻子（或者哪怕是别人的妻子）总是试图规劝荡子回家。

混合搭配

让我们回顾一下前面引到的一首李陵别诗，"黄鹄一远别"。细心的读者也许已经注意到这首诗的独特之处了。它以我们现在已经耳熟能详的飞鸟远别母题开头，但是在结尾希望自己和朋友

---

[1] 以巡回表演艺人的现象来解释这样的乐府是个诱人的可能。那些艺人依赖于男女主人的慷慨，因此，赞美女主人的热情待客，同时肯定她的正派，显然对他们自己有利。

第二章　早期诗歌的"语法"

能够化为双鸟远飞。黄鹄作为叙述者渴望的化身重新出现十分引人注目，因为黄鹄的意象在诗歌的开头出现时乃是作为很快即被诗人排斥的"低级"意象。与前面讨论过的"春鸟"南飞一样，这可以视为诗歌技术不成熟的表现，也可以视为诗歌天才的表现（在后一种情况里，我们可以设想，诗人在表示自己和朋友乃是比黄鹄"高级"得多的"飞龙"之后，被音乐激发了深层的情感，于是安于做一只凡鸟）。不过，一个更好的解释是在一个主题中"话题"的惯性。

> 黄鹄一远别，
> 千里顾徘徊。
> 胡马失其群，
> 思心常依依。
> 何况双飞龙，
> 羽翼临当乖。
> 幸有弦歌曲，
> 可以喻中怀。
> 请为游子吟，
> 泠泠一何悲。
> 丝竹厉清声，
> 慷慨有余哀。
> 长歌正激烈，
> 中心怆以摧。
> 欲展清商曲，
> 念子不能归。

141

> 俛仰内伤心,
> 泪下不可挥。
> 愿为双黄鹄,
> 送子俱远飞。

这首诗的形成过程介于文人文学创作和运用诗歌的普遍共享材料之间。我们在前面讨论过诗篇开头的文学修辞成分,诗人首先运用诗歌传统中的标准意象,这些意象被比较高级的意象"双飞龙"超越。这一修辞策略继续下去,带来一个补偿性的逆转:"虽然双飞龙一定会比寻常物类更容易感受到分离的痛苦,我们至少有音乐,可以在别宴上表达我们的心情。"

诗人一旦提到音乐的主题,就又回到了一个标准的诗歌情景,虽然这一情景在这首诗里的表现方式比较特别。在这一情景中,游子听到有人在歌唱,描述听到的音乐,表示愿意与某人一起化为飞鸟高飞远走,以此结束全诗。《古诗十九首》的第五首和第十二首都是这一情景的范本,在这两首诗中,音乐都激发了化鸟双飞的愿望。我们在前面已经了解到,诗人一旦进入了一个标准的主题,创作就会受到惯性的驱使,即便诗歌结尾可能导向与诗歌开头相悖的情况,如上面这首"李陵"诗这样。

把具体的诗篇看作一个共享诗歌材料的具体实现方式可以解释一些小的细节。《古诗十九首》第四首是一首宴饮诗,引出了音乐的主题:

> 今日良宴会,
> 欢乐难具陈。

第二章　早期诗歌的"语法"

弹筝奋逸响，
新声妙入神。
令德唱高言，
识曲听其真。
齐心同所愿，
含意俱未伸。
人生寄一世，
奄忽若飙尘。
何不策高足，
先据要路津。
无为守贫贱，
轗轲长苦心。[1]

这首诗里的很多问题我在这里不准备一一讨论。我只想简单谈一下第七行中听众的"同所愿"。把这里的"愿"解释为诗歌结尾处的劝诫是一种容易的解读，也许甚至很确切。但是，音乐的主题一般都会导致"愿"，尤其是叙述者化为飞鸟与知交好友一同高飞的愿望。从创作习惯的纯语言层次来看，这里的"愿"是以一种截短的形式表达出来的，所谓的"俱未伸"。但是没有明确表达出来的"远走高飞"的冲动还是在诗歌结尾处重现了，虽然是以飞奔的马蹄，而不是舒展的双翅的方式重新出现的。

―――――――

[1] 逯钦立，第330页；《文选》卷39。注意第二联在《北堂书钞》中被认为是曹植的作品。隋树森，《古诗十九首集释》，第6—7页；桀溺，《古诗十九首》，第14—15、71—77页。

143

在作者有名有姓的作品里也存在同样强烈的来自创作惯性的压力:

清河作[1]

曹丕

方舟戏长水,
湛澹自浮沉。
弦歌发中流,
悲响有余音。
音声入君怀,
凄怆伤人心。
心伤安所念,
但愿恩情深。
愿为晨风鸟,
双飞翔北林。

这首诗里没有明确讲到一位特定的歌者,只是描写了在似乎是一次愉快的出游中演奏的音乐。但是,一旦诗人开始描述音乐演奏,他似乎在遵循着一种诗歌联想的序列,这种序列引导诗作转向对真情的陈述和与爱人一起化为双飞鸟的想象。同样的序列也出现在曹丕的《善哉行》("朝日乐相乐")中,这首诗有对音乐的详细描述,之后曹丕反思纵欲的危险,之后客人离去。诗歌的

---

[1] 逯钦立,第402页;《玉台新咏》卷2;黄节,《魏武帝魏文帝诗注》,第60页。

结尾很难与前面的部分联系起来:

> 比翼翔云汉,
> 罗者安所羁。
> 冲静得自然,
> 荣华何足为。[1]

这一用理性化的诗歌逻辑无法解释的段落实际上是传统话题序列里面的一个习惯策略。对音乐的描写总是要归结为双鸟高飞。在这首偏离了起始时欢欣情绪的宴会诗里,这些飞鸟终于在结尾处出现。

    化为双鸟的愿望是一个非常强烈的语言习惯,因此,即使诗里只有一个人,也可以表达这一愿望。短歌《淮南王》有很多难以解读的内容。淮南王凿井,饮水,返老还童。但是他并不就此满足:

> 扬声悲歌音绝天。
> 我欲渡河河无梁。
> 愿化双黄鹄还故乡。
> 还故乡。
> 入故里。
> 徘徊故乡苦身不已。
> 繁舞寄声无不泰。
> 徘徊桑梓游天外。[2]

---

[1] 对此诗的详细讨论参见本书第四章。
[2] 逯钦立,第276页;《宋书》;《宋书·乐志》;《乐府诗集》卷54。

这首诗提出了化作双鸟的愿望,可惜这里没有另一个人与"我"构成"双"黄鹄。如果去掉"双"字的话,诗歌在格律上会变得更齐整,意义上也会更加说得通。我们不知道这里另一只黄鹄到底代表了谁,但是现有的这一诗句来自诗歌话题的共享材料,因此把这一语境中原本应该是单另的飞鸟变成了一双。

包括《古诗十九首》的第五首和第十二首在内,我们在上面一共提出五个例子,在这五首诗中音乐(或歌唱)的主题都激发了化为双鸟高飞的愿望(不包括《古诗十九首》第四首中内涵模糊的"愿")。这是话题联想的另一个例子,话题的联想可以出现于不同的修辞等级;而且既可以出现在无名氏的作品,也可以出现在作者归属明确的作品里。现在我们要问的问题是这些联想链是如何被打破的。化为双鸟的话题在文人诗里终于脱离了聆听音乐的描写,观察这个现象的发生方式会给我们带来启发。

第一个例子特别能够说明问题。在这里,音乐演奏眼看就已经濒临比翼双飞愿望的边缘。诗歌开始描写了一位美丽的歌者,之后转入音乐主题,这与《古诗十九首》的第四首很相似。接下来换韵的一段提到分离的鸟儿寻找伴侣。诗人眷恋地回望鸟儿,但诗歌在表达飞翔的愿望之前就戛然而止。

善哉行[1]

曹丕

有美一人,

---

[1] 逯钦立,第391页;《乐府诗集》卷36。黄节,《魏武帝魏文帝诗注》,第37—38页。

婉如清扬。
妍姿巧笑,
和媚心肠。
知音识曲,
善为乐方。
哀弦微妙,
清气含芳。
流郑激楚,
度宫中商。
感心动耳,
绮丽难忘。

离鸟夕宿,
在彼中洲。
延颈鼓翼,
悲鸣相求。
眷然顾之,
使我心愁。
嗟尔昔人,
何以忘忧。

在《古诗十九首》第五首里,叙述者听到高楼上女子的弦歌声。他被感动而停下脚步,并不出读者所料,期盼与女子化为双鸟高飞而去。这里的情节类似,但是女子的位置被孤独求偶的飞鸟占据,鸟儿的悲鸣取代了弦歌。我们见过太多以双飞鸟指代情人或好友的例子,因此这里出现鸟儿不值得惊讶。想象中的远走高飞是一种"忘忧"的方法,但是在这里忧愁终于占了上风。

更加常见的情况是,化为双鸟的愿望作为独立于音乐的话题出现,但是其出现是因为受到分离主题的某个变体的激发。可以激发它的因素多种多样,在下面的诗里似乎是对某一具体诗篇的记忆:

于清河见挽船士新婚与妻别 [1]

徐干 [/曹丕]

与君结新婚,

宿昔当别离。

凉风动秋草,

蟋蟀鸣相随。

冽冽寒蝉吟,

蝉吟抱枯枝。

枯枝时飞扬,

身体忽迁移。

不悲身迁移,

但惜岁月驰。

岁月无穷极,

会合安可知。

愿为双黄鹄,

比翼戏清池。

---

[1] 逯钦立,第378页;《玉台新咏》卷2(作为曹丕的作品);《艺文类聚》卷2。韩格平,《建安七子诗文集校注译析》,第347—348页;吴云,《建安七子集校注》,第298页。逯钦立认为这首诗是徐干所作,曹丕写的是另外一首。

第二章 早期诗歌的"语法"

我们首先应该指出,就诗中描写的场合比乐府和"古诗"的一般性主题要更具体而言,这个话题比较"文学化",但是诗的具体性完全来自于诗的题目,而不是来自于诗歌文本本身。实际上,李陵组诗中有一首相似的诗,出自一位新婚妻子之口,叮嘱将要出征的丈夫,远比这首《于清河见挽船士》更为具体。与后世文学意义上的"诗题"相比,这首诗的标题更像一个散文性的批注,标出一首典型的具有普遍性的"古诗"的使用场合(或可能的使用场合)。一首与这样一种特定场合紧密结合的诗需要一个特定的作者,但是手抄本传统提供了两个可能的作者。

标示了特殊场合的诗题和文本的一般性之间的关系值得考虑:在这样的文本里,我们可以看到"流行的"共享诗歌材料如何被应用在一个特殊的情境中。虽然在相当多的情况下,具体的诗句可以在"流行的"共享诗歌材料中找到源头,但是诗歌的结构迥然相异。如果我们按照《艳歌何尝行》的方式组合这首诗的话,诗歌的开头应该是关于蝉的片段,然后逐渐过渡到与之类似的人类的情形(上面所引诗的第3—12行),然后转入现存诗中第1—2行里的人事情境,这一情境会被扩展为一个完整的片段。但是,因为没有音乐的主题,诗歌结尾很可能不会出现化为双鸟的愿望。

那么,没有音乐的主题,为什么化为双鸟的愿望依然存在呢?回答是,这有可能关乎对一首的确提到音乐的某一具体诗歌文本的语言记忆。在《古诗十九首》第五首中,叙述者听到高楼中女子的弦歌声而驻足。诗歌的结尾写道:

不惜歌者苦,
但伤知音稀。

> 愿为双鸿鹄,
> 奋翅起高飞。

我们在上面的"徐干"诗中看到的,似乎并不是对共享诗歌材料中的主题和话题的一种实现方式,而是对一个具体而独特的文本序列的记忆。一个诗联的模式(不惜 X/但伤 Y)独力激发了一系列话题的联想。在这一个例子里,我相信我们确实可以说《古诗十九首》第五首的某一种版本早于这首署名徐干或曹丕(虽然两个作者归属都很值得怀疑)的诗。

最后我们来看一首大概作于三世纪早期的诗。对这首诗的作者身份我们可以抱有一定程度的信心。在这首诗里,结尾化为双鸟的愿望也是独立于音乐主题存在的。

送应氏二首[1]

曹植

> 清时难屡得,
> 嘉会不可常。
> 天地无终极,
> 人命若朝霜。
> 愿得展嬿婉,
> 我友之朔方。

---

[1] 逯钦立,第 454 页;《文选》卷 20。黄节,《曹子建诗注》(北京,1957),第 9—10 页;聂文郁,《曹植诗解译》(西宁:青海人民出版社,1985),第 89—90 页;赵幼文,《曹植集校注》(北京:人民文学出版社,1984),第 4—6 页。

亲昵并集送，
置酒此河阳。
中馈岂独薄，
宾饮不尽觞。
爱至望苦深，
岂不愧中肠。
山川阻且远，
别促会日长。
愿为比翼鸟，
施翮起高翔。

这首诗里有很多来自于"通俗"的共享诗歌材料的话题（其中包括前面讨论到的阻隔的意象）。但是，就创作实践而言，这首诗要"文学化"得多；它没有遵循惯的话题联想。整首诗十分连贯，实际上可能比遵循标准的话题联想更连贯；但是这种连贯性是由于一位有才的诗人利用了"古诗"材料，而不是说在这一共享材料的传统之内进行写作。

在"徐干"诗里，最后的飞鸟形象来自于对某一首前代诗篇的特定回响。而在曹植的诗里它来自于别离的酒宴。在"李陵"诗里，我们看到一席别宴，别宴上演奏音乐；音乐的主题暗示出结尾部分化为双鸟的愿望。其它几首以化为飞鸟的愿望结尾的诗篇提到音乐的演奏，但是没有别宴。也就是说，是对音乐的描写本身，而不是音乐演奏的特定场合，决定了一首诗结尾处的话题。虽然曹植在这首诗里并没有提到音乐，但是宴会上一般是要演奏音乐的。

要回答我们之前提出的问题（话题如何脱离连在一起的话题

和主题而独立存在），我们在上面列举了两个截然不同的例子。在"徐干"诗里，这一过程的发生是通过对前代文本的特定的语言响应；曹植诗中所表现的场景一定有音乐存在，虽然文本并没有明确提到音乐，但背景中的音乐是触发化为鸟儿共同飞去这一意象的"契机"。其他的诗人需要明确提到音乐的语句，曹植则只需要一个暗示音乐存在的场合。反过来这说明了我们可以用另一种方式来说明曹植诗歌的变革精神：在标准"共享诗歌材料"基础上进行创作的诗人专注于词句，他们选择主题时也许要考虑到适应创作场合，但是词句的诗性结构拥有自己的逻辑。

曹植的诗从离别宴会转到化为双鸟的愿望，这确实是一个微妙而深刻的变革。他仍然在使用共享诗歌材料，并且通过它开展话题之间的联系，但是他只把它当作一种参照进行思考，而不是遵从纯粹的语言习惯。让人希望与爱人或朋友比翼飞去的音乐暗寓于诗歌所描写的情景中，但是并没有用词句表达出来。

组成诗歌"共享材料"的一系列主题、话题和程序句在整个三世纪而且直到西晋末期都一直作为诗歌创作的背景而存在。逐渐地，新的因素开始影响五言诗创作的基本材料。新的写诗场合需要新的诗句类型；赋和散文的词句被融入诗歌，成为更高雅的修辞等级的标志。

主题的流传

迄今为止我们只考虑了诗歌材料在古典诗歌中的实现方式。

但是，一些古典诗歌的"主题材料"也可以在很多不同类型的话语体裁中流传。在建安时期，某些话题如"寡妇"和"出征"既可以用古典诗歌的形式表现，也可以用赋的形式表现。但是，似乎还有一些其它的流传范围更广泛的材料。

我们先看两个可以基本上定为西汉时期的文本。它们显示了处理同一主题的不同形式。一棵自然生成的大树被砍伐、修治，这是一个对人才（才／材）的比喻。首先让我们看一首出自《焦氏易林》的格言诗：

> 梗生荆山，
> 命制输班。
> 袍衣剥脱，
> 夏热冬寒。
> 饥饿枯槁，
> 众人莫怜。[1]

这是一首典型的《焦氏易林》诗：用隐喻的方式表现常见的意象。在这首诗里，鲁国著名工匠公输班的高超手艺不过是"剥脱"树皮而已，使树木承受暴露的痛苦。

陆贾《新语》"资质"篇的开头对同样的意象进行了完全不同的处理，并且赋予它截然不同的意义。陆贾的作品看起来好像是一篇形式不太严格的赋：

---

[1] 闻一多，《乐府诗笺》，《闻一多全集》卷4（香港：远东图书公司，1968），第126页；陈良运，《焦氏易林》，第264页。"梗"应该是"楩"的误写。

质美者以通为贵。才良者以显为达。何以言之？夫梗楠豫章，天下之名木也，生于深山之中，产于溪谷之傍，立则为太山众木之宗，仆则为万世之用，浮于山水之流，出于冥冥之野，因江河之道，而达于京师之下，因斧斤之功，得舒其文色，精捍直理，密致博通，虫蝎不能穿，水湿不能伤，在高柔软，入地坚强，无膏泽而光润生，不刻画而文章成，上为帝王之御物，下则赐公卿，庶贱不得以备器械，闭绝以关梁，及临于山阪之阻，隔于九阬之堤，仆于嵬崔之山，顿于窅冥之溪，树蒙茏蔓延而无间，石崔嵬崭岩而不开，广者无舟车之通，狭者无步担之蹊，商贾所不至，工匠所不窥，知者所不见，见者所不知，功弃而德亡，腐朽而枯伤，转于百仞之壑，惕然而独僵，当斯之时，不如道傍之枯杨。碌碌结屈，委曲不同。然生于大都之广地，近于大匠之名工，材器制断，规矩度量，坚者补朽，短者续长，大者治樽，小者治觞，饰以丹漆，敷以明光，上备大牢，春秋礼库，褒以文彩，立礼矜庄，冠带正容，对酒行觞，卿士列位，布陈宫堂，望之者目眩，近之者鼻芳。故事闭之则绝，次之则通，抑之则沉，兴之则扬。处地梗梓，贱于枯杨。德美非不相绝也，才力非不相悬也，彼则槁枯而远弃，此则为宗庙之瑚琏者，通与不通也。人亦犹此。[1]

这是代表汉代修辞艺术的一篇佳作。梗树、楠树和豫章的精美木材因为藏于深山旷野之中而难以得到使用；平凡的杨树虽然木质不佳，但是因为容易获取而用于华丽的庆典。

---

[1] 陆贾，《新语》，王利器编（北京：中华书局，1986），第101—102页。

第二章　早期诗歌的"语法"

"豫章"是树名,也是地名和山名。一首无名氏乐府题为"豫章行"。虽然诗中有很多佚文,大意还是相当清楚。

豫章行[1]

白杨初生时,
乃在豫章山。
上叶摩青云,
下根通黄泉。
凉秋八九月,
山客持斧斤。
我□何皎皎,
梯落□□□。
根株已断绝,
颠倒岩石间。
大匠持斧绳,
锯墨齐两端。
一驱四五里,
枝叶自相捐。
□□□□□,
会为舟船燔。
身在洛阳宫,

---

[1] 逯钦立,第263页;《乐府诗集》卷34。Birrel,《汉代中国的流行歌曲和歌谣》,第61—62页。

根在豫章山。
　　　多谢枝与叶,
　　　何时复相连。
　　　吾生百年□,
　　　自□□□俱。
　　　何亿万人巧,
　　　使我离根株。

我们首先必须指出这首诗与陆贾作品中所表现的材料之间的关系并非偶然。它们之间的关联也许不是直接的,但是非常明显。平凡的杨树在都城茂密地生长,与豫章(树或山)的关系只是语言上的。当我们从辩士对两种相反情况的描写,转向乐府诗中对单一事例所作的抒情表达,我们发现对立情况的组成因素被混合在一起了。陆贾作品中近在身旁的普通树木(白杨)在乐府诗中生长在荒远之处,而旷野之中的树木(豫章树)在乐府诗中变成了白杨生长的地方(豫章山)。辩士对比两种情况:使用近在身边的事物,忽略遥远的事物;乐府诗中则全然没有这种对比。如果陆贾的议论属于一种早已确立的以树喻才、琢磨成器的传统,乐府诗中对树的描写则属于庄子的论点,即对树木的砍伐破坏了它们的本性。但是最重要的混合出现在纯粹的语言层面上:"白杨"和"豫章"都以字词的形式被保留下来,遥远的"豫章树"变成了远方的山名,而近在身边的白杨则被移到了豫章山的荒野之中。

　　有可能乐府诗的作者知道或读/听到过陆贾的赋。但是似乎不可能有人在这样直接接触过原文的情况下,把其中的因素以直接与原文抵触的形式合并起来。更大的可能性是存在一个过渡阶段,在此过渡阶段中,这个故事成为一则流行的寓言,以诗歌或韵文的形式流传。正如在乐府和"古诗"中常常发生的情况那样,一些段落被舍弃,一些部分被打乱重组。驱动内容发展的不是逻辑或所指现实的正确性,而是字句和意象的组合。没有人会问:如果普通的白杨在身边就能找到,为什么要不辞辛劳去遥远的豫章山?在这首诗里,流行的材料被重组为树木的抱怨。

在下一个阶段,上面的乐府诗中引起树木抱怨的工匠手艺在另一首无名氏乐府中被应用于诗歌材料本身(这首诗可能不会早于三世纪后期,因为提到了从东罗马帝国进口的苏合香):

艳歌行[1]

南山石嵬嵬,
松柏何离离。
上枝拂青云,
中心数十围。
洛阳发中梁,
松树窃自悲。
斧锯截是松,
松树东西摧。

---

[1] 逯钦立,第850页;《艺文类聚》卷88;《乐府诗集》卷39。黄节,《汉魏乐府风笺》,第45—46页;Birrel,《汉代中国的流行歌曲和歌谣》,第59—60页。虽然这一文本作为无名氏作品保存下来,但逯钦立认为这是刘琨《扶风歌》的另一个版本。这个观点对我没有很大的说服力。

持作四轮车，〔1〕
　　载至洛阳宫。
　　观者莫不叹，
　　问是何山材。
　　谁能刻镂此，
　　公输与鲁班。〔2〕
　　被之用丹漆，
　　薰用苏合香。
　　本自南山松，
　　今为宫殿梁。

无论这首诗的作者是谁，他把树换成了更加适合做"宫殿梁"的松柏，但诗歌的序列与《豫章行》大体相同（包括几乎完全相同的第三句）。五言诗的标准首联代替了《豫章行》中粗糙的开头，也就是说，每句分别描写一个事物，虽有对仗而不甚工整，每句的开头或最后两个字各有一个描写性的复合词。第二联描写树枝和树围，而不是树枝和树根。第三联与《豫章行》一样提出了砍伐的话题。

虽然《艳歌行》大体上保持了事件发生的顺序，但是诗歌传达的讯息改变了。松柏与豫章山上的白杨一样"自悲"，但它是精良的木材，因此最终被精心地刻镂为宫殿的大梁。这里的树木似乎为有幸从荒野来到人类文明中心感到欣慰，而不是哀叹本性被摧残。

───

〔1〕 这一句可能指他们在木材下面放置轮子来移动它。"持"，《艺文类聚》作"特"。
〔2〕 "公输与鲁班"实际上是一个人。这一句和上面的第五联有明显的韵脚上的问题。

第二章 早期诗歌的"语法"

诗歌"材料"四处流传,但是流传的不仅仅是材料:一首诗的模式也可以和不同的材料一起反复使用,如在下面这首无名氏"古诗"里一样。我们不能确定它的创作时期,但是作者似乎知道《艳歌行》。这首诗与树木全然无关,而是描写了一个香炉。它似乎属于那种文学侍从应命而作的同题诗。对于这样的诗人来说,幸运的是即兴创作有一些传统套语,给他们提供思考的时间:"四坐且莫喧,请说X。"

> 四坐且莫喧,
> 愿听歌一言。
> 请说铜炉器,
> 崔嵬象南山。
> 上枝似松柏,
> 下根据铜盘。
> 雕文各异类,
> 离娄自相联。
> 谁能为此器,
> 公输与鲁班。
> 朱火然其中,
> 青烟飏其间。
> 从风入君怀,
> 四坐莫不欢。
> 香风难久居,
> 空令蕙草残。[1]

---

[1] 逯钦立,第334页;《玉台新咏》卷1;《艺文类聚》卷70;《初学记》卷25。

很少有哪首诗比这一首更完美地表现出诗歌创作的运作程序。首联仅仅是套话,规定韵脚,并且给诗人一些思考的时间。第三句仍然在拖延,告诉我们他要描写的对象。香炉也叫博山炉,常常被做成山的形状("山"也是押韵的字)。因此诗人在第四句提到一座山,而且这座山正是《艳歌行》第一句里面的"南山"。第四句使用了很多与《艳歌行》第一句相同的字,但以不同的顺序重新组合。诗人对于《艳歌行》的记忆让他知道下面应该描述什么:树木的上枝,和下部的树根。"砍伐"在这里不适用,但是他可以描写"雕文"/"刻镂",接下来用一联套语赞美"公输与鲁班"。

此时诗人转而描述香炉的细节部分("其中"与"其间"很难说是多么精妙的对仗)。这里确实用到木材。随后,诗人化用班婕妤《怨诗》中的一句("出入君怀袖"),并加入一句填补空白但没有什么意义的"四坐莫不欢"。

这样分析这首诗,目的不是要贬低这位一千七百多年前的无名诗人的技巧,而是要展示诗人如何在即兴创作的压力下利用现有的诗歌模式。诗人也很有可能是在巧妙地响应《艳歌行》,而他的听众也会对他把《艳歌行》化用于新话题的方式表示欣赏;但即便如此,我们关于创作技术的观点依然不变,唯一的不同是我们假设诗人与听众一样对这一回应和化用具有自觉。

在最后这一组文本里,我们可以把早期古典诗歌的诗学置于一个联系统一体之中,以赋中使用的"材料"开头,经过混合而生成一首以自己的逻辑运作的乐府诗。同样的材料在一首相对文人化的诗歌里被重新加工。在最后的例子里,材料化为纯粹的程序,完全脱离了原来的主题,但还是被字词的逻辑纠合在一起。

第三章　游仙

本章和第四章会讨论一些早期诗歌中使用的主题。我感兴趣的不是这些主题的思想背景或社会历史背景，而是它们在一个诗学话语中的构成方式。诗话语和文话语确有重叠，但是，出现在早期诗歌中的少数几个有名有姓的仙人似乎跟比较专门的道教作品中的有关传说没什么太大关系。在作品有明确作者归属的情况下，学者们常常试图考证这位作者是否信仰神仙。[1]虽然信仰的确存在于公元三世纪的社会，但在一个充满了可疑的作者归属、不确定的作品系年以及角色扮演的文本世界中，"信仰"很难得到证实；特别是在一个欢迎人们游戏于不同价值（也许"信仰"每一种不同的价值）的诗歌话语里，更是如此。

* * *

在中国古代（实际上在现代也一样），以公众道德为己任的人都会反对求仙或者崇拜存在于人类世界边缘的仙界。当涉及统

---

[1] 比如，侯思孟在《曹植和神仙》一文中权衡了曹植表达怀疑神仙和表达信仰神仙的文本，得出和中国学者相同的结论，认为曹植在他一生的过程中改变了信仰。

治者的时候,对求仙的兴趣就更成问题。如果这样的兴趣扩展到更大范围的文士阶层,这个时代就会被认为是一个堕落的时代,前文所引刘勰对于魏代的批评就说明了这一点。可是尽管存在着这样的批评,对于神仙的兴趣在很多个世纪以来一直都是思想史和文学史的一个组成部分。

这种带有污点的兴趣实际上涵盖面甚广:它包括对"道"的哲学思考,方士们专习的长生不老术,以及地方宗教信仰;有些地方宗教信仰包括引起政治精英明显反感的宗教实践。这一宗教"光谱"的不同成分之间基本没有关系。事实上,除了它们都拒绝把正统的国家政治作为生活的中心问题这一点之外,我们没有理由把它们全部都纳入"道教"这同一个范畴之中。

漠视正统政治并不等于对政治漠不关心。宗教仪式是宫廷生活的一部分;但更重要的是,东汉末年发生了道教起义,而且在中国中西部建立了一个一直持续到公元215年的道教政权(也即以张鲁为领袖的五斗米道)。学者们常常对曹操的道教诗歌感到困惑,把它们解释为政治寓言,或者是曹操老朽昏庸的产物,或者仅仅是诗歌游戏。[1]但事实上道教在最直接的意义上是当代政治的一部分,宣称自己拥有道教权威同时也可能是一种政治宣言。曹植兄弟尽管嘲笑曹操供养的方士[2],但是在公元三世纪初期,对于一位聪明的政治家来说,供养一群方士跟供养一群具有传统学术权威的作家没有任何本质的区别。

除了它在这一时期的政治性和正在形成中的体制建构,道教还是研究这个时期的诗歌的一个有用的着眼点。拥有各种药方和

---

[1] 桀溺,《曹操的诗歌》(巴黎:法国大学,中国研究所,2000),第68—71页。
[2] 侯思孟,《曹植和神仙》,第16—23页。

第三章 游仙

道术的初期道教非常技术化：要想达到某种目的（成仙），必须遵循着一定的顺序采取一定的行动。而这一时期的诗学，因为它具有相对固定序列的话题结构，与道教构成了很好的对应。游仙诗学因此受到来自两个方面的界定。

游仙主题具有目的论性质：它的目的是得仙（或得仙的"否定"形式，即求仙的失败或求仙的徒劳）。但是有一些基本的变量，把话题组织成两个互有重叠的次主题（sub-themes）。第一个次主题以获得仙丹为焦点，也有少数强调获取道术或真秘。第二个次主题的核心是古老的"周游天庭"。

在形式最完整的关于仙丹的诗歌中，主人公登上一座山，遇到一位或多位神仙（或幼或长，有时身骑白鹿）。他或者直接从神仙那里得到丹药，或者被神仙带到可以获得仙丹的地方。有时候诗歌的叙述者会自己服下仙丹，但是更常见的情况是他将丹药带回凡间，献给他的主人或者君王。因此，对获得仙丹的叙述起到了认证的作用。献药之后，他的主人或君王就会从此长生不老，这有时是一种愿望，有时诗人宣称是对事实的陈述。

第二种变体，"周游天庭"，偶尔会提到获取仙丹或真秘，但那只是整个行程的一个阶段。叙述者往往不是在登山之后偶然遇仙，而是自己修炼到完美的境界或者直接飞上天空。他首先前往泰山或昆仑山拜访西王母和她的仙侣东王公，然后会遇见一位著名的神仙，通常是赤松子。在这位神仙的引导下，他观赏天上的异景，通常是观看星辰。接下来有一些可能出现的话题：也许会有演奏音乐的天庭盛宴；也许会得到仙丹或秘术；也许他会回望故乡。但是在诗歌的结尾，就跟第一个次主题里服药的人一样，他会长生不老。

让我们来检视一下在曹植的一首诗中出现的第一个次主题。

曹植没有将仙丹带回凡间,而是自己服下了它。

飞龙篇[1]

曹植

晨游泰山,

云雾窈窕。

忽逢二童,

颜色鲜好。

乘彼白鹿,

手翳芝草。

我知真人,

长跪问道。

西登玉台,

金楼复道。

授我仙药,

神皇所造。[2]

教我服食,

还精补脑。

寿同金石,

永世难老。

---

[1] 逯钦立,第421页;《乐府诗集》卷64;《艺文类聚》卷42。黄节,《曹子建诗注》,第105—106页;聂文郁,《曹植诗解译》(西宁:青海人民出版社,1985),第294—297页;赵幼文,《曹植集校注》(北京:人民文学出版社,1984),第397—398页。

[2] 《艺文类聚》"所"作"可"。

第三章 游仙

在这首诗的开篇,诗人登上五岳之一的泰山,泰山不出所料隐藏在云雾之中。在山上,诗人遇到了两位仙童,虽然也完全有可能遇到仙翁,而且他们的数量也可能从一个到三个不等。他们骑坐的白鹿和手中的灵芝清楚地显示了神仙的身份。辨识身份是非常重要的一个环节:有时是仙人自己揭示身份,有时是行人从种种征象中看出端倪。如果是前一种情况,神仙通常会传授玄妙的知识。如果是行人自行认出仙人,像在这首诗里一样,他会"问道"或祈求。随后,神仙会将他带上天宫,授予仙丹,让他服食,他从此脱胎换骨,长生不老。

话题的序列及其展开或者压缩的方式都不出意料之外。系于曹植名下的很多游仙诗在具体描写上有很大的差异,但是它们都围绕着一个不变的核心。诵读、记忆和传抄这类诗歌的人对合理的变异具有同样的知识。我们现在所见的文本有可能跟曹植当年创作的文本并无二致,但是在某种层面上这个问题已经不再重要。我们现有的是一种可能的"变形"(rendition)。文本有时会扩展,但是更多情况下会收缩。现存曹植的作品全部是从各种选集和类书中辑出的。上引《飞龙篇》的这一版本保存于《乐府诗集》。虽然我们可以肯定在宋代热衷于整理文本的文化背景下,郭茂倩原封不动地抄录了手头依据的底本,但是他的文本来源背后是手抄本文化的传统,而手抄本文化属于一个文本变动不居的时代。

我们往往认为像《艺文类聚》那样的类书只给出"片段"。对于类书只给出一联或两联的那些诗,我们有充分的理由如此认为。但是在很多情况下,也许最好把这些摘引的诗句看作"简短的变形"(shorter renditions)。我们且在下面引用一下《艺文类聚》对曹植诗的变形:

晨游泰山,
云雾窈窕。
忽逢二童,
颜色鲜好。
乘彼白鹿,
手翳芝草。
西登玉堂,
金楼复道。
投我仙药,
神皇可造。
寿同金石,
永世难老。

这个版本比前一个版本少了两联(剔除了以"道"为韵脚的一联以免重复用韵),而且有一些异文,包括一个很重要的异文。我们无从得知的是,是《艺文类聚》压缩了原诗,抑或是什么人熟知在这种诗歌里应该提到的重要话题,因而增添了关于问道的一联和关于服食的一联。

曹植自己服下了仙丹,我们也许可以把它和另外一首无名氏乐府开头的片段作一下比较[1]:

---

[1] 虽然《长歌行》是组合乐府中比较有趣的一个例子,但是我没有引用它的第二个片段,也即一段用第一人称写作的思念母亲的歌辞,使用了《诗经》的典故。这首歌辞的一部分被作为曹丕的《于明津作》保存在《艺文类聚》里。逯钦立,第402页。

第三章 游仙

长歌行[1]

仙人骑白鹿,
发短耳何长。
导我上太华,
揽芝获赤幢。
来到主人门,
奉药一玉箱。
主人服此药,
身体日康强。
发白复更黑,
延年寿命长。

我们习惯性地把"仙人"视为单数,但是这里的仙人也很可能是两个或更多。这首诗包含与上首诗相同的成分,虽然被重新组合过:在上一首诗中,主人公登山遇仙,在仙人的引导下行至一处,受取丹药;这里的叙述者遇见了一个同样也是骑着白鹿的神仙,并且被他指引上山。"芝"是长生不老药之一种,在曹植的诗中,仙童手持芝草,但是在这里芝草必须采摘而得。这首诗中的叙述者登上的可能是另一座山,他也并没有向仙人问道;但是在两首诗中,"芝"这个字都出现在"药"之前。

同时我们要注意的是,这首诗的结尾跟上一首基本相同,都宣

---

[1] 逯钦立,第262页;《乐府诗集》卷30。黄节,《汉魏乐府风笺》,第15—16页。黄节也删掉了第二个片段。

称了仙药的灵验。被嵌入这一序列的话题在这类诗中很普遍,并且在一定程度上界定了这一诗歌类别:也即从仙界带回仙药,献给人间的主人。这种诗歌的一种变化方式是靠固定组成因素中的变量(不同的山,不同数目的神仙);另一种变化方式是增加和减少话题:曹植诗中的成分跟这首诗相同,但是删去了关于主人的话题。

这个主题的压缩版本构成了乐府《长歌行》的第一个片段。与这个片段相同的文本作为"古诗"保存在《艺文类聚》里,只不过省略掉了第二联。这样一来,就变成神仙自己将仙药献给了主人。原则很明确:一定数量的话题必须按部就班地出现,但是某些话题可以被增加或删除以适应具体的场合,或者在具体文本中怎么样合适就怎么样更改,正如曹植《飞龙篇》的两种变形一样。

即使在被大幅度压缩的版本中,我们仍然可以辨识出这个主题。下面的一首无名氏乐府《善哉行》分为数节,有关仙人的小节与其它主题相互交织。如果我们把第二节和最后一节放在一起阅读,我们就会得到所有的基本组成元素。

善哉行[1]

来日大难,
口燥唇干。
今日相乐,
皆当喜欢。

---

[1] 逯钦立,第266页;《宋书》;《乐府诗集》卷36。黄节,《汉魏乐府风笺》,第25—26页;桀溺,《中国古典诗歌的起源》,第122—125页。

经历名山,
芝草翻翻。
仙人王乔,
奉药一丸。

自惜袖短,
内手知寒。
惭无灵辄,
以报赵宣。

月没参横,
北斗阑干。
亲交在门,
饥不及餐。

欢日尚少,
戚日苦多。
何以忘忧,
弹筝酒歌。

淮南八公,
要道不烦。
参驾六龙,
游戏云端。

我们不知道是谁经历了名山，也不知道仙药最后献给了谁；但是在这首饮宴诗中，叙述者以主人的身份出现。这位主人或者直接从仙人那里获得仙药，或者经由一个中介接受仙药：我们已经在前面的乐府片段或者"古诗"中见过这两种可能性。最后一节没有提到服药，但是使得主人公能够游戏云端、摆脱凡间苦恼的，是一个比饮酒和音乐更加恒久的解决办法。

《善哉行》使用"解"的形式使不同的主题相互交织，这一点可以说在早期乐府中几乎是独一无二的。与之最接近的是曹操著名的《短歌行》，下面我会谈到这首诗。[1]桀溺注意到所有这些主题都属于饮宴。在这首诗里，虽然解与解之间缺乏一定的连贯性，但所有的主题和话题的序列（除了比较独特的第三节）都可以在其它的诗歌中找到对应。关于神仙的两节（第二节和第六节）相隔甚远，但是从得药到仙游的顺序是很熟稔的，而且这一熟稔也体现在更具体的文本层面上，比如令人想到曹植集中一首残诗中的一联：

教尔服食日精。
要道甚省不烦。[2]

通过重复，话题和主题的序列会逐渐显得"自然"，即使从后代的角度来看它们"不合逻辑"。对一种事物的熟悉会产生出自己的逻辑，而且在这一时代的诗歌语境中，宴会，人生短暂，

---

[1] 一般认为《善哉行》早于《短歌行》，但是事实并不一定如此。
[2] 《桂之树行》，逯钦立，第438页。

第三章 游仙

主人养客和求仙之间有无数个交叉点。

如我在本章开始时指出的,神仙崇拜和对长生不老的追求无论在诗歌还是公众话语中都是一个引起争议的话题。对神仙的赞颂本身就附带着带有贬义的套语,也即仙丹和长生不老都是富有欺骗性的。这种套语在《古诗十九首》的第十三首和曹植著名的组诗《赠白马王彪》中被一语带过:

虚无求列仙,
松子久我欺。[1]

这种反面论调也可能出现在一首发展得相当完整成熟的游仙诗里。在稍后的论述中,我们可以看到曹操很巧妙地做到这一点。在下面这篇系于曹丕名下的《折杨柳行》中,这种反面论调以比较粗糙的形式出现。这首诗中的山是一座方位含糊的"西山",而不是泰山或者太华山;但诗中依然出现了两位仙童。服食仙药之后,主人公羽化升天,但是他在天上的所见使他转而排斥神仙之道。

折杨柳行[2]

曹丕

西山一何高,
高高殊无极。

---

[1] 逯钦立,第454页。
[2] 逯钦立,第393页;《宋书》;《乐府诗集》卷37。黄节,《魏武帝文帝明帝诗注》,第46—47页。

上有两仙童,
不饮亦不食。
与我一丸药,
光耀有五色。
服药四五日,
身体生羽翼。
轻举乘浮云,
倏忽行万亿。
浏览观四海,
茫茫非所识。

彭祖称七百,
悠悠安可原。
老聃适西戎,
于今竟不还。
王乔假虚辞,
赤松垂空言。
达人识真伪,
愚夫好妄传。
追念往古事,
愦愦千万端。
百家多迂怪,
圣道我所观。

虽然《折杨柳行》的文本以排斥神仙结束,但这是一首拼合

第三章 游仙

型乐府,它的第一个片段(使用不同的韵)是对接受长生不老药主题的发展完整的变体。《艺文类聚》单独收录了这一片段,称之为《游仙诗》。这属于那种我们无法辨别这究竟是"一首诗"还是"两首诗"的情况。如果我们相信这首诗是"曹丕所作",我们就会如前所言那样来描述它:曹丕在这首诗中"最终放弃了神仙信仰"。但是,如果这首诗不是出于一个表达自己观点的"作者"的建构,而是由主题相反的两个片段拼在一起的特别组合,被偶然地保存到后世(无论这一组合是曹丕所为或是乐师所为),那我们就要另当别论了。

在登山、遇仙、受药、服食和飞升之后,叙述者在最后一个阶段上升到如此高度,以至于在那里他再也无法辨识出人间的任何事物。这种情形背后蕴涵着丰富的羽化登仙的诗学传统,从《楚辞》的《远游》到司马相如的《大人赋》。这是宗教上的脱胎换骨的最完满的实现;宣告达到这一境界,远远超越了一个凡人对彭祖活了七百岁的怀疑。这里的确存在一种反差效果:诗人或乐师不仅改换了韵脚,也改换了他的角色和态度,从超然世外摇身一变成为经验主义者和怀疑主义者。

如果我们阅读的不是任何意义上的"观点"的表达,而是一首诗歌集成曲(poetic medley),我们就会把从肯定到怀疑的态度转变视为一首音乐作品中从大调到小调的乐章变化。这有可能是乐师的建构,但是也同样可能是出于一位"作者"之手——一位聆听过很多歌唱表演、对乐师的运作十分熟悉的作者。由于第二个片段明确地否定和排斥了第一个片段,这里的组合原则比前面引用的《长歌行》更有连贯性,在那首《长歌行》里,受药和传药的片段与思念母亲的片段并置在一起。尽管有这一点不同,但是这两首诗中每个片段都可以独立存在。[1]

在曹操的一篇乐府中我们可以看到同样的逆转，但是与此同时它与《折杨柳行》之间的差异也很显著。如果我们在纯粹的文学意义上讨论曹操的"诗风"，并不符合历史的实际情况；但是可以在诗里看出曹操的政治动机。这首诗的片段以较长的诗节形式出现，诗节与诗节之间的递进可以视为某种政治劝喻。叙述者以熟悉的方式开篇，攀登泰华山以求得到长生不老的仙丹，

秋胡行[2]

愿登泰华山。
神人共远游。
愿登泰华山。
神人共远游。
经历昆仑山。
到蓬莱。
飘飖八极。
与神人俱。
思得神药。
万岁为期。

---

[1] 如果把《折杨柳行》的第二个片段独立出来，我们就可以将它天衣无缝地嵌入阮籍的《咏怀诗》。读者可参见《咏怀》第六十首。
[2] 逯钦立，第 350 页；《宋书》。黄节，《魏武帝文帝明帝诗注》，第 21—23 页；桀溺，《曹操的诗歌》，第 97—103 页。

歌以言志。
愿登泰华山。

天地何长久。
人道居之短。
天地何长久。
人道居之短。
世言伯阳。
殊不知老。
赤松王乔。
亦云得道。
得之未闻。
庶以寿考。
歌以言志。
天地何长久。

明明日月光。
何所不光昭。
明明日月光。
何所不光昭。
二仪合圣化。
贵者独人不。
万国率土。
莫非王臣。
仁义为名。

礼乐为荣。
歌以言志。
明明日月光。

四时更逝去。
昼夜以成岁。
四时更逝去。
昼夜以成岁。
大人先天。
而天弗违。
不戚年往。
忧世不治。
存亡有命。
虑之为蚩。
歌以言志。
四时更逝去。

戚戚欲何念。
欢笑意所之。
戚戚欲何念。
欢笑意所之。
壮盛智惠。
殊不再来。
爱时进趣。
将以惠谁。

第三章 游仙

> 泛泛放逸。
> 亦同何为。[1]
> 歌以言志。
> 戚戚欲何念。

曹操诗中的叙述者表示"愿"登仙山,羽化成仙。他在这里用的"愿"字,也就是在"古诗"里表示想要化为鸟儿与爱人比翼齐飞的"愿"字。也就是说,"愿"是一个表达渴望和希冀的动词,但并不一定暗示着实现愿望的现实可能性。在游仙诗中更常用的动词是"欲",跟"打算要做某事"或单纯的将来时态("将要"做某事)无法区分开来。因此,我们把第一节中"愿登泰华山"后接下来的"经历昆仑山"理解为"我愿经历昆仑山",而不是"我将要经历昆仑山"。

在很多同类的诗歌中,长生不老药意味着一个人可以与天地同寿。那么我们可以把第一节中的"愿",对某种大概不可企及的事物的渴望,视为第二节发端句"天地何长久"的语境。天地对于人来说太长久了,"人道"仅仅意味着一段短暂的停留。曹操在这里完全可以使用"人命"、"人生"这样的词;"人道"一词意味着这样短暂的寄居是理之必然。接下来叙述者提到了那些传说已经得道登仙的人。与他的儿子曹丕和曹植不同,曹操避开了"古诗"中的传统话题,曹操并没有说这是骗人的假话,他只是说我们无法确知——也许他们真的得道成仙了。

---

[1] 对这一难以理解的诗句学者们尝试用多种方法进行解读,但是没有一种读法是自然的。

曹操没有像在《折杨柳行》里那样从一首游仙诗突然转入一首否定仙人的诗，而是对成仙表示怀疑或是把仙界置于人智所及的范围之外。第三节仍然保留着适于游仙诗的宏大的视觉效果，转而歌颂宇宙秩序和国家政体，国家的统治者才是"圣化"的主宰。统治者居于"两仪"之间，也即这首诗的听众所占据的空间。我们不知道这里的"王"指的是他自己还是在他掌握之中的汉献帝，但是无论怎样，曹操喜欢使用"王"的古义（在汉代"王"指"诸侯王"而不是皇帝）。曹操终身没有废帝篡位，但他是实际上的"王"，而且在当时的中国北方他是唯一的王。因此，在诗中他化用了《诗经》成句，宣称："万国率土，莫非王臣。"

下一节中，时光流逝，但是王者现在作为"大人""先天而天弗违"。司马相如曾用"大人"之名称颂汉武帝周天巡游，超凡入圣；简而言之，曹操诗中的王者是一位具有仙品的"得道者"。人们尽可以向往成仙，但在这位王者身上我们可以清楚地看见天道的运作。这里的关键问题是，时世混乱，拨乱反正乃是王者的职责。在乱世中希冀超出于天赋的寿命是一种愚蠢的念头。我不想过度地解读这一节诗，但它好像确乎暗示了要想延年益寿（不一定是长生不老），最好的办法是辅助替天行道的王者实现太平治世。

曹操那些"戚戚"然恐惧死亡的听众，劝他们丢开忧惧，及时行乐。这已经濒临饮宴诗的边缘，在《古诗十九首》第三首中有与之对应的一联，

> 极宴娱心意，
> 戚戚何所迫。

听众应该享受现下——虽然现下被赋予了政治上的责任。

在公元二世纪末三世纪初渲染了道教色彩的政治语境下，这首诗是一篇劝导听众的杰作。在诗的一开始，游仙的主题被建构为一种可能；曹操随即削弱了这种可能，以王者的统治取而代之，而这个王者具有"道教仙君"的所有特征；但最后他把诗歌主题从对长生不老的关怀转向对国家政体的关怀以及现世享乐。

* * *

现在让我们来看一首乐府诗。它的乐府标题——"董逃"或"董桃"——引起的注意远比诗本身要多。这个题目下有一段歌辞，是中平年间（184—189）流传于京师的歌谣，保存在司马彪（240—306）的《五行志》中，后来收录在《后汉书》里。这首三言诗反复咏叹"董逃"，被视为对董卓命运的预言。[1]在这一意义上，这一乐府标题被理解为"董卓逃窜"。

对"董逃"标题的这一解读与下面的诗全然不符。但是，如果我们将"董"换成"东"，问题就迎刃而解了。[2]这样一来，听众会立刻联想到东方朔偷桃的故事。在流行的传说里，东方朔是谪仙，偷了西王母送给汉武帝的仙桃。

---

[1] 逯钦立，第22页。
[2] 根据W. South Coblin的音注，"董"和"东"的尾音在东汉时并不相同，参见其《东汉音注手册》（香港：中文大学出版社，1983）。但是，如在乐府《平陵东》中一样，"东"与跟"董"有相同尾音的字押韵。这表明"东"、"董"之间的相似度足以使"东桃"和标识诗歌主题的"董逃"成为谐音双关语。像"东方"这样稀见或绝迹的复姓在流行用语中常常用一个字来代替。我们也可以注意前文"公输班"的变体。

董逃行〔1〕

吾欲上谒从高山。〔2〕
山头危险道路难。
遥望五岳端。
黄金为阙班璘。
但见芝草叶落纷纷。

百鸟集来如烟。
山兽纷纶。
麟辟邪。
其端鹠鸡声鸣。〔3〕
但见山兽援戏相拘攀。

小复前行。

---

〔1〕 逯钦立,第264页;《宋书》;《乐府诗集》卷34。黄节,《汉魏乐府风笺》,第18—20页;桀溺,《中国古典诗歌的起源》,第119—122页。
〔2〕 我同意闻一多的说法,"从高"应该是"嵩高"的一个常见的替代写法。闻一多,《乐府诗笺》,第128页。"嵩"的声母会因为"谒"在早期中古音中"t"的尾音而改变。如果这看起来与第三句"遥望五岳"有矛盾的话,那么我们应该记得嵩山作为五岳的"中岳",是凡间唯一可以在想象中看见另外四岳的地方。闻一多和其他一些评注者则把这里的"五岳"解释为五个仙岛。
〔3〕 我在中文文本中保留了原来的"端"字。曹植《升天行》(逯钦立,第433页)里有一句"翔鹠戏其巅",我怀疑这里和前面第三句中的"端"应作"巅"。"巅"在这里是合韵的。虽然在前文引用的曹植诗中"巅"与"山"押韵(在这里也押韵),它的尾音略有不同,在中古音中这一不同非常明显,换作"端"会使押韵更加完美。我没有采取闻一多和桀溺把"其端"视为"角端"误写的说法。"角端"是一种传说中的怪兽,司马相如的赋中提到过它。桀溺指出"声鸣"二字存在文本问题。闻一多试图订正"声"字,但是也有可能"声"字前面有佚文。

第三章　游仙

玉堂未心怀流还。[1]
传教出门来。
门外人何求。
所言欲从圣道。
求一得命延。

教敕凡吏受言。
采取神药若木端。
玉兔长跪捣药虾蟆丸。
奉上陛下一玉柈。
服此药可得神仙。

服尔神药。
莫不欢喜。
陛下长生老寿。
四面肃肃稽首。
天神拥护左右。
陛下长与天相保守。

虽然这首诗的文本有很多问题，以及含义模糊的地方，但是前面看到的相同主题的其它诗篇可以帮助我们阅读它。我们在下面会看到，"上谒"是"游仙"诗下一个主题中的标准话题之一。叙述者登上的可能是嵩山，虽然它也是第二联中提到的"五岳"之一。这

---

[1] 关于"未"字的含义，我迄今没有见过令人满意的解释。它必须出现在动词前，但是这里并没有动词。闻一多认为这里有佚文。

首诗先提到"芝",接下来提到"药",这一顺序我们在前文谈到过。在一段对神兽的描写之后,我们看到一段更正式和更完整的对遇仙场景的描述:叙述者来到神仙栖息之地,寻求延年益寿的秘密,被允许"采取神药"。在这首诗里,仙界的行政机构与前面所引的诗大相径庭,它强调了存在于所有这些诗歌中的一个要点:叙述者是仙丹的"授权使用者",而不是它的发现者或制造者。

此时叙述者转而对皇帝发言,也就是说,他是将仙丹带回凡间的中介者。皇帝在服食丹药后可以长生不老。我们在前面的诗中见过"主人"或者主公,但是皇帝在诗里出现这是第一次,而且叙述者对皇帝使用的语言是宫廷用语,这提醒我们《宋书》中的乐府是在宫廷中演奏的。

* * *

第二种变体是对天界环游的描述。这种诗的篇幅可以更长,而且诗的各部分同样可以自由地扩展或压缩。我们首先来看一首无名氏乐府,它以描述天上的星辰结尾,诗的最后四句也是一首拼合型乐府第一个片段的开始。如果我们把这些不同的部分放在一起(如逯钦立所做的那样),我们就会得到这一主题的一个虽然短小却更为完整的版本。

步出夏门行[1]

邪径过空庐,

---

[1] 逯钦立,第267页;《乐府诗集》卷37。黄节,《汉魏乐府风笺》,第28—29页。

> 好人常独居。
> 卒得神仙道,
> 上与天相扶。
> 过谒王父母,
> 乃在太山隅。
> 离天四五里,
> 道逢赤松俱。
> 揽辔为我御,
> 将吾天上游。
> 天上何所有,
> 历历种白榆。
> 桂树夹道生,〔1〕
> 青龙对伏跌。〔2〕

在诗的开始,叙述者只是一个离群索居的凡人(从第三人称到第一人称的转换很常见)。他的修炼日趋完善,终于飞升天庭。在"过谒王父母"(东王公和西王母)之后,他四处观览天界,这番经历被称做"游"。"游"后来被用以称呼这一类型的诗歌:"游仙"。

这首诗出现在乐府《陇西行》中。这首诗关于人间的部分称赞了一位热情款待客人的主妇。

---

〔1〕 桂树、白榆同为日精所生,长在天上。这里的"道"是太阳运行之道。
〔2〕 青龙为星座名。

陇西行[1]

天上何所有,
历历种白榆。
桂树夹道生,
青龙对伏跌。
凤凰鸣啾啾,
一母将九雏。[2]
顾视世间人,
为乐甚独殊。

好妇出迎客,
颜色正敷愉。
伸腰再拜跪,
问客平安不。
请客北堂上,
坐客毡氍毹。
清白各异樽,
酒上正华疏。[3]
酌酒持与客,

---

[1] 逯钦立,第267页;《玉台新咏》卷1;《乐府诗集》卷36。黄节,《汉魏乐府风笺》,第26—28页;Birrel,《汉代中国的流行歌曲和歌谣》,第173页。
[2] 凤凰、"九雏"皆指星宿。
[3] 这一句有文本问题,学者们提出了各种解决办法。逯钦立把"正"订正为"玉",闻一多把"疏"读为"梳"。

第三章 游仙

客言主人持。
却略再拜跪,
然后持一杯。[1]
谈笑未及竟,
左顾敕中厨。
促令办粗饭,
慎莫使稽留。
废礼送客出,
盈盈府中趋。
送客亦不远,
足不过门枢。
取妇得如此,
齐姜亦不如。
健妇持门户,
亦胜一丈夫。

  如果把上面的第一个片段和《步出夏门行》连在一起,我们就会得到对星宿游观和回望人间的描述(经常出现在关于游天的文和赋里),最后以表达快乐作结。如逯钦立所指出的,我们有几个理由将《步出夏门行》与《陇西行》的第一个片段连在一起。这两个片段明显可以合在一起构成一个整体。与其试图决定哪一个才是真正的题目,或探究被组合而成的整体是一首独立的

---

[1] 这一联以及前一联用了与全诗不同的韵脚。如果将这两联去掉,这位主妇的行为会显得更不合适。

诗还是应该和主妇片段合在一起构成另一首诗,我们还不如注意到《陇西行》开始的片段是一个简短的"变形",和常见于类书中的作品的"压缩变形"版没有本质上的区别。

上面对《长歌行》"仙人骑白鹿"的引文略去了《长歌行》的第二个片段,这里我们却没有省略《陇西行》一长段对"健妇"的赞美。我们看到拼合型乐府的片段之间有多种衔接的可能性。有时候片段被组合在一起形成一首连贯的诗,比如著名的《陌上桑》。在《艳歌何尝行》里,我们看到关于飞鸟的片段经过调整后成为第二个片段中人类处境的隐喻。我们前面谈到的曹丕《折杨柳行》把两个对立的片段组合在一起。在下一章将要讨论的《白头吟》中,明显不同但又相关的主题片段被作为一首诗解读。《陇西行》和《长歌行》这样的例子是这一系列可能性中遥远的终端,在这两首诗中,两个全不相关的片段在文本层面上一同出现。评注者们费尽心思把这些片段解读成连贯的篇章,但这些努力归根结底显得相当主观。这些例子告诉我们,片段之间的脱节和递进提供了一种特别的乐趣。《玉台新咏》常常修补入选的诗歌;如果《陇西行》以现存的面貌出现在《玉台新咏》里(但没有不合韵的句子和令人挠头的文本问题),那是为了保留古乐府的"古拙气息";比如它修正了《艳歌何尝行》的文本,却保留了歌手的尾声。

后世的笺注家无法接受第二个片段中主妇的行为。从沈德潜的《古诗源》开始,他们一致同意把诗人的赞颂视为讽刺,因为对如此行为加以赞赏在他们看来是不可思议的。李因笃在《汉诗音注》里试图把它解释为陇西边地的独特风俗。[1]虽然这首诗在

---

[1] 姚大业,《汉乐府小论》(天津:百花文艺出版社,1984),第78页。

第三章 游仙

某些情况下的确可能被用作讽刺，在一个完全不同于明清时代的时代，它也完全可能是对一个能干的家庭主妇的赞扬。

* * *

虽然我们不排除这种可能性，但是我们没有充足的理由相信前面所引的无名氏乐府一定早于曹操的诗。下面的曹操乐府在诗句组合和韵脚方面存在非常多的问题。

气出倡[1]

曹操

驾六龙，[2]

乘风而行。

行四海外，

路下之八邦。

历登高山，

临溪谷，

乘云而行。

行四海外，

东到泰山。

仙人玉女，

下来遨游。

---

[1] 逯钦立，第345页；《宋书》；《乐府诗集》卷26；黄节，《魏武帝文帝明帝诗注》，第3—4页；桀溺，《曹操的诗歌》，第78—84页。
[2] "六龙"跟日车有关，它在第十二句中再次出现，因为我们不能确定第十二句中"骖驾六龙"的主语，所以这里的六龙也许只是一般的"龙车"而已。

骖驾六龙,

饮玉浆。

河水尽,

不东流。

解愁腹,

饮玉浆。

奉持行。

东到蓬莱山,

上至天之门。

玉阙下,

引见得入。

赤松相对。

四面顾望,

视正焜煌。

开玉心正兴,[1]

其气百道至。

传告无穷闭其口,[2]

但当爱气寿万年。

东到海,

与天连。

神仙之道,

---

[1] 这句很有问题,我采用了黄节的解释,以开、玉、心为星名。桀溺(2000)给出了更详细的解释和另外的读法(以及另外一种句读),第83—84页。
[2] "闭口"是道教存津的方法。

第三章 游仙

出窈入冥,
常当专之。
心恬澹,
无所愒欲,
闭门坐自守,
天与期气。
愿得神之人,
乘驾云车,
骖驾白鹿,
上到天之门,
来赐神之药。
跪受之,[1]
敬神齐。
当如此,
道自来。

我们在前面提到过:论者往往不理解像曹操这样意志强硬的将军和政治家怎么会写作游仙诗。虽然他这样做有可能只是出于私人的宗教兴趣(对这一兴趣我们除了这些游仙诗之外别无旁证)或者仅仅因为游仙是一个流行的诗歌主题,但是也可能正因为他是一个意志强硬的政治家才会写出这样的诗。在这个时代,对于上天的奥秘的掌握是政治权力的一个可能的基础。曹操有很多更为传统的政治诗歌,都含有劝说的因素,在诗中他把自己比作周公,既表明自己对公益的热情,

---

[1] 读者可比较曹植《飞龙篇》中的"长跪问道"。

也显示他对网罗追随者的迫切愿望。如果他对网罗追随者的急切并非虚言,那么须知在公元二三世纪之交,一个领袖在玄秘方面的能力对当时一些人有很大的说服力。数种早期文献提到曹操好作诗,用王沈的话来讲,"及造新诗,被之管弦,皆成乐章。"[1]在政治语境中,这种声望带有丰富的含义:这类"新诗"可以在朝廷上为那些有道教兴趣的客人演奏,而他们都知道诗的作者是曹操。

让我们设想这些乐府本质上是为了获取宗教权威(多半出于政治目的)。叙述者要想获得宗教信誉,就必须宣称他做过某些事情和经历过某些事情。我们知道游天者一定会飞越四海,但是他也必须像《步出夏门行》中的叙述者一样前往泰山。《步出夏门行》中的句子跟曹操的乐府诗一样遵从着相同的顺序。如果不把曹操的乐府视为"晚于"无名氏乐府,我们就能更容易地看出曹操的乐府提供了一个完整的"版本",而那首五言乐府仅仅使用了一些零碎的片段。

泰山是曹操在诗中最先到达的具体地点:

行四海外,
东到泰山。

这也是《步出夏门行》中的叙述者首先到达的地方:

过谒王父母,
乃在太山隅。

接下来,曹操首先飞到蓬莱山,随后升上天庭,在那里遇见了赤松子:

---

[1] 参见《三曹资料汇编》(北京:中华书局,1980),第2页。

> 上至天之门。
> 王阙下，
> 引见得入。
> 赤松相对。

《步出夏门行》的叙述者接下来也在一个非常临近天庭的地方遇到了赤松子：

> 离天四五里，
> 道逢赤松俱。
> 揽辔为我御，
> 将吾天上游。

然后曹操看到众星：

> 四面顾望，
> 视正焜煌。
> 开玉心正兴，
> 其气百道至。

　　第三句"开玉心正兴"有很大的文本问题。我在此采取黄节的意见，以开、玉、心为星名，正是因为诗歌进行到此游天者应该可以看到众星，就像在《步出夏门行》里一样。

　　不同的情节的发生遵循着相对严格的顺序，但是话题中也可以有一些变体。比如诗中人可能是在昆仑山上而不是泰山上遇见西王母和她的仙侣东王公；赤松子可以充当向导，但是观望众星的情节可以省略。不过叙述者往往会宣布他得到了仙丹或"得道"。这一基本成分在这两首相互重叠的无名氏乐府《步出夏门行》和《陇西行》中被略去了。在下面的这个"版本"里，一些具体的细节有出入，但是基本的顺序被诗人保持。

陌上桑[1]

曹操

驾虹霓，

乘赤云，

登彼九疑历玉门。

济天汉，

至昆仑，

见西王母谒东君。

交赤松，

及羡门，

受要秘道爱精神。

食芝英，

饮醴泉，

柱杖桂枝佩秋兰。

绝人事，

游浑元，

---

[1] 逯钦立，第348页；《宋书》；《乐府诗集》卷28。黄节，《魏武帝文帝明帝诗注》，第12—13页；桀溺，《曹操的诗歌》，第73—77页。

若疾风游欻飘翩。

景未移，

行数千，

寿如南山不忘愆。

不同于《气出倡》开头所描写的笼统的行程，这首诗开始便给出了一个虽然简短但是更为具体的行程，主人公从南方的九嶷山到西北边疆的玉门关，然后继续向西前往昆仑山。这一行程的最后阶段要求横渡银河。在这首诗里，西王母和她的仙侣，这里被称为"东君"（在《九歌》中是太阳神），住在昆仑山而不是泰山。这里也有遇赤松子、受秘道、食灵芝、游诸天的情节，最后以宣称长生不老结束。

桀溺指出这一"版本"借用了《楚辞》的一些段落和意象。但是，这种借用一般出现在对话题的标准序列开展详细描述的时候。《楚辞》的《远游》篇里有这一主题的某些片段，但是《陌上桑》包含了一整套成形于早期诗歌创作中的话题。也就是说，《楚辞》的意象为这首写于公元二三世纪之交的诗歌增加了一些文学上的光环。[1]

一些话题可以被拓展，但是其核心成分依然以节略的形式出现。在《气出倡》其二中，出现了山景和仙界的歌舞，这实际上取代了《气出倡》其一和《陌上桑》中的对行程的描写。但是叙述者后来仍然升天遨游，拜谒了昆仑山上的西王母，遇到赤松

---

[1] 我们可以在三世纪末期一些语言风格繁缛的西晋作品中看到相似的现象：如果我们抛开表面的修辞花巧，我们会发现这些诗人往往遵循着一个标准的"古诗"主题中固定的话题序列。西晋于 317 年灭亡，当诗歌在四世纪晚期重新大量出现的时候，最清晰的变化标志之一就是诗人根据主题创作时，旧有话题的习惯序列消失了。

子,而且也可能(这要看我们对文本如何理解)看到了众星。

气出倡(二)[1]

曹操

华阴山自以为大。
高百丈浮云为之盖。
仙人欲来。
出随风。
列之雨。
吹我洞箫。
鼓瑟琴。
何闾闾。
酒与歌戏。
今日相乐诚为乐。
玉女起。
起舞移数时。
鼓吹一何嘈嘈。
从西北来时。
仙道多驾烟。
乘云驾龙。
郁何蓩蓩。
遨游八极。

---

[1] 逯钦立,第345页;《宋书》;《乐府诗集》卷26。黄节,《魏武帝文帝明帝诗注》,第4—5页;桀溺,《曹操的诗歌》,第85—88页。

第三章 游仙

乃到昆仑之山。

西王母侧。

神仙金止玉亭。[1]

来者为谁。

赤松王乔。

乃德旋之门。

乐共饮食到黄昏。

多驾合坐。

万岁长。

宜子孙。

如我们大概可以预料到的,当古典诗歌在公元三世纪的精英阶层当中变得越来越流行的时候,诗歌程序变得不再像以前那么严格。这与其说是一个文学史的问题,倒不如说跟修辞等级和具体诗人的写作个性有关。但即使到了三世纪后半叶,在傅玄的作品中,尽管一些中心因素几乎完全被华丽铺张的描写所掩盖,它们依然原封不动地存在。

云中白子高行[2]

傅玄

陵阳子。

---

[1] 尽管论者绞尽脑汁对"金止玉亭"提出种种解释,这里的文本仍然很成问题。
[2] 逯钦立,第564页;《乐府诗集》卷63。塞长春、王会绍、余贤杰,《傅玄阴铿诗注》(兰州:甘肃人民出版社,1987),第57—59页。

来明意。

欲作天与仙人游。

超登元气攀日月。

遂造天门将上谒。

阊阖辟。

见紫微绛阙。

紫宫崔嵬。

高殿嵯峨。

双阙万丈玉树罗。

童女掣电策。

童男挽雷车。

云汉随天流。

浩浩如江河。

因王长公谒上皇。

钧天乐作不可详。

龙仙神仙。

教我灵秘。

八风子仪。

与游我祥。[1]

我心何戚戚。

思故乡。

俯看故乡。

二仪设张。

---

[1] 我依据《乐府诗集》把"祥"解作"翔"。我怀疑此句应作"与我游翔"。

第三章 游仙

乐哉二仪。

日月运移。

地东南倾。

天西北驰。

鹤五气所补。

鳌四足所支。

齐驾飞龙骖赤螭。

逍遥五岳间。

东西驰。

长与天地并。

复何为。

复何为。

    这首诗的开头依然有"上谒"的意图,主人公接下来拜谒了"上皇",而不是西王母、东王公。跟曹操的乐府诗相似,主人公在到达天庭之前有一段序曲式的遨游;只是在这里,天庭成为一系列完整的宫殿楼阁,得到比较详细的描写。叙述者没有遇见赤松子,但是有"王长公"(很可能是仙人王子乔)为之引见。于是他得到"灵秘",遨游周天。

    此时诗歌的语调突变,这位刚刚得道的仙人突然感到"戚戚"。曹操曾经用同一个词("戚戚"),勉励听众不要忧惧人生短暂。这首诗的主人公心怀眷恋回顾家乡,赞颂凡间的美丽。这里诗歌虽然并不十分明确,但是在结尾叙述者似乎回到了人间,继续遨游,并长生不老。从天庭回到人间应该也就意味着从长生不老回到有生必有死的凡间,类似于曹丕《折杨柳行》和曹操诗中的逆转。但是话题传统序列的力量似乎最终还是占了上风：叙述者必须继续遨游，并与天地同寿。因此，诗人似乎还是把这一主题完整而妥善地结束，虽然是结束在凡间世界。

* * *

曹植在共享诗歌材料的语境下创作诗歌，这种语境对他所有的作品都有影响。但是，与大多数诗人相比，他对这一材料都做出更多自由发挥。[1]他的诗歌中有很多标准的话题，但他对其中一些做出非常自由的拓展；他也常常改变在其它诗歌作品中高度统一的话题序列：

五游咏[2]

    曹植

九州不足步，
愿得凌云翔。
逍遥八纮外，
游目历遐荒。
披我丹霞衣，
袭我素霓裳。

---

[1] 很多学者都讨论过曹植创作游仙诗的动机。自清代迄今，这是中国的曹植研究中一个固定的话题。这个问题在船津富彦《曹植的游仙诗论》和侯思孟的《曹植和神仙》中都有细致的检视。侯思孟特别引用了文章材料勾勒出更为丰富的画面。

[2] 逯钦立，第433页；《艺文类聚》卷78；《乐府诗集》卷64。黄节，《曹子建诗注》，第80—82页；聂文郁，《曹植诗解译》，第276—280页；赵幼文，《曹植集校注》，第400—402页。聂文郁给出了对题目的一些不同解释：遨游五岳、遨游五洲或者是遨游五方。

华盖芬晻蔼,
六龙仰天骧。
曜灵未移景,
倏忽造昊苍。
阊阖启丹扉,
双阙曜朱光。
徘徊文昌殿,
登陟太微堂。
上帝休西棂,
群后集东厢。
带我琼瑶佩,
漱我沆瀣浆。
踟蹰玩灵芝,
徙倚弄华芳。
王子奉仙药,
羡门进奇方。
服食享遐纪,
延寿保无疆。

前面提到的游仙诗都有十分相似的开头：诗人不是登山就是飞升（只有《步出夏门行》以独居得道开始）。曹植的诗与它们不同，一开始就提出九州岛太过渺小，不足以行走其中。这种夸大其辞有其先例：司马相如在描述作为"大人"的汉武帝时也使用了基本相同的说法：

>宅弥万里兮,
>
>曾不足以少留。[1]

曹植的父兄和建安七子都经常引用《诗经》,把一些习惯性引用语和段落在自己的诗中加以化用。他们也同样经常用到其它的经典或是古代的传说。但曹植在这里的做法全然不同。他实际上是把司马相如《大人赋》中游天的描写和当代的游仙诗结合在了一起。他不仅在诗的开头借用了在早期古典诗歌中从未出现过的《大人赋》里的一个修辞手段,也采用了《大人赋》中的游天者充满自信的语调。在其它诗里,有时会表现出对中介的需求;在前面谈到的诗里,诗中的叙述者至少要"拜谒"诸仙。而曹植就像《大人赋》里的汉武帝一样,直接进入天门,轻车熟路地穿行于天宫。我们确实看到"灵芝"跟在其它诗中一样出现在"仙药"之前,但是曹植只是在漫不经心地"玩"之"弄"之。诗在上帝之后也提到了两位神仙:王子乔和羡门子高。他们给诗人带来仙药,并传授秘方,但是这里所用的动词,"奉"和"进",把这些著名的神仙置于仆人或下属的地位。这首诗以传统的成仙得道作结,但是诗人已经如此"抬高"了自己的地位,以至于他在享受"仙药"和"奇方"的时候,其悠闲自得的程度就如同一个贵族在自己的后花园里漫步并享用仆人奉上的精美糕点一样。

在曹植的这首诗和其它一些诗中,可以看出赋以及其它高雅话语形式对曹植五言诗的影响。这是将低俗修辞格变成高雅文学

---

[1] 见费振刚、胡双宝、宗明华,《全汉赋》(北京:北京大学出版社,1993),第91页。

第三章 游仙

的过程的一部分。这一过程在三世纪后期得到加强。虽然与西晋的诗人相比曹植看上去仍然十分直白,但是他的诗中充满了在修辞等级较低的诗歌中见不到的字句和话题。

仙人篇[1]

曹植

仙人揽六著,
对博太山隅。
湘娥拊琴瑟,
秦女吹笙竽。
玉樽盈桂酒,
河伯献神鱼。
四海一何局,
九州安所如。
韩终与王乔,
要我于天衢。
万里不足步,
轻举凌太虚。
飞腾逾景云,
高风吹我躯。
回驾过紫薇,[2]

---

[1] 逯钦立, 第434页;《乐府诗集》卷64; 黄节,《曹子建诗注》, 第63—65页; 聂文郁,《曹植诗解译》, 第266—272页; 赵幼文,《曹植集校注》, 第263—265页。
[2]《艺文类聚》作"过",而《乐府诗集》作"观"。我同意赵幼文的看法,以"过"为是。

与帝合灵符。
阊阖正嵯峨，
双阙万丈余。
玉树扶道生，
白虎夹门枢。
驱风游四海，
东过王母庐。
俯观五岳间，
人生如寄居。
潜光养羽翼，
进趋且徐徐。
不见轩辕氏，
乘龙出鼎湖。
徘徊九天上，
与尔长相须。

修辞等级低俗的游仙诗在列举群仙时，满足于列举西王母、东王公、赤松子和王子乔几位，可是在这里，曹植则构建了一座万神宫，同时他提供天界的细节，使用技术性词汇，而这些细节和术语都是在关于神仙与长生的其它种类的作品中出现过的。不过，在修辞等级低俗的诗歌的背后有一个程序在运作，那个程序既是诗歌话题的序列，也是一个宗教程序。曹植的诗中的确存在一个基本的叙事框架——享受仙界盛宴，接受升天的邀请，顺便拜访天帝——但是这个叙事框架被湮没于繁复的描写之中。

在《步出夏门行》的诗人拜谒西王母和东王公的地方（"乃

在太山隅"），曹操看到神仙们在赌博。虽然我们不能说前文引用的那些游仙诗体现了任何宗教上的敬畏情绪，但是诗人至少时而表现出一种兴奋和惊奇。而曹植笔下的神仙们却是欢喜和轻浮的，这种轻浮从很多方面来说确实很适合于一个摆脱了死亡阴影的世界。这些神仙很像是无聊的贵族青年，觉得周围的环境太拘束，邀请诗人在天衢上散散心（虽然曹植和他的朋友们也可以被视为"贵族"，他们仍然生活在死亡的阴影下）。

描写天界显然是一件乐事，曹植津津有味地记录了他的旅程。诗中有一个很妙的时刻：当他从五岳上方飞过，他俯视下界的人间。他看到的凡间景象——"人生如寄居"——明显属于"古诗"和通俗修辞等级的诗歌。虽然种种游仙主题本身也是早期诗歌共享材料的一部分，但是它们与它们所描写的凡间的不同，除了仙凡之隔以外，也代表着诗歌话语的不同。死亡、分离和忧虑在早期诗歌中占据显要的位置，也提供了最常见的话题和主题。仙人的世界则完全是另一回事，无论从诗歌的层面来看，还是从想象力的层面来看，都是如此。

曹植写了很多游仙诗，当代诗学的痕迹仅仅以零星片段的形式在其中出现。这些诗与其它早期的游仙诗不同的，是所谓的"否定的能力"（negative capability），诗人能够彻底在想象中置身于仙界，以至于可以从仙界的角度发言。论者对曹植的诗歌几乎总是作出政治解读，几乎总是会想到他曾经一度几乎成为曹操的继承人，想到兄长登基后他受到的迫害。但是，也许我们不是应该对他的诗歌，而是应该对他的诗学（poetics）进行政治解读，作为现实权力失落之后在想象中获得权力的行为。

* * *

本章中我们要讨论的最后一首诗记录了一次失败的求仙经历。诗中叙述者登上一座山，却全然没有其它诗中的兴奋或喜悦。当他心情烦乱坐在那里的时候，三位仙人出现在他面前，告诉他仙道可得。但是叙述者错失良机，被神仙抛弃。

秋胡行[1]
　　曹操

晨上散关山，
此道当何难。
晨上散关山，
此道当何难。
牛顿不起，
车堕谷间。
坐盘石之上，
弹五弦之琴。
作清角韵，[2]
意中迷烦。
歌以言志，
晨上散关山。

---

[1] 逯钦立，第349页；《宋书》；《乐府诗集》卷36。黄节，《魏武帝文帝明帝诗注》，第20—21页；桀溺，《曹操的诗歌》，第91—96页。
[2] 传说中为黄帝所作。

第三章 游仙

有何三老公,[1]
卒来在我旁。
有何三老公,
卒来在我旁。
负掩被裘,
似非恒人。
谓卿云何,
困苦以自怨,
徨徨所欲,
来到此间。
歌以言志,
有何三老公。

我居昆仑山,
所谓者真人。
我居昆仑山,
所谓者真人。
道深有可得。
名山历观,
遨游八极,
枕石漱流饮泉。
沉吟不决,

---

[1] 逯钦立认为"三殆一之讹字",原本只有一位神仙。但是神仙们也经常成群结伙地出现。

遂上升天。

歌以言志,

我居昆仑山。

去去不可追,

长恨相牵攀。[1]

去去不可追,

长恨相牵攀。

夜夜安得寐,

惆怅以自怜。

正而不谲,[2]

辞赋依因。[3]

经传所过,

西来所传。[4]

---

[1] 桀溺(《曹操的诗歌》,1996)对这个令人挠头的句子有一段精彩的讨论。但我没有采用他的解释,因为从语法上看,诗句的下半行一定是"恨"的对象。

[2] "正而不谲"是孔子对齐桓公的评价。见《论语》"宪问"。

[3] 这句常常被认为指齐桓公听到宁戚击牛角而歌而加以任用。但"辞赋"用来指宁戚的歌并不合适。

[4] 这几句很成问题。论者往往认为它们指儒家经典或史书中记载的桓公西征大夏。Von den Steinen 对第 45 行的解释,"他经过之处载于经传"是听起来最自然的一种解读,但是他对第 46 行的解释有些牵强,"来自西方的书籍[书籍记载着]传于后世的知识"。Von den Steinen 参考了 Balázs 的解读,把"西来所传"视为道教经典。"西来"常常意味着"去西方"而不是"来自西方"。在这种情况下最适合的"西来"者是老子,而最适合的"经"是《道德经》。桀溺的解释(见下)是唯一在上下文中能说得通的。

第三章 游仙

歌以言志,
去去不可追。

正如我们能够辨认出那些表现常见诗歌主题的诗一样,我们也能认出一首独一无二的诗。这首诗的开头不出所料描写登山,而且这座山正是老子西去出关所经之地。叙述者不出所料遇到了神仙。但是整个诗的口气从一开始就不太对劲,这种口气把主题引入歧途。登山的过程十分艰难,牛倒地不起,车堕入山谷。这对遇仙来说不是一个吉祥的开端。可以理解,这使登山者的心情一落千丈。

此时出现了"三老公",他们很同情我们沮丧的叙述者,提出要向他传授"道"的奥秘和毋需牛车旅行的方法。但叙述者没有把握住这个机会,于是仙人飞回天庭。

最后一节在解读上带来很大困难,但是有一点很清楚:叙述者闷闷不乐,似乎是因为他没能跟随仙人一同飞升。考虑到这类诗歌常常强调成仙得道带来的快乐,他完全有理由闷闷不乐。

在这一节里似乎提到了齐桓公,这是全诗最后四句(除了复句之外)唯一比较清楚的一点。不幸的是,这一看似清楚的所指引得很多论者给出了异想天开的解释。桀溺对这几句的解释似乎较为妥当,而且引发了一个有意思的问题:

〔Mon récit est〕sincère et sans duplicité/〔J'en donne pour prevue〕l'inspiration des rhapsodies/Les relations des anciennes chroniques/La tradition venue de l'Occident.

(我所讲述的事情是)真实的,不带一丝欺骗/(证据是)

> 激发辞赋创作的灵感/古代典籍中的记述/从西方而来的传说。

这一解读也许需要一些修改,但是传达的观点是清楚的,而且也可以和全诗内容进行串讲。有趣的是从《论语》中借用的孔子描述齐桓公的四个字,"正而不谲"。这到底是像很多论者以为的那样,是一个与齐桓公的形象密切相关的"典故"呢,还是只是一个"习惯性引用语",也就是一个可以在完全不同的语境中应用的可以引起共鸣的短语?桀溺上面的解读显然把它视为一个"习惯性引用语",和齐桓公没有什么关系。这首诗里真正的"典故"是老子西去所经过的散关山——不一定是曹操像齐桓公西征一样行军经过的地方。这一时期的诗歌如果用典,往往引用的是故事(而不一定是引用词语)。散关山正是老子"所过"和传经的地方。

第四章 死亡与宴会

虚无求列仙,

松子久吾欺。

——曹植《赠白马王彪》

早期古典诗歌的主题和话题形成了一个相互交织的网络:一个主题以可预料的方式引出另一个主题,变量出现在很多不同的层面上:游仙诗的叙述者可能登上不同的山峰,遇见不同的神仙;他可能自己服下长生不老药之后邀游天宫,也可能将药带回人间,献给世俗的君王或主人;他也可能最终认识到求仙毫无意义。

有一点是所有的变体都承认的,也就是"人生苦短";但是面对这样一个事实有多种选择。其中一个选择是勤勉努力,建立功业。这正是乐府《长歌行》所必须背负的包袱。《长歌行》是《文选》中所包括的三首无名氏乐府之一,而且,恐怕不出所料,也是最有文采的无名氏乐府之一。

长歌行[1]

青青园中葵,
朝露待日晞。
阳春布德泽,
万物生光辉。
常恐秋节至,
焜黄华叶衰。
百川东至海,
何时复西归。
少壮不努力,
老大徒伤悲。

对人生短暂的感慨也可以出现在一个具体的场合,比如在陈琳与朋友游乐时:

诗[2]

陈琳

节运时气舒,
秋风凉且清。
闲居心不娱,

---

[1] 逯钦立,第262页;《文选》卷27;《艺文类聚》卷42;《乐府诗集》卷30;黄节,《汉魏乐府风笺》,第14页。
[2] 逯钦立,第368页;《艺文类聚》卷28。韩格平,《建安七子诗文集校注译析》,第122—123页。

驾言从友生。

翱翔戏长流,

逍遥登高城。

东望看畴野,

回顾览园庭。

嘉木凋绿叶,

芳草纤红荣。[1]

骋哉日月逝,

年命将西倾。

建功不及时,

钟鼎何所铭。

收念还寝房,

慷慨咏坟经。

庶几及君在,

立德垂功名。

我们在本章稍后会看到,在另外的场合,陈琳会偏离一个既定主题的常规方向。这首诗以一个常见的建安诗歌类型开头,描写和朋友一起出游。但是秋天的草木激发了心中的暗淡情绪,将他引入对人生短暂的沉思。《长歌行》里提出的解决办法——少壮努力——总是有效的。陈琳决定回家研习经典,希取显赫的功名。[2]

---

[1] 如逯钦立所说,此处"纤"应作"歼"。
[2] 如我在前文所说,这些序列可以扩充或压缩。关于同一个序列的压缩版,可参见曹植《薤露行》(逯钦立,第422页)第3—6行。

不过，努力奋斗、立身扬名的解决方式较少被人遵循。不论是在诗的开端就作为老生常谈被提出，或是像在这首诗里被秋天的景色所激发，诗歌中对人生短暂的表述一般来说更容易促使叙述者寻求长生不老的秘密，或者决定及时行乐。

在下面一组诗里，我们可以很清楚地看到诗人对于做出决定的一刻所作的变形。我们首先来看一首游仙诗（显然只是原诗的片段），《艺文类聚》把这首诗系于曹植的名下：

> 人生不满百。
> 戚戚少欢娱。
> 意欲奋六翮。
> 排雾陵紫虚。
> 蝉蜕同松乔。
> 翻迹登鼎湖。
> 翱翔九天上。
> 骋辔远行游。
> 东观扶桑曜。
> 西临弱水流。
> 北极登玄渚。
> 南翔陟丹邱。[1]

这是游仙诗的一个非常标准的"版本"。很明显，它被截断的地方

---

[1] 逯钦立，第456页；《艺文类聚》卷78。黄节，《曹子建诗注》，第79—80页；聂文郁，《曹植诗解译》，第273—275页；赵幼文，《曹植集校注》，第265—266页。

正好是在叙述者环游宇宙的旅程当中。我们已经知道这类诗该如何结尾,而且结尾的一联不应该对仗。这首诗令人注目的地方是诗一开头的套语,"生年不满百"。对于后代读者来说,而且毫无疑问对早期的读者和听众来说,这个熟悉的开头很可能把诗歌引入一个完全不同的方向。

古诗十九首(十五)[1]

生年不满百,
常怀千岁忧。[2]
昼短苦夜长,
何不秉烛游。
为乐当及时,
何能待来兹。
愚者爱惜费,
但为后世嗤。
仙人王子乔,
难可与等期。

在前一首诗里,"曹植"作为叙述者,的确"常怀千岁忧"。中国诗歌语言没有时态,所以我们不知道接下来的翱翔九天是他已经采取的

---

[1] 逯钦立,第333页;《文选》卷29。隋树森,《古诗十九首集释》,第22—23页;桀溺,《古诗十九首》,第36—37、135—140页。
[2] 我对此句的理解是"抱着想要活一千岁的忧虑或焦虑"。明清时代论者对这一句的理解,是忧虑建功立业、扬名后世。桀溺接受了李善的观点,认为这句诗指清明的统治。

行动还是他"意欲"采取的行动。他要"蝉蜕同松乔"。《古诗十九首》第十五首中的叙述者抱有同样的愿望,但是他对愿望的实现没有信心。他提出另一种解决办法,也就是及时出游,把欢乐延至深夜,而不是延到千秋万世。他劝勉听众及时行乐,"费"掉尘世的时间和财物。每一个听到这首诗的人都知道诗人不是劝他们独自享乐,而是劝他们共享欢乐和饮宴。这一点在一首融入了《古诗十九首》第十五首的无名氏乐府里表现得尤为明显。

西门行[1]

出西门,
步念之。
今日不作乐,
当待何时。

夫为乐,
为乐当及时。
何能坐愁怫郁,
当复待来兹。

饮醇酒,
炙肥牛,

---

[1] 逯钦立,第269页;《宋书》;《乐府诗集》卷37。黄节,《汉魏乐府风笺》,第31—32页;桀溺,《中国古典诗歌的起源》,第136—138页;Birrel,《汉代中国的流行歌曲和歌谣》,第89—93页。

第四章　死亡与宴会

请呼心所欢,
可用解忧愁。

人生不满百,
常怀千岁忧。
昼短苦夜长,
何不秉烛游。

自非仙人王子乔,
计会寿命难与期。
自非仙人王子乔,
计会寿命难与期。

人寿非金石,
年命安可期。
贪财爱惜费,
但为后世嗤。

在这一语境里,我们可以回想一下曹操的《秋胡行》第二首("将登太华山"),以求仙的愿望开始,结尾劝听众不要忧虑寿命长短,而应该及时享乐。我们可以看出曹操使用了同样的材料和主题序列,但同时也添加了一个完全不同的因素:居于全诗中心地位的对君主统治的赞颂;这一赞颂构成了作者呼唤听众在凡间及时享乐的框架。

上述的各种变量和选择从来都是不稳定的:它们不是对坚定信仰的表达,而是可以互相转换的诗歌的可能性。《乐府诗集》

里还有另外一首《西门行》，虽然使用了同样的材料，被删减和添加的部分却很值得注意：

> 出西门，
> 步念之。
> 今日不作乐，
> 当待何时。
> 逮为乐，
> 逮为乐，
> 当及时。
> 何能愁怫郁，
> 当复待来兹。
> 酿美酒，
> 炙肥牛，
> 请呼心所欢，
> 可用解忧愁。
> 人生不满百，
> 常怀千岁忧。
> 昼短苦夜长，
> 何不秉烛游。
> 游行去去如云除，
> 弊车羸马为自储。

这基本上和前一首《西门行》是"同一首"诗，但它省略了所有排斥成仙可能性的诗句。取而代之的是一个新的结尾，乍看起来含义模糊。"游行去去如云除"是什么意思？如果这一特定的文本只是一个大的主题与话题网络的实现方式之一种，那么也许这个结尾在其它的诗里会表述得更清楚。虽然现存的作品极端有限，并且经过了重重抄写和反复使用而变化甚大，但是我们的确常常可以在其它诗里发现对这种问题诗句的澄清。在这个语境中我们也许会想到前文引用过的一首诗的最后两节，在那首诗里，饮宴和求仙不是二选其一，而是合二为一。这就是无名氏乐府《善哉行》：

欢日尚少，
戚日苦多。
何以忘忧，
弹筝酒歌。

淮南八公，
要道不烦。
参驾六龙，
游戏云端。

虽然《西门行》使用了不同的词来表示"端"（因为韵脚不同），但是我们可以看出这种"游行"正是仙人的"游戏"，只是在《西门行》里，"弊车羸马"代替了"六龙"。[1]如果说

---

[1]"羸马"也出现在曹植的一首游仙诗《驱车篇》（逯钦立，第435页）的开头，他驾着羸马前往泰山寻找神仙。

"储"字("储存"、"积累")让人困惑,那么我们试着回想一下这种主题的另一种"版本",其结尾告诫人们不要贪财。也许此处是说这些是宴会之后仅剩的"财物"。如我们在张协《咏史》中看到的对西汉贵族盛宴的描写:

挥金乐当年,
岁暮不留储。
顾谓四座宾,
多财为累愚。[1]

如果说三世纪末的张协赞美对钱财的挥霍和消费,那么三世纪中期的阮籍对这一母题做出了独特的改变。他向读者显示事情的后果,这是阮籍诗歌的一个特点。

咏怀(五)[2]

阮籍

平生少年时,
轻薄好弦歌。
西游咸阳中,
赵李相经过。
娱乐未终极,

---

[1] 逯钦立,第744页;《文选》卷21。
[2] 逯钦立,第497页;《文选》卷22;《艺文类聚》卷26。侯思孟,《诗歌与政治》,第224页。

白日忽蹉跎。
　　驱马复来归,
　　反顾望三河。
　　黄金百镒尽,
　　资用常苦多。
　　北临太行道,
　　失路将如何。

消费是饮宴主题的一部分:人生短暂,聚财是一种浪费。阮籍常常在早期诗歌主题的基础上进行发挥,他否定它们,把它们发展到一个新的阶段。在这首诗里,酒宴结束了,诗人的财产也挥霍干净了,他动身回家,最后在山中迷失了方向。

* * *

　　学术研究也同样有自己的主题和话题,在继续我们对《西门行》的讨论之前必须对之进行检视。自从在印刷文化时代一首诗的不同版本被并列在一起,学者们就开始认为有必要厘清哪一个是"原本",哪一个是从"原本"衍生的作品。郭茂倩相信《宋书》中的乐府是晋代乐师的作品,认为上面所引《西门行》的第二个版本才是"原本"。桀溺则倾向于认为《宋书》的版本出现在先。这种"鸡生蛋或蛋生鸡"问题的一大表现是乐府和"古诗"的关系。在《西门行》这个例子里,桀溺甚至愿意相信"古诗"(《古诗十九首》第十五首)是《文选》在选录时从乐府"版本"润色而来的。当然这并非完全不可能,但是它代表着一种对于创作日期在先在后的价值判断,而这种价值判断抓错了问题的重点。任何一首"古诗"都能够被融入一首乐府诗,或作为一首乐府诗出现,无论是像《西门行》那样戏剧化的杂言形式,还是音节整齐的五言形式。有一些作为无名乐府保存下来的材料不可能作为"古诗"出现,但是很多材料都是可以的。音节的整齐和逻辑顺序与文学史的进程没有关系。乐府诗里表述的戏剧性不能够说明它的创作时代的早晚。如果有人根据这些因素来判断作品先后,那么这是一种基于意识形态的信仰做出的判断,而不是在历史或文本证据的基础上做出的判断。郭茂倩和很多中国学者相信一首诗篇的"原作"是逻辑清楚、条理分明的,这样的"原作"被配乐演唱时,在乐师手里变得支离破碎,没有逻辑,而且丧失了原诗的整齐音节。这一观点一直到现在还有很多学者对之坚信不疑,虽然在《宋书·乐志》的情况里,我们看到的是由学问渊博、精通仪礼的臣工所监管的宫廷音乐系统。但是,"五四"时期的浪漫学术观点相信诗歌一开始是粗糙混乱的,贴近于乐工或所谓的"民间",在受过良好教育的文化精英手里变得整齐而符合逻辑。欧洲和美国的浪漫学术对这种观点抱有很多好感,可以说一拍即合。这些都是对历史变化进程的主观信念。

关于上面所引材料的不同形态,我们看到的是可能同时并存于公元三世纪的不同的实现形式。但是,这些不同的实现形式后来被分别编入诗歌选集和乐府总集中。

* * *

对于人生短暂的思考占据了《古诗十九首》第十五首中的一联,这首诗剩下的部分劝人欢宴。《古诗十九首》第十三首与第十五首的主题序列完全相同,但是比例却正好相反。[1]

> 驱车上东门,[2]
> 遥望郭北墓。
> 白杨何萧萧,
> 松柏夹广路。
> 下有陈死人,
> 杳杳即长暮。
> 潜寐黄泉下,
> 千载永不寤。
> 浩浩阴阳移,
> 年命如朝露。
> 人生忽如寄,
> 寿无金石固。

---

[1] 逯钦立,第332页;《文选》卷29;《乐府诗集》卷61(题为"驱车上东门行")。隋树森,《古诗十九首集释》,第19—21页;桀溺,《古诗十九首》,第32—33、125—130页。

[2] 因为上东门是东汉都城洛阳的城门之一,所以这一句一般被用来证明这首诗是东汉的作品,进而用来支持所有的"古诗十九首"都作于东汉时期这一观点。但是,如果一首我们确知创作年代较晚的诗提到了"上东门",那么它就仅仅是对《古诗十九首》中的地名的"用典"。很少有人意识到这种循环论证的荒唐性。也许这论证依据的是一个假设:一定有一个最初的用法,而且这个最初的用法依然存在。但是如果久已毁坏的洛阳上东门是共享诗歌材料的一部分,那么这首诗也完全可能是后来创作的作品,其中使用了能够引起共鸣的地名。这首诗当然同样有可能确实作于东汉,上东门被毁之前。

> 万岁更相送，
> 贤圣莫能度。
> 服食求神仙，
> 多为药所误。
> 不如饮美酒，
> 被服纨与素。

走出洛阳的上东门就能看到北邙山，在很长一段时间里，北邙是这座大都市的墓地。

对于人生短暂的沉思扩展为这首诗的主要部分，它可以导向求仙或饮宴。如果一首诗选择饮宴和"被服纨素"（二者常常一起出现），则往往会有一个专门的段落否定求仙的可能性。《古诗十九首》第十五首和这首诗都是如此（如果我们注意到《古诗十九首》第十五首将这一端放在话题序列的最后，我们也应该注意同样的材料在《西门行》中被放在比较靠前一点）。

"道路"的比喻有助于我们的讨论。诗人写到一定的地方，一般是一个熟悉的句子如"生年不满百"，便会由此分出岔路，不同的诗人可能选择不同的岔路。我们的诗人沿着其中一条道路走下去，有时候走得远一点或转入一条新的岔道，其他诗人可能又会跟随他在这条新的岔道上走下去。在《古诗十九首》第十五首里，诗人看到坟墓，反思生命的短暂和死者的世界，提出应该被服纨素、畅饮美酒。一个诗人也许会在反思黄泉世界的路上走得更远，那么华服美酒的母题就可能又会重新出现。

下面我们回到相同起始句的一个变体。但是在这首诗里没有选择，因为已经太迟了。

第四章 死亡与宴会

挽歌[1]

傅玄

人生鲜能百。
哀情数万端。
不幸婴笃病。
凶候形素颜。
衣衾为谁施。
束带就阖棺。
欲悲泪已竭。
欲辞不能言。
存亡自远近。
长夜何漫漫。
寿堂闲且长。
祖载归不还。[2]

描写想象中死者情况的诗歌在三世纪成为一个固定类型。这类诗歌中最早的例子系于建安七子之一的阮瑀名下。诗人用宴会诗标准起始句"（嘉会/良辰）难再遇"的一个变体开篇，只是把头两个字换成了"丁年"。这首诗里，想象中的死者无法再享受宴席。

---

[1] 逯钦立，第565页；《北堂书钞》卷92。塞长春等，《傅玄阴铿诗注》，第65—66页。
[2] 祖载指将葬之际对死者行祖祭之礼并升柩于车前往葬地。

七哀诗[1]

阮瑀

丁年难再遇,
富贵不重来。
良时忽一过,
身体为土灰。
冥冥九泉室,
漫漫长夜台。
身尽气力索,
精魂靡所回。
嘉肴设不御,
旨酒盈觞杯。
出圹望故乡,
但见蒿与莱。

饮宴诗的"领土"和死者的"诗歌领土"是紧挨在一起的。死者试图返回人间,享受锦衣玉食的生活,但是这一愿望无法实现。这类诗有丰富的传统,一直延续到陶潜。[2]

道路的意象很吸引人,因为有时诗人真的是行走在路上。他可能一直都面临"行路难"的问题,但是在某一特定的时刻,忧虑会十分明确地涌上心头,这时他便会走上一条诗意的道路,这

---

[1] 逯钦立,第380页;《艺文类聚》卷34。韩格平,《建安七子诗文集校注译析》,第369—370页;吴云,《建安七子集校注》,第325—326页。
[2] 参见一海知义《文选挽歌诗考》。

条诗意的道路带他走向"人生短暂"的思考以及可能的解决办法。在下面曹丕的这首《善哉行》里,诗人没有渴求成仙,也没有想象死者的世界,更没有求助于经典的研习。从诗歌的方向来看,他显然是在走向宴饮,但是因为他真的是"在路上",所以宴饮不是一个很实际的选择。不过,他确实穿着华服——他的"轻裘";这一点,再加上他还骑着"良马",似乎构成了足以让诗人远走高飞、四处游乐的标准话题。[1]

善哉行[2]

曹丕

上山采薇,

薄暮苦饥。

溪谷多风,

霜露沾衣。

野雉群雊,

猿猴相追。

还望故乡,

郁何垒垒。

高山有崖,

林木有枝。

忧来无方,

---

[1] 曹丕的"良马"和"轻裘"呼应了《论语》"雍也",但是并没有任何潜在的负面含义。

[2] 逯钦立,第390页;《宋书》;《文选》卷27;《乐府诗集》卷36。黄节,《魏武帝文帝明帝诗注》,第36—37页。

> 人莫之知。
> 人生如寄，
> 多忧何为。
> 今我不乐，
> 岁月如驰。
> 汤汤川流，
> 中有行舟。
> 随波转薄，
> 有似客游。
> 策我良马，
> 被我轻裘。
> 载驰载驱，
> 聊以忘忧。

　　这类系于曹丕名下的诗充满了可以把诗人引入很多不同方向的常见话题。"随波转薄"的小舟的比喻用在这里非常贴切，因为这首诗发展到一定的地方也同样会被主题的惯性推动着"随波转薄"。如果不知道身着华服在诗歌中是一种对人生短暂的慰藉，就无法理解为什么"载驰载驱"就可以帮助他"忘忧"。

　　让我们假设诗人并没有选择想象中的黄泉世界这条诗歌之路，而是选择了通往饮宴的诗歌之路。在酒宴上他可以享受死者所不能企及的鲜衣美食。我们一直试图把"主题"和"话题"放在两个不同的层面上，但是事实上没有那么简单：诗人们可以任意发挥，在大多数诗中只用一两句诗表现的简单话题可以在另一首诗中扩展为很长的段落。但是这里的确存在着一个重要的区别：一个标准的诗歌主题应用的是常常出现在诗歌材料里的话题序列，但是话题的拓展却往往是通过在文和赋中更为常见的铺陈手法。《古诗十九首》第十三首中的叙述者满足于对充满焦虑的听众仅仅提出饮美酒、着华服的劝告，而在系于曹丕名下的《大墙上蒿行》里，诗人用了大量篇幅夸张地描写和赞美他的华服和宝剑，为歌舞和宴饮锦上添花。

  大墙上蒿行[1]
    曹丕
  阳春无不长成，
  草木群类随大风起。[2]
  零落若何翩翩，
  中心独立一何茕。[3]
  四时舍我驱驰，
  今我隐约欲何为。
  人生居天壤间，
  忽如飞鸟栖枯枝。
  今我隐约欲何为。

  适君身体所服，
  何不恣君口腹所尝。
  冬被貂鼲温暖，

---

[1] 逯钦立，第396页；《乐府诗集》卷39。黄节，《魏武帝文帝明帝诗注》，第53—55页。
[2] 此处"大风"指西风，也即秋风。
[3] 此处"中心"一语双关，既指草木的"中心"，也指人的内心。

夏当服绮罗轻凉。
行力自苦,
我将欲何为。
不及君少壮之时,
乘坚车策肥马良。
上有沧浪之天,
今我难得久来视。
下有蠕蠕之地,
今我难得久来履。
何不恣意遨游,
从君所喜。

带我宝剑,
今尔何为自低卬。
悲丽平壮观,
白如积雪,
利如秋霜。
驳犀标首,
玉琢中央。
帝王所服,
辟除凶殃。
御左右奈何致福祥。
吴之辟间,
越之步光,
楚之龙泉,

韩有墨阳,
苗山之铤,
羊头之钢,
知名前代,
咸自谓丽且美,
曾不如君剑良,
绮难忘。
冠青云之崔嵬,
纤罗为缨,
饰以翠翰,
既美且轻。
表容仪,
俯仰垂光荣。
宋之章甫,
齐之高冠,
亦自谓美,
盖何足观。

排金铺,
坐玉堂。
风尘不起,
天气清凉。
奏桓瑟,
舞赵倡。
女娥长歌,

声协宫商。
感心动耳,
荡气回肠。
酌桂酒,
鲙鲤鲂。
与佳人期为乐康。
前奉玉卮,
为我行觞。

今日乐不可忘。
乐未央。
为乐常苦迟,
岁月逝,
忽若飞。
何为自苦,
使我心悲。

这首诗是非叙事性乐府中最长的诗之一,但是它的铺陈遵循着早期诗歌中极为常见的话题序列:1)人生短暂,2)因此应该及时行乐。面对短暂的生命,诗人有几种选择。在这里,正如前面的几个例子一样,叙述者在做出一种选择时也必须否定了其它选择的可能性。这里被否定的是少壮努力:"行力自苦——我将欲何为?"诗的第二部分宣布了诗人准备铺展描述的两个重要的主题:穿着华服,尽情享受酒食。于是接下来的一部分发展"华服"的主题,对宝剑和华冠进行赞美;再接下来描写宴会上的"美酒、佳人和歌舞"；最后以劝说听众及时行乐作结。

系于曹丕名下的有些诗歌并不可信，但是我们没有理由怀疑上面这首诗的作者归属。诗的押韵很简单；这首诗与其说是为了配合现存的乐曲而作，很可能是围绕一个标准主题自由地即兴创作以配乐的，加入了歌手特别引以为自豪的宝剑和华冠的描写。

我们上面提到过，这种对话题相当丰满的铺陈在赋里更常见。在"七"这一文体中，就可以找到公元三世纪最全面的宴饮描写，比如王粲的《七释》。[1] 在各种条目下（食物、衣服、音乐等等）对游乐的详细描述继承了西汉枚乘《七发》的传统。那些创作了这些诗和乐府（或者说被视为这些诗和乐府的作者）的有名有姓的三世纪诗人，他们所拥有的词汇资源足以让他们展开更加华美繁复的描写，而且也有证据说明在公元三世纪，他们把那些更加华美繁复的文本看作文学创作的中心。我在前面论及，对这些诗人的五言诗的兴趣似乎在很大程度上要归因于在公元五世纪五言诗地位的逐渐提高，以及一种能够欣赏相对而言的简朴粗糙的新的审美能力。但是，这种更宽泛的诗歌价值观却容不下《大墙上蒿行》，一直要到清代，才有论者开始注意到这首诗。它属于那些直到《乐府诗集》才开始完全浮出水面的手抄本传统中的诗篇之一（虽然《北堂书钞》和李善都引用了"宝剑"段落中的诗句）。

也许因为它本身就是诗歌场合的主要发生地，宴会是最不稳定的主题之一。秋夜无眠主题或求仙主题是相对来说可以预料

---

[1] 虽然它在批注和类书中被大段引用，《七释》的一个显然是完整的版本保存在许敬宗（592—672）编撰的《文馆词林》现存卷帙中。罗国威，《日藏弘仁本文馆词林校证》（北京：中华书局，2001），第130—134页。

的，宴会却摇摆于欢乐和绝望之间。情绪可以在瞬间改变，如《艺文类聚》中一首题为陈琳所作的无题诗：

> 高会时不娱，
> 羁客难为心。
> 殷怀从中发，
> 悲感激清音。
> 投觞罢欢坐，
> 逍遥步长林。
> 萧萧山谷风，
> 黯黯天路阴。
> 惆怅忘旋反，
> 歔欷涕沾襟。[1]

这样一首诗无法完全用当时的诗学来解释，看上去就好像一首宴会诗突然转化为阮籍的《咏怀》。在诗的开始，诗人对宴会的欢乐情绪一时感到格格不入。音乐的效果总是难以预料，在这首诗里它驱使叙述者在夜晚出门漫步于林间。尽管诗人走上了一条前所未经的诗歌道路，我们还是可以看到一些熟悉的路标：第一联提到了宴会，第二联提到了音乐，诗人也提到音乐的效果，这首诗最后跟同时期的许多诗歌一样以泪下沾衣作结。虽然它转入了较为陌生的地域，但是陈琳这首阴郁的宴会诗也许还有另外一个熟悉的路标：

---

[1] 逯钦立，第367页；《艺文类聚》卷28。韩格平，《建安七子诗文集校注译析》，第85—86页。

第四章 死亡与宴会

音乐常常激发听众远走高飞的愿望——无论是策马离去,还是化为双鸟高翔。陈琳在这首诗里的确因为受到了音乐的触动而罢坐出门。当叙述者仰望"天路"时,甚至可能还存留着对诗歌中飞鸟意象的记忆,虽然这里的"天路"被湮没于黑暗之中。

这位诗人也许身处荒野,但是他在路上转的弯都是宴会诗中比较熟悉的:

古诗十九首(四)[1]

今日良宴会,

欢乐难具陈。

弹筝奋逸响,

新声妙入神。

令德唱高言,[2]

识曲听其真。[3]

齐心同所愿,[4]

---

[1] 逯钦立,第330页;《文选》卷29。隋树森,《古诗十九首集释》,第6—7页;桀溺,《古诗十九首》,第14—15、71—77页。
[2] 这一句引起了很大的争议。一些注家把它理解为反讽。"高言"在早期诗歌中绝无仅有,在其它文体中也不常见。陆云在一封给陆机的信里用这个词来称赞后者的赋作,见严可均,《全上古三代秦汉三国六朝文》(北京:中华书局,1965),第2042页。
[3] "识曲"通常指理解音乐的内涵与重要性。这里的"真"到底是描述文字还是描述音乐的质量不很清楚。
[4] 尽管诗中对"所愿"特意缄口不言,李善认为他们希冀的是"富贵";桀溺则引用《吕氏春秋》,认为他们可能是希望找到"知音"。

含意俱未伸。
人生寄一世,
奄忽若飙尘。
何不策高足,
先据要路津。
无为守贫贱,
辘轳长苦心。

这是《古诗十九首》中最精彩的篇章之一。陈琳的诗为阅读这首诗提供了一个有用的衬托。这首诗以传统的方式开始,描述饮宴的快乐。但是即使在表达赞颂的套语"难具陈"中也蕴涵了一些没有能够完全表达出来的充沛情感。第二联开始了音乐的话题,但这里的音乐似乎也超越了人间的范围。在听众的内心,以及在这个平凡世界之外,都存在着一些额外的东西。"高言"也含有某种东西,不一定存在于表面,而是需要得到"识曲"人的理解和倾"听"。

所有隐藏在表面之下的东西都在第四联里得到概括:所有人在聆听音乐的时候,都感受和希冀着不可言说的同一样东西。在其它的诗里,听曲往往引发出远走高飞的"愿"望。在这里引发出的愿望似乎是策马疾驰——但是首先出现的是我们所熟悉的关于人生短暂的一联,这一联使用了"飙尘"的比喻,像是"高足"骏马飞奔时扬起的尘埃。[1]陈琳在诗的结尾表达了悲伤的心情,《古诗十九

---

[1] 这里我们可以追想一下上面讨论过的《西门行》的第二个"版本"。在描写宴会和人生短暂的诗句之后,诗人"游行去去如云除",但是在《西门行》中神仙骑乘的显然是"羸马"而非"高足"。

第四章 死亡与宴会

首》第四首的结尾则劝告人们不要悲伤。尽管表述内容完全相反,但我们不能不注意到在这两首诗里同样的问题出现在同样的位置。

* * *

如果宴会中出现了有问题的情感,从快乐转为绝望,或从安逸宴乐转向采取一系列行动,这种能量也许可以得到控制。感到绝望的人们(这不包括那种在哲学意义上对生死无常感到的绝望)也许会被说服,相信一切都好,他们在社会秩序中可以拥有一定的地位,他们的才能会得到发挥。他们作为"客"出现,也许是旅人或寓居者;主人可以说服他们这是一个秩序井然的安全之地,他们可以居留。

因此,宴会可以起到政治上的作用,而宴会诗可以服务于这一目的。曹操不是皇帝,而是在一个原本有着众多权力竞争者的世界上竞争权力的霸主。他招揽人才就像他占有土地一样,他是一位挟天子以令诸侯的"主公",以当代周公自命。周公"吐哺握发"迎接贤人的故事是曹操最喜欢的故事。

短歌行[1]
　　曹操
对酒当歌,
人生几何。
譬如朝露,

---

[1] 逯钦立,第349页;《宋书》;《文选》卷37;《乐府诗集》卷30。黄节,《魏武帝文帝明帝诗注》,第15—17页;桀溺,《曹操的诗歌》,第108—117页。

去日苦多。

慨当以慷,
忧思难忘。
何以解愁,
唯有杜康。

青青子衿,
悠悠我心。
但为君故,
沉吟至今。[1]

呦呦鹿鸣,
食野之苹。
我有嘉宾,
鼓瑟吹笙。[2]

明明如月,
何时可辍。[3]
忧从中来,
不可断绝。

---

[1] 李善注《文选》没有这一联。
[2] 这里引用了《诗经·小雅·鹿鸣》中的一节。《鹿鸣》在东汉是迎宾之曲。
[3] "辍"一作"掇"。

越陌度阡，
枉用相存。
契阔谈䜩，
心念旧恩。

月明星稀，
乌鹊南飞。
绕树三匝，
何枝可依。

山不厌高，
海不厌深。
周公吐哺，
天下归心。

我们无法轻易假设无名乐府《善哉行》是在曹操这首著名的《短歌行》之前创作的。但是这两首诗作为把饮宴和养士主题结合在一起的四言乐府，的确好像有些相互关联。[1] 在《善哉行》里，人生短暂和宴会被交织在一首用游仙意象结尾的诗里。在《短歌行》中，第二节对饮酒解忧的承诺为曹操的宴会驱除了绝望情绪。跟他的《秋胡行》其二"将登泰华山"一样，曹操用熟悉的主题吸引听众的注意力，然后转入一个新的方向。

曹操这首最著名的诗，很多内容都是对老生常谈的重述，或者

---

[1]《宋书》把这首诗分为八句一节。我的分节依据的仅仅是韵脚的变化。

引文。也许历史上的曹操的确感受到了诗的头两节中描述的情感（或者对熟悉母题的重述激发了这些情感）。但是，在将这些情感和语句转化为对客人的欢迎词和政治性的召唤时，曹操不是那种会被某种"不真实"感所困扰的人。更重要的是，如果一个人举行宴会款待宾客，这是劝客人畅饮的唯一办法。写作公文的曹操以禁酒令闻名；在这里，曹操要不就是处在人生的不同时段，要不就是处在不同的情绪中，要不就是处在一个主人角色占据了优先地位的场合。

曹操在第三和第四小节引用了《诗经》。"青青子衿"是以服色对诗中的特定客人予以承认的方式。传统的批注把"青衿"理解为"学子"，这里所指的人当然不是"学子"，但是这个人或这些人一定来自于认同经学的家庭。拥有这种资历的"嘉宾"往往来自世家旧族（不同于大多数信仰道教的新贵），有时代表着地方势力——虽然曹操也并不排斥纯粹为了提高自己的声望而接纳文士儒生。在二世纪后半期，这些学者世家在很大程度上结成一个社会关系网。如果说诗的第三节标识了客人的身份，第四节则转向"正规"的宴会诗，引用了"小雅"第一首《鹿鸣》的成句。在那些追求精英地位的光环的宴会上，常常是要演奏《鹿鸣》的。曹操这两节诗不仅标识了客人的社会地位，而且向客人显示曹操是一位了解经典话语形式的主人。这首乐府是一个精心结构而成的混合体。

诗的下一节回到时间流逝和忧虑的母题，但是，却没有再次提出饮酒的劝告。相反，主人在下一节里继续礼貌地感谢客人"枉用相存"。与战国时期养士的名公子一样，曹操措辞谦卑，把自己放在一个卑下的地位。但是，诗的最后两节揭示出这种礼貌是纯粹的神话：曹操知道他的客人们决不是"枉道"来参加一次社交活动；他很清楚他们需要一个"可依"之所。曹操在这里宣扬自己像高山大海一样包容宽广的胸襟。他在结尾以周公自命，欢迎贤士，表示这样的行为会得到整个"天下"的归依。这是在告诉客人，投奔曹操乃是一个明智的选择。

宴会是一个构成团体的方式。曹操了解这一点并且把自己置于团体领袖的地位，试图在《古诗十九首》第四首描写的那些策高足、据要津、人各为己的暴民基础上建立起一个政权。从曹操现存的诗歌中我们通常可以对他的所作所为产生一个基本的概念——他的所作所为多半是把乐府用于政治目的。曹丕似乎不可能创作了所有系于他名下的乐府诗；但是有一些我们可以很容易相信是他写的。他与他父亲的不同既是他的弱点，也是他的长处。宴会诗是一种极为公众化的行为，有的时候曹丕似乎旨在把他的宴会诗写成公共演说，但是它们可以滑入奇怪的方向。

善哉行[1]
　　曹丕
朝日乐相乐，
酣饮不知醉。
悲弦激新声，
长笛吐清气。

弦歌感人肠，
四坐皆欢悦。

---

[1] 逯钦立，第393页；《宋书》；《乐府诗集》卷36。黄节，《魏武帝文帝明帝诗注》，第38—40页。

寥寥高堂上,
凉风入我室。

持满如不盈,[1]
有德者能卒。[2]
君子多苦心,
所愁不但一。

慊慊下白屋,
吐握不可失。[3]
众宾饱满归,
主人苦不悉。

比翼翔云汉,
罗者安所羁。
冲静得自然,
荣华何足为。

我就不在这里对"喝早酒"做出道德评判了。诗的头两节以对音乐表演的公式化赞美开始。诗中提到音乐和饮酒,以及被二者所激发的人类情感。诗中还有曹丕,充满焦虑的道德家。我们对早

---

[1] "持满不盈"在上古和早期中古的文本中是一个套语。
[2] 《论语·子张》:"有始有卒者,其惟圣人乎。"
[3] "吐握"指吐哺握发的周公。

第四章 死亡与宴会

期诗歌的文本和作者归属应该总是持有一定的怀疑;但是,有时一些写法在系于某个特定诗人名下的诗歌中非常典型,而从三世纪诗学的整体看来又非常不典型,使我们可以容易地相信这真的就是曹丕的作品。在这首诗里,我们就发现这样的一种写法:饮宴的快乐转为对过分的忧惧("持满如不盈")。宴会的确常常倾向于过分。就和他父亲试图禁酒一样,曹丕担心宴乐过度。可是曹丕并没有简单地发布一道禁令,而是开始沉思和作诗:"我很高兴大家都玩得很痛快,但我希望他们不要喝得太多,最好是在过量之前停下来。我一直忧虑。我和父亲一样想要成为周公,广纳贤才,但是宾客们都已经走掉了,只剩下我一个,还在这儿忧虑着。"

　　我们对这首诗的喜剧化释义之所以滑稽,只是因为它把文本中奇怪的转折变得十分明确。陈琳离席之后写下一首诗,诗中仍然保留着很多宴会诗的常见路数。曹氏父子却是非常个别的;而且,与其它诗歌的传播不同,曹操、曹丕和曹睿有一套制度化的机制记录和保存他们的即兴创作。我完全不知道陈琳是否创作了上面那首系于他名下的诗;它偏离了宴会诗的传统,但它偏离的方式可能出现在任何人的诗中。但是,在上面这首诗里,充满独特焦虑的自由联想过程完全是曹丕特有的,就好像曹操对引文和套语的精彩的组织运用充满了他的个人特色一样。

　　但是曹丕乐府中的最后四句却又是另外一回事了。我们在前面见过宴会和音乐可以引发出远走高飞或化作双飞鸟(这首诗里用的词是"比翼")的愿望。既然诗人已经在诗中达到了爱贤好客的典范,为什么他还是想要远走高飞就有些让人不解了。"罗者"是一个非常规因素,我们可以把它理解为曹丕对政敌的焦虑。但是,也许是诗歌传统的惯性使诗人想到这些飞翔和超脱的

241

意象；而且，这些意象出现于一个宴会诗传统中没有前例的时刻，也就是说，主人在客人离去之后仍然在忧虑。如果说一般的宴会诗希望摆脱死亡和悲戚，那么曹丕的诗听起来几乎好像是想要摆脱"周公吐哺"令人感到压抑的样板（从曹操那里继承下来的），摆脱作为"主公"而随时感到的沉重压力。[1]

* * *

齐梁时期的著名文学批评家刘勰对特定的作家往往持有比较保守的意见。但是他与当时的公论相悖而行，认为曹丕的才华并不逊于曹植。当然曹丕很少做到像他弟弟那样精工，但是他的很多诗有一种不同寻常的离奇之处，自有其独特的魅力。宴会总是处在"过分"的边缘：曹丕想要"持满不盈"，而曹植却总是毫不犹豫地多迈出一步，走向过分。[2]

箜篌引[3]

曹植

置酒高殿上，

---

[1] 我们安心接受这首诗是曹丕所作，但这首诗的结尾有一个很相似的变体出现在嵇康《述志诗》其一的末尾（逯钦立，第488页），这未免让人感到不安。这说明诗的尾联是流动的，可以被人反复使用。曹丕版的尾联似乎是出于传统惯性的推动，而嵇康版的尾联和整首诗的主题（摆脱平凡生活）更为契合。一个差别较大的变体出现在何晏《言志诗》（"鸿鹄比翼游"）里（逯钦立，第468页）。

[2] Robert Joe Cutter 对曹植的宴会诗作了更完整的论述。参见《曹植的集会诗》一文。

[3] 逯钦立，第424页，题为《野田黄雀行》；《宋书》；《文选》卷27；《乐府诗集》卷39。黄节，《曹子建诗注》，第60—62页；聂文郁，《曹植诗解译》，第56—62页；赵幼文，《曹植集校注》，第459—462页。

亲友从我游。

中厨办丰膳,

烹羊宰肥牛。

秦筝何慷慨,

齐瑟和且柔。

阳阿奏奇舞,

京洛出名讴。

乐饮过三爵,〔1〕

缓带倾庶羞。

主称千金寿,

宾奉万年酬。

久要不可忘,〔2〕

薄终义所尤。〔3〕

谦谦君子德,

磬折欲何求。

惊风飘白日,

光景驰西流。

盛时不可再,

百年忽我遒。

生存华屋处,

---

〔1〕 据《礼记》,君子饮酒应不过三爵。
〔2〕 《论语》"宪问":"久要不忘平生之言"。
〔3〕 "薄终"比较成问题。最可能的解释是指《诗经》中莫不有初、鲜克有终的说法(参见曹丕的《善哉行》)。提到"久要","薄终"很可能就是关系发展到后来的结果。

零落归山丘。
先民谁不死,
知命复何忧。

　　这首诗与曹丕的诗相比简单得多,诗中处处都有从修辞等级低俗的宴会诗中截取的碎片。但是像在他的游仙诗里一样,曹植用一种高度独立的方式重述和组织这些材料,同时,基本的信息——人生短暂,所以要享用美食、畅饮美酒、及时行乐——丝毫没有被复杂化。

　　曹植对公䜩诗的文学性的改头换面使我们面对一个新的问题:建安时期精英阶层的文学性诗歌,和它与修辞等级低俗的诗歌传统之间的关系。

公䜩诗[1]

　　从《宋书》中保存的"魏代"(汉代的"建安"时期显然也包括在内)歌辞曲目可以明确地看出曹操和曹丕都不排斥在他们出席的宴会上演奏修辞等级低俗的歌曲,而且他们似乎都参与了这种歌曲的创作。事实上,很可能正是因为曹操的平民口味,很多无名乐府才得以被保存在魏代的曲目中,这些乐府通过《宋书》中保存的晋代宫廷乐曲而流传至今。建安七子也显然熟知我们所说的修辞等级低俗的诗学。尽管如此,在一些特定的场合,

---

〔1〕　与此处相比,Cutter 的文章把"公䜩"放在一个更宽广的语境中进行讨论。

包括"公䜩"场合，人们期待看到的是修辞等级较为高雅的诗歌。特别重要的是这样一个事实：人们期待看到的是修辞等级相对高雅的五言诗，而不是正式而古板的四言诗。

有几首比较笨拙的五言诗，可以大致确定产生于二世纪后半叶。这些诗显示出当时共通诗学的影响，但基本属于私人创作。这些公䜩诗不仅仅是社会性的作品，创作于有其他诗人在场的时候，也要求五言诗运用典雅得体的高级修辞格，而这种五言诗是没有先例的。这是一个文化上很"严肃"的场合，萧统在《文选》中收录了四首这样的建安"公䜩诗"。

一些建安的公䜩诗有可能作于同一场合，但是诗中描写季节的不同足以说明公宴是一个重复出现的场合，不必非得是同一个宴会。这些诗所赞颂的宴会主人往往是曹丕（但在一些标题笼统的诗里不能确定），它们大概作于公元208至217年之间。

考虑到结尾处对周公的指称，下面这首王粲的公䜩诗很可能作于曹操主持的一次宴会上。[1]

公䜩诗[2]

　　　王粲

昊天降丰泽，

百卉挺葳蕤。

凉风撒蒸暑，

---

〔1〕虽然我们已经看到曹丕也会提到周公，但是王粲比曹操早死，诗人不太可能在曹操还在世的时候用"周公"指称曹丕。
〔2〕逯钦立，第360页；《文选》卷20。吴云，《王粲集注》，第19—20页。

清云却炎晖。
高会君子堂,
并坐荫华榱。
嘉肴充圆方,
旨酒盈金罍。
管弦发徽音,
曲度清且悲。
合坐同所乐,
但愬杯行迟。
常闻诗人语,
不醉且无归。
今日不极欢,
含情欲待谁。
见眷良不翅,
守分岂能违。
古人有遗言,
君子福所绥。
愿我贤主人,
与天享巍巍。
克符周公业,
奕世不可追。

  我在前面已经描述过一种"共享诗学",它跨越了后人划分的"诗"和"乐府"之间的界线,而且也是无名氏诗歌和有名有姓的公元三世纪诗人所创作的诗歌所共同分享的诗学。习惯性的

第四章 死亡与宴会

主题和话题序列有着非常强大的力量,甚至在显然走入新方向的诗歌里依然清晰可见。王粲在其它诗中表现出对这些传统的熟悉,这些传统就像在修辞等级低俗的无名氏诗歌中一样,似乎也引导了王粲的诗歌联想。但是,虽然我们能在这首诗里看出一些修辞格低俗的宴会诗的痕迹,给我们留下最深印象的却是它针对于所有那些创作传统的相对独立。在某种意义上说,它属于一种新诗歌,遵循着完全不同的规则。这样说并不意味着它取代了旧的诗学,因为在公元三四世纪之交属于最精英阶层的文人的诗里,仍然可见旧的创作传统的痕迹。所以,更恰当地说,这是五言诗的一个新面貌,具有修辞上的"严肃性",是一种对政治权威公开表示敬意的形式。在这一时期(而且在整个中古时代,直到明清),修辞等级和诗歌结构反映了社会阶层的差异,它们把诗人置于一个社会和政治权力的结构中(这个结构也包括对此结构的拒绝)。我们同时必须指出,这种高雅的修辞等级相对来说还是很简单而且可以听得懂:如果我们比较一下这里关于饮食的诗句和前面提到的王粲《七释》或曹植《七启》中对珍馐异味的大段描述,我们就会意识到,这些公讌诗只是做出一个指向高雅修辞格的手势,但是并没有炫示博学的修辞技巧。

曹操本人可能会在一场宴会中吟唱"对酒当歌"。这里没有季节,没有背景,歌曲可以被重复演唱,歌词可以在任何季节重复使用(就连南飞的乌鹊也可以被视为象喻而出现在任何季节)。这是主人以及主人豢养的职业歌手的特权。与此相反,躬逢盛宴的文人需要显示他自己的社会阶层和对主人的崇敬,因此必须写作一种完全不同的诗歌。他在诗的一开头即点出季节——时值盛夏,并用大地的"挺"百卉来平衡上天之"降"丰泽。这里季节

247

的意象可以引发许多有关人间社会秩序的联想：自上而降的恩泽，受到下界草木和文字的"葳蕤"的还报。当然，夏季可能十分炎热、令人不适，因此第二联用工整的对仗和修辞等级高雅的语言明确表示气候宜人，以使听众放心。

第三联才涉及宴会本身。一首修辞等级低俗的诗歌可能会用"高会君子堂"这一句诗的某种类似表述开头。此外，那些笼罩着死亡阴影的宴会诗鼓励听众把食物和美酒的铺陈理解为一种督促而不是摆在面前的实物；与之相反，这里诗人明显是在描述和赞美主人所提供的酒食。而且，修辞等级高雅的语言和对仗的形式使宴会显得彬彬有礼，哪怕有人在宴会上喝醉。在《西门行》里也有对仗，但是几乎让读者注意不到：

> 饮醇酒，
> 炙肥牛，

在王粲的诗中我们看到：

> 嘉肴充圆方，
> 旨酒盈金罍。

我们不知道是谁第一个为建安时期的宴会写下了"美酒＋佳肴"的诗句，但是一旦进入流通，它就成为其他诗人使用的程序句。在《侍太子坐诗》中，曹植写道：

> 清醴盈金觞，

肴馔纵横陈。[1]

在曹丕《于谯作》中我们看到：

丰膳漫星陈，
旨酒盈玉觞。[2]

在曹丕的《孟津诗》中，它变成了：

羽爵浮象樽。
珍膳盈豆区。[3]

我们前面在阮瑀的诗中也曾看到，死者所无法享用的正是这样的一席盛宴：

嘉肴设不御，
旨酒盈觞杯。

王粲诗接下来的一联，"管弦发徽音，曲度清且悲"，谈到了音乐。除了修辞等级高雅的"徽"之外，这一联最接近修辞等级低俗的诗学。事实上，在王粲《七哀诗》其二里，我们看到流行

---

[1] 逯钦立，第450页。
[2] 同上书，第399页。
[3] 同上书，第400页。

诗学中熟悉的写法：

> 独夜不能寐，
> 摄衣起抚琴。
> 丝桐感人情，
> 为我发悲音。

"丝桐"是对琴的转喻，就像更常见的"丝竹"是对管弦乐器的转喻一样，而"丝竹"当然也可以用"管弦"替代。如果把这一节诗的第三、四句合并为一句，并把较为普通的"悲"字改为一个像"徽"这样雅致的字来提升它的修辞等级，我们就会得到如下的诗句：

> 管弦发徽音。

但是音乐的"悲"是必须被提到的，在王粲《公䜩诗》中它被移位到下一句：

> 曲度清且悲。

这里我们可以回想一下陈琳在宴会上的经历：

> 殷怀从中发，
> 悲感激清音。

在这些重复出现的诗句中,"感"、"怀"都是一样的;但更重要的是,同样的字词和同样的语法结构也反复出现。在曹丕的《清河作》中,我们看到这样的句子:

弦歌发中流,
悲响有余音。

前面引用的曹植《侍太子坐诗》中,对音乐的描写出现于"美酒+佳肴"的诗句之后:

齐人进奇乐,
歌者出西秦。

我们注意到,不仅程序句会反复出现,还会看到同样的话题序列。在王粲的《公䜩诗》里,关于音乐的一联紧接着关于酒食的一联出现。我们在上面引用了曹丕《于谯作》中关于美酒佳肴的一联,紧接其后的一联是:

弦歌奏新曲,
游响拂丹梁。

这里有歌者,所以复合词用了"弦歌"。第一句第三个字是动词"奏",而不是"发"或"进";"曲"代替了"音"。在《赠五官中郎将》其一中,刘桢颠倒了音乐和饮食这两联的次序,但模式在我们看来应该很熟悉:

> 清歌制妙声，
> 万舞在中堂。
> 金罍含甘醴，
> 羽觞行无方。

序列被保持下来。在描写酒食和音乐之后，王粲加入了一份来自于共享诗歌材料中的情感，并附上对主人的礼貌赞美：

> 合坐同所乐，
> 但愬杯行迟。

我们可能会想起《古诗十九首》第四首中音乐描写之后的一联：

> 齐心同所愿，
> 含意俱未伸。

如果说这一联中有什么东西"含"而未申，还有什么东西为众人所共同享有（"同所……"），那么我们再看王粲诗中下面的一联：

> 今日不极欢，
> 含情欲待谁。

这是一种纯粹的语言层次上的序列，同样的字词按照与《古诗十九首》第四首相同的顺序出现。但是重复出现的字属于另一个话题，这个话题在宴会诗中十分常见，比如在《古诗十九首》第十五首中：

> 为乐当及时,
> 何能待来兹。

相同的诗句在《西门行》中出现,而且更接近王粲的诗句:

> 今日不作乐,
> 当待何时。

王粲在谈到共同享有某种东西的一联("合坐同所乐")和关于某种东西"含"而未申的一联("含情欲待谁")之间,加入了一联提到《诗经》:

> 常闻诗人语,
> 不醉且无归。

在描写美食的一联和描写音乐的一联之后,刘桢在上引的诗中也提到"归":

> 长夜忘归来,
> 聊且为太康。

在表达感激和谦卑的语句之后,王粲像一位职业歌手那样结束他的《公讌诗》,虽然他的特殊措辞掩盖了这种相当普遍的结尾方式。

> 愿我贤主人,
> 与天享巍巍。

所谓"享巍巍"者,一定是与天同寿。我们在无名氏乐府《王子乔》结尾处见过同样的祝愿:

> 圣主享万年。
> 悲今皇帝延寿命。[1]

在《五游咏》里,曹植服食仙药:

> 王子奉仙药,
> 羡门进奇方。
> 服食享遐纪,
> 延寿保无疆。

我们应该注意到在这些和其它的一些例子里,"享"在诗句中总是出现在第三个字的位置。在《董逃行》里,歌者在结尾唱道:

> 陛下长与天相保守。

而在《气出倡》其三里:

> 常愿主人增年。

---

[1] 逯钦立,第262页。

第四章 死亡与宴会

与天相守。

在《公讌诗》最后一联,王粲使用能够引起很多共鸣的古雅措辞,以曹操自己最喜爱的方式称颂他,把他比作周公。

就我们现在所拥有的材料来看,王粲的《公讌诗》代表了五言诗创作的一种新的情景和新的仪规。它明显与宴会曲有关,但是根据社会性的需要剔除了宴会曲最重要的两个成分:人生短暂,和结尾的高飞远走——无论是采取某种行动,还是进入仙界。这些公讌诗看上去与宴会曲全然不同,但是不仅旧的程序句到处出现,新的话题模式和新的程序也很快被其他写作"公讌"诗的诗人重复使用。也就是说,如果建安时期有一种"新的诗歌",那么其创作实践很快与旧的修辞等级低俗的创作实践在功能上等同起来:新的话题序列和程序句代替了原有的。当然并不是所有的公讌诗都一样:最常见的另一种类型是出游诗。[1]但是王粲《公讌诗》的模式是常常被重复的。隋唐类书往往只引用一首诗的片段。当我们读到《初学记》中阮瑀的《公讌诗》时,我们可以一眼看出类书编者是在哪里把这首诗截断的。

公讌诗[2]

阮瑀

阳春和气动。

---

[1] 出游或游宴诗有非常不同的传统因素,但是比较这些诗可以发现它们也有传统的话题和程序。
[2] 逯钦立,第380页。

> 贤主以崇仁。
> 布惠绥人物。
> 降爱常所亲。
> 上堂相娱乐。
> 中外奉时珍。
> 五味风雨集。
> 杯酌若浮云。

我们有非常充分的理由相信,接下来的一联描写的一定是音乐。[1]

在流行的修辞等级低俗的诗歌创作和一系列具有更高地位也需要更多修辞知识与努力的话语形式之间,产生了"文人"诗歌。这种诗歌是一种混合物,它的生产是为了满足宫廷对五言诗的需要(这种在正式场合对五言诗的需要直到几个世纪后才又重新出现)。可能正是它的混合性质——真正的修辞等级高雅创作的私生子——使它得以被保存下来,直到它在萧统那里受到尊宠。对于萧统来说,这些早期公谦诗标志着五言诗创作在早年达到的一种体面和庄重。

---

[1] 一些蛛丝马迹可以证明我们对这种类书片段的推测。《太平御览》所收录的曹丕《夏日诗》(逯钦立,第404页)有"美食联",但是没有"音乐联"。《初学记》只引用了这首诗的两联,恰好包括"美食联"和《太平御览》未收的"音乐联"。

第五章　作者和叙述者（代）

如在欧洲一样，"作者"（authorship）的概念在中国是一个历史性的建构。因为它是一个逐渐形成的过程，所以"作者"可以有很多含义，但它必须牵涉这样一种声称：也即特定的文辞属于某一个特定的个人，不能仅仅是对某个普遍真理的众多可能的表述之一种。我们必须假设这些文辞是以这样一种意图被创作出来，属于具体的个人，并且是可以重复的，而且一般来说是以书写的形式重复。所以，作者身份绝不仅仅只是附在一部书上的一个姓名。在战国时代后期关于孔子著述《春秋》的说法中，我们可以看到作者概念的原型。此外还有一种情况，就是当一个哲学家的名字被附加在一部著作上，从而"占有"了这部著作里面的观点（虽然其它著作可以被系于同一个名字），这也是作者概念原型的形式之一。

虽然我们也许愿意相信还有更早的"作者"，但司马迁大概要算是中国的"作者"概念形成过程中的核心人物。对司马迁来说写作变成了一生的事业，是他的声名所系，也是他生存的理由。即使在司马迁之前已经有一种作者的意识，我们应该想想有多少次我们是在司马迁笔下第一次看到这些人以"作者"身份出现的。比如说，在司马迁之前，显然已经有一系列诗歌与屈原的传说联系在一起，但是对于司马迁来说，屈原是一位真实存在于历史上的、创作了一系列书写文本的作者,这些书写下来的文本就是司马迁所读到的。实际上,屈原的例子极好地显示出早期作者概念所存在的种种问题,因为即使在司马迁把他变成一个文学"作者"之后,他仍然继续作为作品中的一个角色(persona)存在着。

我们在说到司马迁时所意谓的"作者"概念在西汉的最后一个世纪里逐渐得到巩固,但当时还有其它类型的文本材料。有以角色代言的文本(persona texts):从以"屈原"的口吻创作的文辞,到庄周死后才做出的训诫,到孔子应该发表过的智慧言论(而且,只要读者稍微想一想,就觉得是孔子一定确曾发表过的言论)。还有很多自由流通的文本材料:故事,谚语,观点,政治立场,流行的模拟,可能还有诗歌。这些材料可能被置于某个早期人物之口,但它们不是"作者"创作出来的。

除了近年面世的竹简之外,几乎所有的传世文本都附有一个(或不止一个)作者名字,即使那个名字只是作为编者的孔子或某个汉代校订者,这种现象也许可以向我们证明"作者"概念已经在文化传统中大获全胜、深入人心。到东汉时期,作者概念已经得到长足发展,具有一种能够很容易就用现代标准加以识别的形式。某些类型的文本,也就是那些有"权威"(authority)的文本,在被引用时会给出书名或作者名。但是还有一些地位较低的文本材料,或者以作者缺名的形式流传,或者根据具体情形而获得作者。我们在很多轶事类材料中看到这一点,而且我认为我们在很多诗歌中也可以看到这一点。古雅的四言诗是很"严肃"的形式,这种诗从汉代以来作者归属都非常稳定;但是五言、七言等诗歌却并不一定如此。比如说,曹植的总集在他死后不久首次编订时,一定包括系于他名下的五言及杂言诗。但是在接下来的几个世纪里,曹植作品数量的增长说明作者的名字像磁石一样，吸引了缺乏作者归属的其它文本。

我们习惯于把"作者"看作一个历史事实，因此关于作者归属，我们往往首先要问它是否可以证实，是可信的，还是虚构的。在不废除这一重要历史问题的前提下，我们有时候不妨把作者归属当作文本的一种属性（property）。因此，当我们看到《文选》把《饮马长城窟行》作为无名"古辞"收录，而《玉台新咏》把它作为蔡邕的作品收录时，这里的问题关键不应该是要确定作者到底是不是蔡邕；相反，我们应该问一问：给予这首诗一个不同的作者（"蔡邕"或"无名氏"）到底会产生什么不同的意义？因为在很长时间以来给作品冠上作者都被视为是具有积极意义的，所以，在这个例子里，我们应该注意的有趣现象便是"无名氏作者"在诗歌里的潜在价值，而这似乎是到五世纪末六世纪初才出现的。

作品标题（后来成为作品之"体裁"的标志）因不同文献资料来源而变化，这一点极为常见，因此我们怀疑早期抄本一般没有标题：一首诗可能是"古诗"或"古乐府"，或根据编撰者的印象或观念而获得一个具体的乐府诗题。"杂诗"这一名称，很可能是南朝时期对有名有姓的诗人所创作的无题作品予以命名的一种办法。因为这种诗的内容往往属于可以预期的一定的类型范围，因此最终成为一种次体裁（subgenre），一种诗人自己开始使用的类型化标题。[1]

跟标题相比，作者的归属相对比较稳定。即使题目改变了，

---

[1] 可以想象陶潜把自己的一些诗题名为"杂诗"，因为它们是梁代选集之外作为"杂诗"而出现的最早例子。陶潜的《拟古诗》和《杂诗》出现在陶集的最后部分，跟《文选》中编排的顺序一样，这也许显示了六世纪人对陶集的编辑整理。

全文和片段还是基本上系于同一作者名下。虽然很多时候同一文本确实被系于不同的作者名下,在大多数情况下出现的问题还是一首诗的作者到底是无名氏还是有名有姓。因此我们可以看出,与标题或具体的措辞相比,作者是文本最稳定的属性,只有"无名氏"的光环才能对它构成挑战。

只有在极少数的情况下,具体的作者署名才会胜过无名氏,比如把蔡邕作为《饮马长城窟行》的作者。作者是"无名氏"的作品被认为更古老(因此也更珍贵)。逯钦立仍然把《饮马长城窟行》系于蔡邕名下,但是很多选集更愿意把这首诗作为无名氏作品进行处理。人们希望每个乐府诗题之下只有一首无名氏的作品,这种愿望很可能导致"陈琳"一直被当作另一首《饮马长城窟行》的作者(尽管在《北堂书钞》中它作为无名氏"古辞"出现)。

现存证据显示,在诗歌流传过程中,存在着一个早期阶段,在这一阶段里,无名氏文本在逐渐获取作者。我们也可以看到价值观的历史演变,这种演变使一些作者失去了他们所获得的作品。现存曹植集几乎收纳了选集、类书和李善注里系于曹植名下的所有诗歌。但某些文献还把《古诗十九首》中的一首和两首无名氏"古乐府"当作他的作品。[1]如果说现代的诗歌总集一般不认为这几首诗是曹植的作品,那么这不是因为我们确知它们不是曹植的作品,而是因为"无名氏"作者身份在这里更有吸引力。与此同时,其它所有缺乏具有竞争性作者归属的作品一般都被接

---

[1] 按即《古诗十九首》第四首,和《君子行》、《善哉行》。逯钦立,第330、263、266页。

受为曹植所作。[1]对作者归属的相信与不信背后,有一种价值经济在起作用,但是并不存在真正的文学批评或考证的标准。作者归属通常属于正面价值,可是对于一首无名氏"古诗"或乐府来说,却变成了一个不受欢迎的属性。

一旦我们开始进一步考察文本的传统,我们就会发现同样的现象也出现在其它地方。一首以《陌上桑》的标题闻名的乐府(它还有其它的标题)显然广为人知,而且有多种丰富的变体。《宋书·乐志》和《玉台新咏》都收录了这首诗。但是我们发现它的"艳歌"部分也在傅玄(217—278)的集子里改头换面地出现。傅玄的版本与标准的无名氏乐府非常相近,因此按照三世纪晚期的标准我们不能把它视为"拟作"。很多诗句完全相同;一些文本变体也在文本异文的标准范围之内;一些段落被删掉,一些段落被加上去,这些都是很常见的现象。因为文本系于傅玄名下,所以有的学者认为某些变体更"文雅"。但是我相信如果同一文本偶然被作为无名氏作品保存下来的话,它就只不过会被视为"同一首诗"的另外一个"版本"而已。[2]我们应该思考一下这种现象是怎么发生的,为什么这样一首著名的无名氏乐府会在抄写中被随意地系于一个三世纪中期著名作者名下。也许这代表了傅玄所抄录下来的《陌上桑》"版本",在抄录过程中傅玄做了一些自由发挥,这种自由发挥在这类文本的复制过程中可以说是常态;也可能在一个为无名氏诗歌寻找作者的时代,傅玄被指

---

[1] 曹植集中有一系列文本,其真实性一直被认为存在问题。但是,曹植集一般把所有完整或不完整的作品(有时候包括残篇)都收录进来,而且常常以曹植的生平经历来解说这些作品。参见傅汉思,《曹植作品的真实性问题》。

[2] 见附录七。

派为这首诗的"作者"。只有到后来,在伴随印刷文化的兴起而产生的文学考证和文本固定的时代,他的《艳歌行》才被视为"拟作",而不是"同一首诗"的另一种形式。

同理,曹植有一首《临高台》,其中的第一部分与"铙歌"中的无名乐府完全相同,而最后一部分是前面讨论过的《艳歌何尝行》中的一段。对这种现象的一种理解方式是把它看作乐府传统中的"混合搭配"。但如果重复使用和变体原本是常态,那么当这种程序进入一个为作品寻找作者的时代,不同的版本就会获得具体的作者姓名。

《文选》确实曾将一些文本列在不再可信的作者名下,比如班婕妤和李陵。但是,《文选》中的很多早期诗歌文本相对来说是可信的。除此之外我们有理由对一些独一无二的文献数据来源中的作者归属至少保持一定的怀疑态度,这些文献来自一个存留到五世纪末期以及后世的总杂的抄本传统。

* * *

作为文本属性的"作者"与价值的评估密不可分,而价值评估反过来也让"真实"或"伪作"的判断更有力。价值评估和真伪判断的运作场是假想的文学史叙事。如果一个作品的作者是无名氏,那么只有当它是"早期"作品时才能获得价值:声称一首诗的作者是东汉的无名诗人,与声称它的作者是晋代的无名诗人,效果完全不一样。如果无名氏乐府《独漉篇》(见逯钦立,第846页)没有被乐府传统定为晋代作品,我怀疑它就很有可能被收录到经典古乐府中。[1]曹植集中的一首诗不仅由于它的作者

---

[1] 与此相反,对于简短的南朝乐府来说,无名氏作者和晋代的创作日期是好事。

而获得价值,也由于它被置于曹植生平经历的语境里进行解读,这种"生平经历"包括确知的事实和想象的情形。如果我们去掉作者的姓名,这首诗就没有那么有意思了。如我们前面所见,阮籍《咏怀》其一是对"夜不能眠"主题的一个简短而平常的处理,没有任何惊人之处,但是一旦与阮籍的名字和假定的历史背景联系起来,它就被赋予种种可能存在的作者意图,常常被诗歌选集收录。

关于作者和文本存在着一个依照年代先后顺序排列的叙事,动摇其中的一部分就会危及整体。中国的"作者"不会像福柯所说的那样"死掉",这是因为"作者"在中国的诗学语境里变成了一个必要的系统性功能。如果没有作者充斥的文化叙事作为语境,很多诗歌文本就变得不可读。但是这种说法本身也必须用历史主义观点来对待:并不是所有时代的所有形式都是如此。

一千多年以来,中国"古典诗歌"的起源被完全历史化了。文本被配给一个作者或指派为无名氏所作,任何反对意见都被反驳、忽视,或斥为不值一提。在五世纪初,我们看到有人开始对早期诗歌中的"总杂"感到不安,而对"杂"的理解往往是觉得有晚出的材料混入了"纯粹"的原作。但在有些情况下,我们发现公元六世纪初期的文学学者对作者或作者的缺席远远不如后代的学者那么确定。

虽然颜延之认为李陵组诗总杂,钟嵘又认为"古诗"总杂,但值得记住的是,曾经有一个时代,在某一个抄写文本的层次,将这两组"总杂"的诗编在一起并没有让抄写者觉得有什么不妥。李陵组诗中的诗歌除了整体的作者归属以外,本身很可能并没有任何标题(梁代的编选者把一些诗题为"赠苏武",另一些被视为苏武所作,因此题为"赠李陵")。很可能从这种作者是无名氏的无题诗歌集里,一些文本获得了作者,而另一些则仅仅只是"古"诗。

因为我们的文献大多出现较晚,所以很难了解公元三四世纪五言诗的传播情况。三世纪时肯定有别集包括五言诗在内,其中一些著名的诗篇后来被录入《文选》。[1]"漂流不定"的诗歌("古诗",李陵组诗,和一些有作者归属但归属不确定的诗歌)一般都是修辞等级较低的诗歌。这里我必须重申,修辞等级低俗不能说明创作时间的早晚,因为即使是在陆机用修辞等级高雅的语言创作五言诗的时候,很可能仍然有人在创作低俗修辞等级的诗歌。

虽然无从确知,但是我们可以描述作者和叙述者之间关系的大致范围。在范围的一个极端是高度笼统、情感激烈的诗歌,它们可以在某个特定场合得到表述,变得非常个人化。文本中具体细节的缺乏使它具有在各种不同情形下被重复使用的价值,《古诗十九首》和一些无名氏诗歌属于这一类。它们得以保存,是因为被视为汉代的作品,产生于有名有姓的作者把五言诗形式发展完善之前。在这样的历史定位里,它们因无名氏作者而获得价值。

在向作者概念靠近的下一个层面,是作者未知但似乎适合某

---

[1] 虽然《文选》也收入了很多四言诗,但是在日本发现的《文馆词林》残卷包括了大量不见于他处的四言诗。这说明在文本保存方面五言诗相对于四言诗占有优势。《文馆词林》是一部七世纪的选集,因此我们知道这些诗一直保存到唐初。但是,如果没有非常干燥的气候,在手抄本文化传统中,文本的保存靠的是不断地重复抄写。

个特定历史人物的诗歌,这样一个场景出现在《古诗十九首》中:

> 谁能为此曲?
> 无乃杞梁妻?

"无乃"(恐怕是、想必一定是)的直觉,和把诗中的叙述者当作诗的作者,其间仅仅存在一线之隔。一旦有人作出这样的联系,把一首诗和某个具体的叙述者连在一起,就会导致彼此互相肯定的循环论调:读者通过读诗而对作者产生一个大致的印象,同时又通过作者来理解这首诗。"团扇"诗和班婕妤之间的联系(下文将详细讨论)就属于这样一种情况;把缇萦诗系于班固名下与之类似。李陵和苏武的著名的离别是把笼统的离别诗固定于一个具体的叙述者的一种方式。如果说把一系列"古诗"系于枚乘名下的做法一直没有得到人们的广泛接受,那么很可能是因为枚乘的一生中没有突出的细节可以和这些诗联系起来。

我们知道在公元三世纪出现了一类后来被称为"代作"的诗歌。在这类诗里,作者扮演某个历史人物的角色。这些角色往往是同时代的人(譬如陆机的一些现存诗歌就是"代"同时代人所作),有时也会是某个历史上的人物。在明确标为"代作"或读者清楚地意识到是"代作"的诗里,"叙述者"和"作者"的分别最为清楚。没有人会把石崇代王昭君作的诗系于王昭君名下。但是在诗歌传统的语境里,这一情况并不稳定。只要作者稍不确定,叙述者就可能与作者等同起来。蔡琰的诗似乎就属于这种情况。尽管存在有力的反证,很多学者仍然接受蔡琰的作者身份。

但是，即使没有人相信一首诗中的叙述者就是这首诗的作者，诗还是与其叙述者紧密相连。我想很少有人还相信曹植写了所谓的"七步诗"，但是这首诗仍然被收在曹植的诗集中。曹植是这首诗中的"叙述者"，这一情况已然邻近"曹植就是作者"。

最后，我们看到一个有名有姓的作者，用自己的声口叙述自己的故事。虽然这种情形有时和《诗经》的历史背景阐释相关联，但实际上它是一个汉代的现象——或者说在最早的时期是汉代《楚辞》诠释的一部分。这在诗歌里是一种有特殊地位的模式，它的地位给我们前面所描述的所有创作和表述模式都产生了一种压力，让诗歌寻找作者，特别是寻找一个讲述自身经历的作者。我们在一些建安诗歌里发现了这种作者；而且事实上一些诗歌被冠以序言或者很长的标题，使其写作场合高度具体化，可以和其它文本以及可信的作者生平联系起来。在有名有姓作者的可靠作品里，我们也会发现前面讨论过的第二种层面的情况，也就是说，一些诗歌似乎适合于某个已知的特定创作背景。这些诗与那种假定的创作背景紧密相连，以至于这个背景成为理解这些诗所必不可少的因素。

这里我们关心的是作为文化现象的"作者"，而不是在具体个案中作者归属的正确与否。有些诗获得作者或在不同的作者之间辗转是一个毋庸置疑的现象。如果某一首无名氏乐府的片段稍微改头换面作为曹丕的诗出现，我们的结论要么是曹丕被指派为无名氏乐府的作者，要么是一首曹丕的诗被改编为乐府而其原作者被遗忘了。[1]无论是在哪种情况里，文本在两个版本里都各有改变，或被

---

[1] 逯钦立，第262、402页。

第五章　作者和叙述者（代）

删节，或被扩展；而在这两种情况里作者都跟文本一样不稳定。

在几乎所有的情况下，我们都无法确定"原文"的辞句和长度，也同样无法确知作者。[1]"证据"会引发反驳，转而产生"反证"，两方面都几乎从来不能提出可以最终定论的有力论证。我对于一些具体的个案也有我自己的观点和信念，这些观点和信念会时而浮现出来；但更重要的问题是把叙述者与作者等同起来并在一个笼统叙述者背后发掘出一个具体叙述者+作者的历史压力。

第二个重要的问题，是诗歌文本的"语境"如何被诗歌文本塑造出来。这关系到中国传统长期以来的一个特点：把诗歌镶嵌于叙事和逸事中进行解读。意识到被置于语境中的文本其实塑造了它的"语境"意味着颠覆了假设的权威等级。根据这种假设的等级，"语境"是稳定的历史事实，可以用来帮我们阅读较为难以捉摸但最终可以诠释的文学文本。

让我们回到在序言中提到的《怨诗》（或《怨歌行》），它被系于公元前一世纪后期班婕妤的名下。

　　新裂齐纨素，
　　鲜洁如霜雪。
　　裁为合欢扇，
　　团团似明月。
　　出入君怀袖，

---

[1] 当然这是因为同一作品出现在两个独立的文献来源中。如果一个作品只在一个文献中出现，它的文本面貌或作者归属就不会有明显的问题——但是那未必可以使我们对其文本或作者归属有强烈的信心。

> 动摇微风发。
> 常恐秋节至,
> 凉飙夺炎热。
> 弃捐箧笥中,
> 恩情中道绝。[1]

班婕妤是汉成帝的宠妃,后来因为赵飞燕姊妹而失宠。这首诗因其对失宠的预见而获得特殊的分量。当皇帝感觉到"炎热"时,妃子可以充一时之用,但她意识到他的热情终将冷却("秋节至"),她会被弃置一旁。

这首诗与班婕妤的历史联系非常紧密,以至于即使当学者们不再相信班婕妤是这首诗的作者,他们仍然希望这首诗采取了班婕妤的声口,或至少采取了一位受宠妃子的声口。这种解释听起来非常合理,但哪怕只是为了突出在这首诗的解读中历史的重量,我们也必须提出另一种可能:这首诗可能并没有把宫人比作团扇,而就是描写了一把扇子,而在最后一联中把它含蓄地比作宫人。至少从三世纪起,职业诗人就被要求赋诗咏物。[2]换言

---

[1] 逯钦立,第116页;《文选》卷27;《玉台新咏》卷1;《艺文类聚》卷41、69;《乐府诗集》卷41。关于这首诗作于魏代的观点,参见逯钦立,《汉魏六朝文学论集》,第22—27页。我们也许要进一步指出,曹植在三世纪初写到班婕妤时并没有提到团扇,很难想象在"团扇"诗被系于班婕妤名下之后会出现这种情况。见曹植,《班婕妤赞》,赵幼文,《曹植集校注》,第86—87页。王叔岷,《钟嵘诗品笺证稿》试图论证曹植的赞中对风的描写暗示了"团扇"诗,但是这一论证难以服人,第147页。
[2] 如上文讨论过的关于香炉的无名氏"古诗"。班婕妤的诗在早期文献材料中有时被引作《扇诗》或《咏扇》,似可支持这种假设。

之，如果一个三世纪的诗人被要求写作一首关于团扇的诗，上面这首诗就是一篇很合适的作品。

先不考虑这首诗只是一首咏扇诗这种显而易见的可能性，这里我们看到上文所论述的关于"作者"概念的三个层面：(1) 规范性叙述者（对皇恩的持久性感到焦虑的受宠宫人）；(2) 作为这样一个叙述者之个例的班婕妤；(3) 作为"作者"的班婕妤。我们不知道，也不可能知道（除非出现考古上的奇迹），这首诗最初是在哪一个层面上创作的。它甚至有可能真是班婕妤的作品——虽然如果是这样的话，我会非常惊讶。归根结底，这首诗的起源远没有它的历史命运那么有意思：当一个特定的妃子预想到自己的失宠，这首诗却因为被系于她这样一个具体的个人名下而在文学史上得宠。

在中文语境里进行研究，需要谨慎对待把"作者"和"权威"联系起来的语义史，因为在中文里这二者没有语义上的关系。但是，权力在这里显然是个很重要的问题：扇子的主人/皇帝拥有抛弃扇子/受宠宫人的权力。这首诗承认这种权力，但试图抗拒它。这首诗围绕着"团扇"的中心意象开展描写，它的巧妙性是让人觉得它可能作于公元三世纪的原因之一。团扇不仅被比作女子，而且还装饰着"合欢"的图案——合欢花代表了情人的聚首，正如团栾的明月（诗中对团扇的一个比喻）也代表团圆和聚首一样。扇子会产生"微风"，而"风"也是一个用来指称诗歌与"讽"——委婉讽谏——的语汇。

皇权拥有者可以将臣下——无论是将军、朝臣还是嫔妃——视为可以随意使用和丢弃的工具。韩信曾经发出"鸟尽弓藏"的感慨。被当权者视为工具的人可以提出抗议，试图使当权者感激自己过去的忠心服务,并对现在的背恩负义感到羞耻。这里的问题不是宫人如何像一把扇子,而是她如何不像一把扇子:模拟制造了反差。[1]

人们愿意将这首诗读作宫人的声音,和其中隐含的权力落差很有关系。与《白头吟》中的句子相比,很明显这里的叙述者处于从属的地位。《白头吟》表达了基本相同的情感:

愿得一心人,
白头不相离。[2]

《怨诗》不仅远在男子负心之前,而且甚至在新宠之时就预想到这种可能,因为扇子是用"新裂"的纨素裁成的。叙述者试图在男子心中唤起同情和羞耻,以避免被抛弃的命运,实现《白头吟》中所直接表述的对天长地久的愿望。因此,《怨诗》中叙述者的无助和被动,正是面对皇权进行间接讽谏的对应物。卓文君被当作《白头吟》的叙述者兼作者向她负心的丈夫司马相如倾吐心声,这种读解并非偶然:这首诗相对于《怨诗》而言的直白,使人们认为它出自社会秩序中一个较低的位置。

在乐府诗中,大家都知道欢乐短暂,悲苦将临;应对的方式是抓住当下,在绝望情绪中享受一种被阴影笼罩的乐趣。《怨诗》里没有享乐的中间过程,只有对秋天将至的恐惧(第七行"常恐

---

[1] 如果把这首诗看作咏扇诗,那么拟人的写法仅仅显示了诗的机巧而没有感情的深度,就像关于香炉的无名氏"古诗"一样。
[2] 逯钦立,第274页。

秋节至")和不断的焦虑,期望可以避免未来的悲剧。我们或许应该指出,《怨诗》的第七行也出现在《文选》中同样有文人创作痕迹的《长歌行》里。[1]在《长歌行》结尾,我们看到的不是对命运的绝望和对享乐的召唤,而是"少壮努力"的激励。对秋季持续而充满焦虑的预想似乎催生了各种对抗的方式。

在文人传统里,比喻性的移位和隐藏常常和女性以及女性的动机或以女性自比的失势朝臣联系在一起。如同汉武帝的李夫人掩藏起她病毁的面容一样,假定的班婕妤用扇子遮住她在预想中老去的容颜——而遮面正是扇子的另一种用途。女性的一种形象是绝对自然的存在,感情强烈、语言直白。女性的另一种形象,尤其和嫔妃(以及朝臣)相关,把她们与隐藏的动机和比喻性的移位联系起来。直接的权力属于权威人物:他可以将扇子保留或抛弃。这种权力的对象只能间接地响应,试图控制的是权威人物的愿望,而不是他的行为。

让我们回到"代"这个字眼,在"代作"中它是关键词。女子代扇子说话,诗人代女子说话。作为满月形象出现的团扇,装饰着团栾的合欢图案,"代替"了情人的团圆。诗的标题一作《怨歌行》,这个标题可以被加上"代"字:《代怨歌行》。除非有一个特定的"版本"被作为假定的"原作",所有的"版本"都是"代",也即对一首早已被遗忘了的古老乐府的替代歌词。

乐府作者用自己的新辞代替一首乐府旧辞——不管他知不知道旧辞——就像"代作"诗的作者用他的文字替代某个过去人物的未知的言辞或从未说出过的言辞一样。这两种"代"的用法有

---

[1] 逯钦立,第262页。

一个相同的原则：诗人不一定是为自己写作；即使他很快乐，他也会为某个历史人物的不幸或某首旧乐府中的伤感情绪而故作悲伤。在这一时期，假装还没有演变成被后人视为问题重重的"不真"，但是对假装的焦虑在增长，而这一焦虑迫使人们把诗中的叙述者当成诗的作者。

* * *

我们也许应该考虑一下假定的叙述者如何主导诗歌的诠释和诗歌文本的演变，即使是在作者归属显然被推翻的情况下。《西京杂记》中记载了一则关于司马相如的逸事。据说司马相如把一位茂陵女子纳为小妾时，他的妻子卓文君作《白头吟》表示与他决裂。[1]《西京杂记》的创作时代是一个长期受到争议的话题，但至少我们可以说它是最早提到这个标题的文献，很可能出现在三世纪或四世纪早期。

我们无法确定《西京杂记》的编者所见的《白头吟》与现有的两个版本是完全相同还是互有重合，但是因为现存版本的开头一节提到感情背叛和分手的想法，当时人可能至少知道这个部分。《白头吟》这一标题的第二次出现是在五世纪中期王僧虔的《技录》里，王僧虔引用了这首诗的第一句，但没有说作者是卓文君。现存的两个版本都以"无名氏"作品出现：较早的一个版本来自《宋书》；另一个版本，可能是在大约半个世纪之后，收录在《玉台新咏》中。

---

[1] 葛洪辑，成林、程章灿译注，《西京杂记全译》（贵阳：贵州人民出版社，1993），第 115 页。

第五章 作者和叙述者（代）

我们在上文曾提到，把《怨诗》系于班婕妤名下很可能是公元三世纪中期的事，差不多和《白头吟》被系于卓文君名下发生在同一时期。这就引出了一个问题：为什么班婕妤的作者身份被认可，而卓文君的作者身份却没有被广泛接受（虽然从未被完全遗忘）？最可能的原因是文本保存的主要渠道。《怨诗》被保存在《文选》和《玉台新咏》中，但是没有进入《宋书》（虽然后来它常常被作为乐府诗引用）。相反，《白头吟》似乎是从乐府总集进入"诗"领域的。《宋书》在收录俗乐时，只收录无名氏乐府和曹氏家族创作的乐府（也的确收录了朝臣为宫廷仪式场合应命创作的乐歌）。如果把卓文君当作《白头吟》的作者，这将会是唯一的例外，因此不太合适。[1]在处理诗歌作品时，《玉台新咏》一般来说很欢迎任何作者归属，但是就这首诗而言，它似乎接受了《宋书》的判断。我先把这两个版本并列在下面：

白头吟[2]

《玉台新咏》　　《宋书》

皑如山上雪，　　晴如山上云，
皎若云间月。　　皎若云间月。
闻君有两意，　　闻君有两意，
故来相决绝。　　故来相决绝。

---

[1] 这也导致了一种可能：《宋书》中在使用"古辞"这个词的时候，可能不像后代认为的那样，暗示了这是一首"无名氏作品"。
[2] 逯钦立，第274页；《宋书》；《玉台新咏》卷1；《乐府诗集》卷41。黄节，《汉魏乐府风笺》，第48—51页；桀溺，《中国古典诗歌的起源》，第155—161页；Birrel，《汉代中国的流行歌曲和歌谣》，第154—158页。

	平生共城中，
	何尝斗酒会。
今日斗酒会，	今日斗酒会，
明旦沟水头。	明旦沟水头。
躞蹀御沟上，	蹀躞御沟上，
沟水东西流。	沟水东西流。
	郭东亦有樵，
	郭西亦有樵。
	两樵相推与，
	无亲为谁骄。
凄凄复凄凄，	凄凄重凄凄，
嫁娶不须啼。	嫁娶亦不啼。
愿得一心人，	愿得一心人，
白头不相离。	白头不相离。
竹竿何袅袅，	竹竿何袅袅，
鱼尾何蓰蓰。	鱼尾何离簁。
男儿重意气，	男儿欲相知，
何用钱刀为。	何用钱刀为。
	龁如马噉箕，
	川上高士嬉。
	今日相对乐，
	延年万岁期。

看到这样的两个不同版本时，我们也许想要论证《玉台新咏》收录的是"原诗"，而《宋书》版是乐师为表演而改编的（这是郭

茂倩的判断);或者《宋书》版是底本,而《玉台新咏》把它修改为符合六世纪"诗歌"标准的形式(这是桀溺的观点)。在上文关于《艳歌行》的论述和其它地方我们都简短地提到过,有很多细节显示后一种观点是正确的。[1]如果我们把这种现象理解为《玉台新咏》在形式和意义方面改写了《宋书》的版本,那么对第三联的删除很有必要:它在诗中不押韵,而且与上下文没有关联。需要删掉的部分显然还包括对樵夫、马和高士的描写,以及结尾处歌者对观众的祝福。

但是,除此之外,《玉台新咏》还有一种把"乐府"变为"诗"的更复杂的方法。在这种方式里,即使被题为无名氏作品,我们看到卓文君的影子仍然笼罩着这首诗。如果我们忘掉《玉台新咏》的版本,把《宋书》版本看作只是又一首乐府,一个表演性质的文本,我们会非常倾向于把它视为一首拼合型乐府。桀溺已经基本上很好地论证过这一点,我的观点与他大致相同,但是有一些小的改动。就一首拼合型乐府而言,我们会把以"凄凄重凄凄"开头的最后一部分当作一个片段。"凄凄重凄凄"是一个很容易辨认的标准开头程序句。一首拼合型乐府的各个片段基本上是独立于彼此的,它们也许是根据场合被组合在一起,也许是出于习惯。如果我们独立阅读最后一个片段,而不是把它放在诗一开始时的"分离"语境里面进行阅读,我们就会得到一首关于盼望出嫁的女子(也可能是盼望成亲的男子)的诗;我们可以保

---

[1] 在这个例子里,如果我们相信是乐师为演奏目的而改编了文本的话,就无法解释为什么会加入不押韵的一联——这种情况只能用某种不完善的文本流传方式(无论是口头记忆还是文本记忆)加以解释。

留或者删掉结尾的两联。

> 凄凄重凄凄,
> 嫁娶亦不啼。
> 愿得一心人,
> 白头不相离。
> 竹竿何袅袅,
> 鱼尾何簁簁。
> 男儿欲相知,
> 何用钱刀为。
> 龂如马噉箕,
> 川上高士嬉。
> 今日相对乐,
> 延年万岁期。

这样理解这些诗句,而不是强行把它们与诗一开头的分别情景联系起来,会更加合情合理。钓鱼意象是求偶的标准象征。在乐府美学里,关于樵夫的四句引入了孤独和(可能的)寻"亲"主题,同时也标志了这首诗里从一种情绪到另一种情绪的转折。

桀溺进一步把《宋书》版本的第一部分划分为两段:前四句描写决裂,后六句描写离别——但这种离别不是应该出现在关系破裂时刻的那一种。他在这里的论证很有说服力。也许最早的《白头吟》只有开头四句,是一首与《箜篌吟》或《猛虎行》一样的短歌。[1]

---

[1] 逯钦立,第 255、287 页。

我们在《宋书》中见到的是这首短歌与其它短小片段的拼合。如桀溺所言,这种组合可能基于音乐原因或表演传统。但是,这种重复的表演导致文字本身具有独立性的美学观。

我们不要求拼合型乐府具有内在统一性。《陇西行》可以把游历天界和主妇招待客人毫不费力地组合在一起。但是,人们通常读到的是《玉台新咏》版的《白头吟》,这个版本被一个假定的叙述者前后统一起来,这个和爱人决裂的叙述者便是存在于诗中的卓文君的影子。《玉台新咏》对文本做了一个小的改动,用"嫁娶不须啼"代替了"嫁娶亦不啼"。在假设的夫妻反目语境中,这表示她确实在啼哭,但是"不须"如此。期盼与"一心人"白头偕老的句子——在一首关于求偶的诗中非常直白和恰当——作为落空的愿望获得了新的心理深度,它是叙述者"曾经'愿得'"的。[1]在求偶诗中十分典型的钓鱼段落在这种语境里变得很特别。最后一联中的一句,"男儿欲相知",被改成了后来变得耳熟能详的"男儿重意气",后人对这句诗的理解常常是脱离语境的——在这首诗的语境中,它可能有多种不同的解释:

男儿重意气,
何用钱刀为。

但无论我们怎样解读,它都与《宋书》版中更适合求偶诗的"男

---

[1] 不仅卓文君的影子使诗一开头的叙述者被视为女性,"闻君有两意"也暗示了女性的声音,就像乐府《有所思》中几乎相同的句子"闻君有他心"一样。

儿欲相知"完全不同。

这样,一首显然合并了不相关片段的拼合型乐府被改成了一首有一个统一叙述声音的代言诗。即使后来的读者不相信作者是卓文君,这首诗的形式也向他们显示了卓文君作为叙述者的可能性。

* * *

我们现在来看两首叙述者不存在问题的长诗。在这两首诗里,不用对文本做出修改,也不用费尽心思进行解释,叙述者使全诗前后连贯统一。这里的问题是,叙述者是否就是作者?

蔡琰是东汉著名学者和作家蔡邕之女。在汉末的战乱中被掠至匈奴,后来被曹操赎归中原,但她不得不将所生二子留在匈奴。她返回中原之后,发现所有的家人亲属都已过世。曹操将她改嫁他人。这两首诗就表现这一时期。诗的确基于史实,但它同时也是一个可以引起强烈感情共鸣的精彩故事。我们常常无法将历史演义和历史事实区分开来,而且在中国,历史演义往往会变成历史。因此蔡琰进入了范晔创作于公元五世纪的《后汉书》。而且这个故事与一首诗的两个"版本"一起重新出现,一个"版本"是五言诗,另一个是"楚骚"体。这两个"版本"之间的区别主要在于体裁的不同。我们知道曾经流传过一部《蔡琰别传》,这种题目强烈暗示了演义的性质。《蔡琰别传》有可能就是范晔的文献来源,也可能是对范晔《蔡琰传》的演义。

作为《怨诗》的叙述者/作者,班婕妤使一首本身十分类型化的诗变得具体化。也就是说,这首诗本可以由任何一个受宠爱的年轻女子道出,但文学传统强烈引导我们把叙述者视为受宠的宫人。与此相反,蔡琰明显是《悲愤诗》的叙述者,她讲述的

第五章 作者和叙述者（代）

"蔡琰故事"充满具体细节。学者争论最激烈的是叙述者是否就是作者。虽然我同意傅汉思的观点，相信这两首《悲愤诗》都不是蔡琰所作，但这一直是一个无法被确证的问题。[1]

作为现存最早的第一人称长篇叙事诗，这两首《悲愤诗》是独特的；它们的独特性还表现在用截然不同的两种诗歌体裁处理同样的材料。但是，它们的独特性很可能是幸存于《后汉书》的结果。如果当时还存在其它这样的诗（这一点很可能），那么它们在公元六世纪被排除在"诗"的世界之外而没有存留下来。

两首《悲愤诗》的接受史是一个警告，提醒我们文学品位和体裁常规如何选择和排除材料。这两首诗只是因为被纳入一部正史才得以幸存，文学文献对它们几近完全的沉默向我们暗示了没有得到欣赏的诗歌的命运。两首《悲愤诗》都没有被《文选》或《玉台新咏》收录，《文心雕龙》或《诗品》也没有提到蔡琰。考虑到《后汉书》在当时的易得，和齐梁学者在搜集和评论早期诗歌方面的勤勉，这一缺席意义重大。[2]《太平御览》引用过五言《悲愤诗》，此外《文选》注中提到过一次，但是隋唐类书都未加以收录。[3]虽然蔡琰的故事广为人知，并且和两首诗一起在《蔡琰别传》中流传，在《后汉书》之后最早提到这些诗的文人据说是苏轼，他的赞许记载于《竹庄诗话》。[4]之后大部分关于

---

[1] 傅汉思，《蔡琰和系于她名下的诗》，*CLEAR* 5（1983），第133—156页。

[2] 《玉台新咏》没有收录这首女性声口的诗歌，这一点十分引人注目，尤其考虑到《玉台新咏》的确收录了其它叙事长诗。

[3] 《北堂书钞》（卷111）和《艺文类聚》（卷44）引用楚骚体诗中的段落时，以《蔡琰别传》作为文献来源。《蔡琰别传》和《后汉书》"蔡琰传"的关系不详。

[4] 何汶，《竹庄诗话》（北京：中华书局，1984），第19—20页。

蔡琰的评论都集中在产生更晚的《胡笳十八拍》上。[1]虽然《悲愤诗》现在已经成为早期诗歌中最著名的诗篇之一，而且被所有的选集收录，但它直到十八世纪中期，才开始常常出现在唐前诗歌的选本中。两首《悲愤诗》是最早进入传世文献的作品之一，但它们却最晚进入早期诗歌的经典。

悲愤诗[2]

蔡琰

汉季失权柄，

董卓乱天常。

志欲图篡弑，

先害诸贤良。

逼迫迁旧邦，

拥主以自强。

海内兴义师，

欲共讨不祥。

卓众来东下，

金甲耀日光。

平土人脆弱，

来兵皆胡羌。

猎野围城邑，

所向悉破亡。

---

[1] 逯钦立，第201页。《胡笳十八拍》年代不详，可能是唐代的作品。
[2] 逯钦立，第199页；《后汉书》，第2801—2803页。

斩截无孑遗,
尸骸相撑拒。
马边悬男头,
马后载妇女。
长驱西入关,
迥路险且阻。
还顾邈冥冥,
肝脾为烂腐。
所略有万计,
不得令屯聚。
或有骨肉俱,
欲言不敢语。
失意几微间,
辄言毙降虏。
要当以亭刃,
我曹不活汝。
岂复惜性命,
不堪其詈骂。
或便加棰杖,
毒痛参并下。
旦则号泣行,
夜则悲吟坐。
欲死不能得,
欲生无一可。
彼苍者何辜,

乃遭此厄祸。
边荒与华异,
人俗少义理。
处所多霜雪,
胡风春夏起。
翩翩吹我衣,
肃肃入我耳。
感时念父母,
哀叹无穷已。
有客从外来,
闻之常欢喜。
迎问其消息,
辄复非乡里。
邂逅徼时愿,
骨肉来迎己。
己得自解免,
当复弃儿子。
天属缀人心,
念别无会期。
存亡永乖隔,
不忍与之辞。
儿前抱我颈,
问母欲何之。
人言母当去,
岂复有还时。

阿母常仁恻，
念何更不慈。
我尚未成人，
奈何不顾思。
见此崩五内，
恍惚生狂痴。
号泣手抚摩，
当发复回疑。
兼有同时辈，
相送告离别。
慕我独得归，
哀叫声摧裂。
马为立踟蹰，
车为不转辙。
观者皆歔欷，
行路亦呜咽。
去去割情恋，
遄征日遐迈。
悠悠三千里，
何时复交会。
念我出腹子，
胸臆为摧败。
既至家人尽，
又复无中外。
城郭为山林，

庭宇生荆艾。
白骨不知谁,
从横莫覆盖。
出门无人声,
豺狼号且吠。
茕茕对孤景,
怛咤糜肝肺。
登高远眺望,
魂神忽飞逝。
奄若寿命尽,
旁人相宽大。
为复强视息,
虽生何聊赖。
托命于新人,
竭心自勖厉。
流离成鄙贱,
常恐复捐废。
人生几何时,
怀忧终年岁。

悲愤诗

蔡琰

嗟薄祜兮遭世患,
宗族殄兮门户单。
身执略兮入西关,

历险阻兮之羌蛮。
山谷眇兮路漫漫,
眷东顾兮但悲叹。
冥当寝兮不能安,
饥当食兮不能餐。
常流涕兮眦不干,
薄志节兮念死难,
虽苟活兮无形颜。
惟彼方兮远阳精,
阴气凝兮雪夏零。
沙漠壅兮尘冥冥,
有草木兮春不荣。
人似兽兮食臭腥,
言兜离兮状窈停。
岁聿暮兮时迈征,
夜悠长兮禁门扃,
不能寝兮起屏营。
登胡殿兮临广庭,
玄云合兮翳月星。
北风厉兮肃泠泠,
胡笳动兮边马鸣,
孤雁归兮声嘤嘤。
乐人兴兮弹琴筝,
音相和兮悲且清。
心吐思兮胸愤盈,

欲舒气兮恐彼惊,
含哀咽兮涕沾颈。
家既迎兮当归宁,
临长路兮捐所生。
儿呼母兮啼失声,
我掩耳兮不忍听。
追持我兮走茕茕,
顿复起兮毁颜形。
还顾之兮破人情,
心怛绝兮死复生。

即使不把作为叙述者的"蔡琰"等同于《悲愤诗》的作者,这两首诗似乎仍然创作于相对较早的时代。我们可以根据五言诗的开头二字判断它的创作时代的上限:"汉季"意味着汉朝已经灭亡,因此也就是在曹操死后。诗一开始有一段对董卓之乱的描写,我们可以在曹操的一些乐府中找到与之非常相似的句子,比如他的《薤露》:

惟汉二十世,
所任诚不良。
沐猴而冠带,
知小而谋强。[1]

---

[1] 逯钦立,第347页。

第五章 作者和叙述者（代）

与"汉季"的措辞相比，我们可以看到诗人如何在汉代已衰而未亡之时称呼这个朝代。我们又在曹操的《蒿里行》中读到以下的句子：

> 关东有义士，
> 兴兵讨群凶。[1]

这也可以与蔡琰的诗比较：

> 海内兴义师，
> 欲共讨不祥。

同样直捷的叙述风格和对历史事件的简述也出现在《古文苑》中系于孔融名下的六言诗中：

> 汉家中叶道微，
> 董卓作乱乘衰。
> 僭上虐下专威，
> 万官惶布莫违，
> 百姓惨惨心悲。[2]

在费凤碑中也有这种直捷的诗体叙事。[3]

---

[1] 逯钦立，第347页。
[2] 同上书，第197页。
[3] 同上书，第176页。

这种直捷的叙述风格到公元三世纪末就已经从文人诗歌中消失了。我们可以比较一下上面《悲愤诗》的开头和石崇（249—300）的一首代言诗，这首诗描写的是王昭君远嫁匈奴的遭遇：

> 我本汉家子，
> 将适单于庭。
> 辞诀未及终，
> 前驱已抗旌。
> 仆御涕流离，
> 辕马为悲鸣。[1]

流畅的风格和"同情"的意象标志着五言诗发展史上一个截然不同的时代。

"楚骚"版《悲愤诗》通常被视为比较低劣（因此其真实性也遭到质疑）。"楚骚"这种诗体常常用于穿插在叙事里的诗句，但一般来说总是较短的情感抒发。在用于叙事诗时，它与五言版相比有明显的弱点，既因为它倾向于详尽描述感人的时刻，也由于其形式本身的局限性，即每行以三个字为半行，每个半行都是一个包含了动词的谓语。我们可以清楚地看出，"楚骚"版是在五言诗的主题和程序句都完全定型之后创作的。三字节的半句可以很容易用五言句的下半部分进行补缀。因此，当看到"夜悠长"时，我们完全可以预料到下面的句子：她"不能寝"并"起屏营"。

---

[1] 逯钦立，第643页。

第五章　作者和叙述者（代）

"楚骚"体也有一些精彩的片段，尤其是蔡琰在黑暗中凝望宫外的描写：黑云遮盖了星月，寒风呼啸，边马嘶鸣，胡笳声恸。诗的高潮是与幼子的别离，诗也在此结束：

> 家既迎兮当归宁，
> 临长路兮捐所生。
> 儿呼母兮啼失声，
> 我掩耳兮不忍听。
> 追持我兮走茕茕，
> 顿复起兮毁颜形。
> 还顾之兮破人情，
> 心怛绝兮死复生。

五言诗是一种具有叙事能力的形式，在这里五言版《悲愤诗》表现出它的优点。孩子不只是像在"楚骚"版中那样呼喊啼哭，而是直接对母亲讲话：

> 己得自解免，
> 当复弃儿子。
> 天属缀人心，
> 念别无会期。
> 存亡永乖隔，
> 不忍与之辞。
> 儿前抱我颈，
> 问母欲何之。

人言母当去，
岂复有还时。
阿母常仁恻，
念何更不慈。
我尚未成人，
奈何不顾思。
见此崩五内，
恍惚生狂痴。
号泣手抚摩，
当发复回疑。

"楚骚"版中的叙述者只是不忍回顾，而在这里，她肝肠寸断，犹豫徘徊。五言版也提到她与其他被掠去的同辈告别，以及回到家中发现亲人下世、只存废墟的情景。五言诗还讲到再婚和担心因为"鄙贱"被抛弃。这首诗用"古诗"的传统方式结尾，发出"人生几何时"的感叹，最后以表达悲伤收束全诗。

"古诗"材料中的各种因素不断在全诗中出现，无论是在直接的层面上，还是在一个相对高雅的修辞等级上。在描写被掠入胡地时的遭际时，"回路险且阻"是一个标准句的变体（读者可以对比《古诗十九首》第一首中的"道路阻且长"）。当她被迫抛弃幼子时，我们看到"古诗"中常见的骨肉离别的主题：《古诗十九首》第一首相当夸张的"相去万余里"在这里表述为"悠悠三千里"（读者可以对比费凤碑的"相去三千里"）。《古诗十九首》第一首提到两人之间不断增长的距离："相去日已远"；蔡琰则用修辞等级较高雅的语言重复了这种感受："遄征日遐迈"。

《古诗十九首》第一首发出是否能够再会的疑问:"会面安可知?"蔡琰则问道:"何时复交会?"

在离别亲人的一般情况之外,抛弃自己的亲生子女在读者心中激起一种特殊的共鸣,因为它显示了东汉末年的混乱如何能够打破哪怕是最牢固的血缘关系。这也是王粲《七哀诗》第一首的中心情节:一位逃离长安的母亲遗弃了她襁褓中的婴儿。两首诗都写到遍地白骨:没有得到安葬的死者是家庭纽带断裂的另一个表征。

归根结底,为什么两首《悲愤诗》在如此长的时间里被彻底地排除在诗歌领域之外仍然是一个谜。虽然《玉台新咏》收录了篇幅更长的《古诗为焦仲卿妻作》(建安的创作时代很可疑,其现存的形式肯定出自南朝),但这首诗同样直到很久以后才得到注意。也许这只是出于对长篇叙事诗的偏见,而长篇叙事诗似乎是一个持续不断的通俗传统。

* * *

在公元五世纪早期之前的某个时刻,一组关于别离的诗歌与西汉的降将李陵联系在了一起。他和汉使苏武相见与别离的著名场景记载于《汉书》,这显示出无论其根据是什么,历史事件已经被浪漫化了。[1] 这一话题吸引了很多代作,从汉书传记中引用的诗歌和年代不详、据说是二人写给彼此的书信中已经可见一斑。[2]《隋

---

[1]《汉书》,第2464—2465页。
[2]《文选》卷41。如铃木所言,这些书信的内容与"苏李诗"多有重合(《汉魏诗的研究》,第329页);我们在秦嘉的诗和信中也会看到同样的现象。

书·经籍志》中记录了一部两卷本的《李陵集》。

早在刘宋时代，颜延之已经对这个集子的真伪提出了怀疑，称其"总杂"而且怀疑它是"假托"，但他并未全盘否定每一首诗（"非尽陵制"）。在五世纪末期到六世纪头四十年这一段关键的时期，李陵的作者身份开始被普遍接受，他常常被视为五言诗的第一个"作者"。（有几首"古诗"系于枚乘名下，枚乘比李陵更早，但是在关于五言诗史的各种叙事中他没有被人当成第一个"作者"。）

一个人在同一个场合居然创作了两卷诗，这种情形的荒谬性到了一定的时候必然变得显而易见。李陵在匈奴一封接一封地给苏武写信，而苏武到了一定的时候似乎也终会对自己作为收信人和抄写员的双重身份失去耐心。如果真的像钟嵘所说，这些诗是最早的五言诗，那么这一情况就显得更不寻常了。如果把其中的一些诗"分配"给苏武，这种情况的荒谬性就可以得到些许减轻。[1]

除了分别的场景，这些诗中没有任何特别的因素可以把它们与苏武李陵的故事联系起来；当然与此同时也没有任何因素可以否定它们与这个历史场合的联系（如果其中最著名的一首诗出自女子的声口，送别即将远征的丈夫，我们可以把它解读为象喻）。在这组诗里，一些诗描写送别的时刻，另一些描写分离之后的情形；值得注意的是《文选》没有收录后者，它们主要是通过《古文苑》保存下来的。

在江淹的《恨赋》中，我们看到李陵与苏武分别的场景，

---

[1] 逯钦立指出，在萧梁时代，一些诗逐渐被系于苏武名下。逯钦立，第336—337页。也参见逯钦立，《汉魏六朝文学论集》，第5—8页。

第五章 作者和叙述者（代）

> 至如李君降北，
> 名辱身冤。
> 拔剑击柱，
> 吊影惭魂。
> 情往上郡，
> 心留雁门。
> 裂帛系书，
> 誓还汉恩。
> 朝露溘至，
> 握手何言。[1]

江淹在作于五世纪晚期的《杂体诗》里也有一首拟李陵的诗。尽管苏、李的离别是独一无二的历史情形（就像蔡琰在匈奴与亲生骨肉的离别一样），它可以为一首常规离别诗提供语境框架，使诗中的离别成为所有离别的常规典范。

李陵/苏武[2]

> 携手上河梁，
> 游子暮何之。
> 徘徊蹊路侧，

---

[1]《文选》卷16。
[2] 逯钦立，第337页；《文选》卷29（作为苏武诗）；《艺文类聚》卷29；《初学记》卷18。

> 恨恨不能辞。
> 行人难久留,
> 各言长相思。
> 安知非日月,
> 弦望自有时。
> 努力崇明德,
> 皓首以为期。

虽然匈奴人不以善于修筑桥梁闻名,但是"河梁"却逐渐变成了李陵和苏武别离场景的象征。除此之外,这首诗和组诗中的其它诗歌再也没有任何限制性的具体细节可以揭示历史背景、发生地点或人物关系。我们尽可以假设叙述者和作者具有特定的身份,但是它很快就消失在关于任何离别的常规"语法"之中:已经送了你很长一段路,但依然不愿面对分离;行人必须离去,但是我们总是会彼此思念,并且期待有朝一日重逢。最明确的变量出现在分手时的劝诫中:"努力崇明德"("Strive hard to reverence your noble virtue")。这句诗不是中国诗歌里最容易翻译成地道、得体英文的那一种,它的基本意思其实无非就是"Be good!"("好好儿的"),但是这太短,无法填满一行,而且用在诗歌里显得很滑稽;但是无论多么可笑,它传达出了这一句诗的社会性。这首诗广为流传,自有它的一种美,但那是一种属于"友谊地久天长"这类歌曲的美,嵌在一个历史叙事的语境中。

如果说上面的这首诗可以被合理地置于李陵与苏武离别的场景之中,组诗里的其它作品虽然是早期离别诗的优秀作品,但并不完全适合这一场景,也不容易解释为比喻的表达。这说明批评家如钟嵘或选家如萧统并没有过于严格地比对诗歌的细节和假定的场景。

李陵/苏武[1]

骨肉缘枝叶,
结交亦相因。
四海为兄弟,
谁为行路人。
况我连枝树,
与子同一身。
昔为鸳与鸯,
今为参与辰。
昔者长相近,
邈若胡与秦。
惟念当乖离,
恩情日以新。
鹿鸣思野草,
可以喻嘉宾。
我有一尊酒,
欲以赠远人。
愿子留斟酌,
慰此平生亲。[2]

---

[1] 逯钦立,第338页;《文选》卷29(作为苏武诗);《艺文类聚》卷29(作为苏武诗)。
[2] "叙"是"慰"的常见异文。

虽然这首诗的开头部分描写了不同关系之间的区别,叙述者与他的对话人("子")之间的关系并不是很明确。朋友之间的关系变得像血缘关系一般亲密,而且引用《论语》中的话("四海之内,皆兄弟也"),变得就像"兄弟"一样。但如果我们以为叙述者指的是他与行人之间的关系,我们很快就会在第四行意识到这是安慰行人的说法:无论去往何方,他都会遇到这样的"兄弟"。虽然萧统把这首诗置于苏武之口,但是实际上苏武是将要远行的人,而李陵则继续留在匈奴(《文选》五臣注把这首诗解读为苏武与其兄弟离别,解决了这个问题)。

接下来我们看到非常具有雄辩性的"况",它也出现在"李陵组诗"中的另外一首诗里,但一般不会出现在修辞等级低俗的诗歌里。"况"标志了辩论的语气。我们可以把这句理解为:无论你到任何地方都会遇到"兄弟",但与他们相比,我更是你的"兄弟",虽然我们的关系不是"枝叶"相连的骨肉关系,但是却有如两棵枝干交缠的树。"同一身"的说法对于这里明显的男性友谊来说似乎有些过分,但当我们读到鸳鸯意象的时候,我们看到一个象征夫妻关系的标准意象——于是我们再也无法确定这里写的到底是妻子在叮嘱将要离去的丈夫,还是两个如同"夫妻"的朋友。我们怀疑这可能跟"古诗"里一样,诗的"使用者"可以根据自行决定如何理解这些诗,或在诗中听到他愿意听到的部分。

在李陵、苏武离别的语境中,"邈若胡与秦"这样的套语变成了对事实的描述,因此"若"字并没有必要。这首诗描写的别离发生在一起相处很久的两人之间,与李陵苏武的故事也不相符。叙述者接着提到了《诗经》"鹿鸣",宴席中迎

第五章 作者和叙述者（代）

宾的标准诗篇，并作出一个标准解读，其表达形式听起来好像在重复他在学校里学到的知识。这里叙述者再一次"断章取义"，称对方为"嘉宾"，这一称呼用在一个所谓"同一身"的人身上并不合适。最后，叙述者劝行人稍作盘桓，多饮美酒。

虽然这首著名诗篇有一些令人难忘的片段，但是它的滔滔雄辩引我们作出细读，而细读之下则发现了很多支绌之处。对这首诗的解读一直是很含糊的，被置于一个关于分离与别宴的笼统语境里，在李陵苏武的分离中获得了历史特殊性。与我们前文所引第一首诗的一般性相反，这首诗以多重具体性为特点，虽然这些具体性最终模糊地指向许多个不同的方向。

* * *

我们在第一章里看到，将离别诗系于李陵名下和把《怨诗》系于班婕妤名下的传统做法给建安前的五言诗史留下了大段空白。这一空白令数位写作五言诗史的批评家感到困扰。但空白可以很有成效：六世纪早期，开始出现用以填补这段空白的诗篇。我们有理由怀疑很多所谓东汉诗歌的真实性，这些诗大多出自《玉台新咏》，一部其文献来源的忠实性值得怀疑的选集。

《玉台新咏》选录了一个名叫秦嘉（约公元147年）的人的四首诗，以及他妻子徐淑的一首答诗。钟嵘在《诗品》序里提到班婕妤和建安之间令人困扰的空白时，只提到了班固的《咏史诗》，但在正文里却显然把秦嘉和徐淑放在中品。我说"显然"，是因为钟嵘的评语很模糊，可能仅仅指徐淑一人：

297

> 夫妻事既可伤，文亦凄怨。二汉为五言者，不过数家，而妇人居二。徐淑叙别之作，亚于团扇矣。[1]

如果不带任何偏见地阅读钟嵘的评论，我们的感觉是他说的只是徐淑。但《玉台新咏》秦嘉名下四首诗中的三首都是五言诗，远比徐淑的诗更有吸引力——徐淑的诗基本上是一首四言诗，只不过在每句第二个字后多加了一个"兮"字。因此《诗品》的读者一直以来都倾向于把钟嵘的评语理解为指秦嘉还有他的妻子。

实际上，《隋书·经籍志》只记录了一部徐淑集（仅一卷）。[2]看起来的确好像是钟嵘收录了这首四言诗的特殊变体只为填补汉代五言诗作家的空白。

答秦嘉诗[3]
徐淑

妾身兮不令，
婴疾兮来归。
沉滞兮家门，
历时兮不差。

---

[1] 在现在的《诗品》版本里，条目标题是"汉上计秦嘉嘉妻徐淑诗"，两个重复的"嘉"字使这一条目指秦嘉和徐淑两个人。但是，如果这里只有一个"嘉"，就毫无疑问只是指徐淑。重复一个字是对一个文本最简单的改动方法之一，我怀疑这是在秦嘉诗歌开始流传之后为了"澄清"而做的改动。
[2] 《隋书》，第 1059 页。
[3] 逯钦立，第 188 页；《玉台新咏》卷 1。

第五章 作者和叙述者（代）

旷废兮侍觐，
情敬兮有违。
君今兮奉命，
远适兮京师。
悠悠兮离别，
无因兮叙怀。
瞻望兮踊跃，
伫立兮徘徊。
思君兮感结，
梦想兮容晖。
君发兮引迈，
去我兮日乖。
恨无兮羽翼，
高飞兮相追。
长吟兮永叹，
泪下兮沾衣。

我们无法确知这首诗作于何时——它甚至可能真的是东汉的作品。但是我们有理由肯定钟嵘在《诗品》中谈到的就是这一首。从《诗品》中的条目也可以看出钟嵘似乎不知道秦嘉的诗；事实上那些诗恐怕还没有被创作出来。

这里我们应该提到一系列据说是秦嘉和徐淑写给彼此的书信，通过选集中的引用以及一部敦煌手抄本而保存下来。[1] 它们

---

[1] 严可均，《全后汉文》，66.2b—3a；96.8b—10a。

很可能构成了《隋书·经籍志》中徐淑集的主要内容（徐淑的信很明显是中心，秦嘉的信相当简略）。与《文选》中收录的李陵致苏武书一样，这些信可以肯定是代言类作品。和李陵、苏武的情形一样，我们看到一个离别的场景，围绕着这一场景出现信和诗。不同之处在于这一故事在早期历史文献中没有记载。《后汉书》没有提到秦嘉，如果他们的往来信件和诗歌在五世纪中期已经广为流传，很难想象范晔会遗漏他和徐淑。[1]据说是东晋早期的杨方所作的《合欢诗》中提到过这些书信，但杨方的诗也是收在《玉台新咏》里的。[2]江淹在五世纪晚期的拟作组诗中没有模拟秦嘉和徐淑的诗。我们可以理解他为什么没有拟徐淑的诗，因为它并不是真正意义上的五言诗；但是他如果见过秦嘉的诗，应该一定会有模拟之作。因此我们怀疑这些材料的核心的产生时间不会早于五世纪下半期，而秦嘉的诗可能不会早于梁初。

如果上面系于徐淑名下的诗就是钟嵘所见到的，我们可以做出以下的推测。在六世纪早期，人们已经知道秦嘉任"郡上计"之职，他的妻子在娘家病重，无法送他离开。这些情况可以从徐淑的书信和诗中得知。徐淑的诗是一首答诗，因此需要与之对应的"赠诗"。[3]这些"赠诗"显然在六世纪前半期被发现或被提供——从而大大增加了东汉五言诗的数量。

---

[1] 范晔特别喜欢这种激发读者情感的场合和事件。
[2] 逯钦立，第860页；《玉台新咏》卷3；《乐府诗集》卷76。我们不想对《玉台新咏》中未经其它文献确认的作者署名一概表示怀疑，但是我们要考虑的问题正是代言的作品中从叙述者变成作者的情况。
[3] 从把"李陵组诗"中的一些诗系于苏武名下的现象中，我们应该注意到人们对建构赠答诗歌的兴趣。

赠妇诗三首[1]

秦嘉

秦嘉,字士会,陇西人也,为郡上计。其妻徐淑,寝疾还家,不获面别,赠诗云尔:

I

人生譬朝露,
居世多屯蹇。
忧艰常早至,
欢会常苦晚。
念当奉时役,
去尔日遥远。
遣车迎子还,
空往复空返。
省书情凄怆,
临食不能饭。
独坐空房中,
谁与相劝勉。
长夜不能眠,
伏枕独展转。
忧来如寻环,
匪席不可卷。

II

皇灵无私亲,

---

[1] 逯钦立,第186页;《玉台新咏》卷1。

为善荷天禄。
伤我与尔身,
少小罹茕独。
既得结大义,
欢乐苦不足。
念当远离别,
思念叙款曲。
河广无舟梁,
道近隔丘陆。
临路怀惆怅,
中驾正踯躅。
浮云起高山,
悲风激深谷。
良马不回鞍,
轻车不转毂。
针药可屡进,
愁思难为数。
贞士笃终始,
恩义不可属。

III

肃肃仆夫征,
锵锵扬和铃。
清晨当引迈,
束带待鸡鸣。
顾看空室中,

仿佛想姿形。
一别怀万恨,
起坐为不宁。
何用叙我心?
遗思致款诚。
宝钗好耀首,
明镜可鉴形。
芳香去垢秽,
素琴有清声。
诗人感木瓜,
乃欲答瑶琼。
愧彼赠我厚,
惭此往物轻。
虽知未足报,
贵用叙我情。

从第一首诗可以看出,至少有一封徐淑的信在这首诗写作的时候已经存在。更有意思的问题是秦嘉给徐淑的第二封信是否已经存在。如果那封信已经存在并包括在秦、徐作品集里,那么第三首诗只不过是用诗歌的形式重写了这封信的一部分。

这是关于作者和代言角色的一个好例子。在这个例子里,如果代言者是有意识进行欺骗,就会成为"作伪者"。但是中文在这种情况下的术语是"补",也即填补空白——激发徐淑之应答的赠诗的空白,和在更普遍意义上东汉五言诗的缺席。这似乎是一个不断进行的过程:《玉台新咏》收录了秦嘉的另一首赠徐淑诗,这一首是四言；在其它文献中保存了两首关于婚礼的四言短诗和另外一些片段。我们无法分辨这些诗是出以秦嘉声口的代作，还是系于秦嘉名下，把"秦嘉"作为一个可以归置这类诗歌的名字。当齐梁学者整理早期诗歌的文本遗产并为它们提供叙事时，他们很可能修饰了很多他们眼中的不完善之处，也填补了不止一处的空白。

＊ ＊ ＊

至此为止，我们看到两种情况：一是为一个具体叙述者的独特情况所创作的诗歌；一是假设一个叙述者/作者，作为阅读比较缺乏具体性的诗歌的一种方式。现在我们再来看一个例子，在这个例子里，虽然作者不是前面引诗意义上的"叙述者"，但假定的作者归属为诗歌的阅读赋予了某种深度。

《宋书》在公元488年问世之后，陆厥（472—499）就诗歌声律问题对沈约提出质疑。他在论述中提到了系于班固名下的《咏史诗》。基于这首诗，班固被钟嵘列于下品，钟嵘把它描述为"有感叹之辞"。虽然《北堂书钞》和《太平御览》中有些系于班固名下的诗歌片段听起来好像是"咏史诗"，但是只有唐代的李善《文选》注和张守节的《史记正义》完整地引用了这一首《咏史诗》。尽管这首诗被系于很早的时代与享有盛誉的作者名下，梁代的选集和隋唐类书都把它排除在外，这一点不得不引起我们的注意。

这首诗讲述了缇萦的故事。缇萦是汉文帝时齐太仓令淳于意的女儿。淳于意有罪当刑，被收捕时他抱怨没有儿子可以救他。他最小的女儿缇萦随他到长安，上书给皇帝，自愿没官赎父刑罪。文帝被她的上书感动，下令释放淳于意。

咏史[1]

班固

三王德弥薄,
惟后用肉刑。
太苍令有罪,
就逮长安城。
自恨身无子,
困急独茕茕。
小女痛父言,
死者不可生。
上书诣阙下,
思古歌鸡鸣。
忧心摧折裂,
晨风扬激声。
圣汉孝文帝,
恻然感至情。
百男何愦愦,
不如一缇萦。

此诗首联建立了故事发生的历史文化的语境,末联赞颂了缇萦的美德。中间的部分对缇萦故事作出简述,其中引用的《诗经》典故显示了一定的学识。在诗的最后作出评价是叙述古事的诗歌的特色,在"咏史诗"和乐府诗中都是如此。

---

[1] 逯钦立,第170页。

这首诗是班固所作并非全无可能。但是，这类诗歌中可以进行较为可靠系年的作品直到三世纪早期才首次出现，这也是我们可以对作者归属大致具备信心的时代。假定这首诗后来才被系于班固名下，我们的问题是：为什么选择"班固"这样一个很少吸引诗歌作品的名字？

答案来自于班固的传记：班固死于狱中，而他有一个入宫为妃的妹妹。在这一语境中，这首平平无奇、在手抄本文化传统的沉船残片中幸存下来的诗突然变得有趣起来，因为我们可以把它理解为班固在通过历史上相似的事件含蓄地哀叹自己的命运。这首诗通过获得"作者"而赢得了中国诗歌传统中最常见的一类价值：诗人通过历史上类似的境况描写他的个人遭际。只有这样，这首诗才可以被理解为"有感叹之辞"。

* * *

即使一个作者只是在讲别人的故事，如果这一故事可以与作者个人的遭遇相呼应，像在班固《咏史》的情况里一样，它就会变成阅读一首诗不可或缺的因素。

野田黄雀行[1]

曹植

高树多悲风，
海水扬其波。

---

[1] 逯钦立，第425页；《乐府诗集》卷39。黄节，《曹子建诗注》，第98—99页；聂文郁，《曹植诗解译》，第79—83页；赵幼文，《曹植集校注》，第206—207页。

第五章　作者和叙述者（代）

> 利剑不在掌，
> 结友何须多。
> 不见篱间雀，
> 见鹞自投罗。
> 罗家得雀喜，
> 少年见雀悲。
> 拔剑捎罗网，
> 黄雀得飞飞。
> 飞飞摩苍天，
> 来下谢少年。

我不打算否定这首现在已经非常著名的诗是曹植的作品，但是应该指出，这首诗最早的文献来源是《乐府诗集》（另外一首《野田黄雀行》保存在《宋书》里）。这首乐府收录于现在的《曹植集》中，而这个集子中的作品完全是从文学选集以及各种引文中重新辑出的，因此我们基本可以肯定这首诗来自《乐府诗集》。这首诗从未被《乐府诗集》之前的文学选集收录，也没有被唐代类书或《文选》李善注引用过。也许郭茂倩在《曹植集》的某个古本中看到了这首诗，但我们不知道他是在哪里发现这一版本的。一个简单的事实是：曹植死于232年，而这首诗直到公元十一、十二世纪之交才出现。曹植第一次完整出现在《乐府诗集》中的大多数诗篇都可以在更早的引文或指称中得到证实，但是这首诗却并非如此。

这首诗的主题很古老，可以在西汉的《焦氏易林》中看到：

> 雀行求食，误入网罗。

> 赖仁君子,复脱归室。[1]

在《野田黄雀行》中,这一核心母题被复杂化和戏剧化,诗一开头的普遍性箴言为这个寓言增添了另外一层深意。

这首诗在中国诗歌史上一直没有得到任何注意,直到王夫之(1619—1692)将它收入《古诗评选》,并把它称作曹植的两首仍然有可读性的乐府之一。此后,这首诗受到了更多的关注。陈祚明在《采菽堂鼓诗选》(1706)中提出黄雀是曹植的自喻。对这首诗的阐释在朱干的《乐府正义》中发生了根本的改变,朱干认为这首诗表现的是"自悲友朋在难,无力援救",这一诠释使这首诗的细节最好地契合一个夫子自道的作者的情形。张玉榖在《古诗赏析》中的说法使这一观点变得更为微妙:曹植手中无权,因此只能辜负期待他营救的朋友。[2] 因为曹植的一些密友在曹丕继位后被杀,大家都熟知这样一种一般性推测的具体细节。

曹植的朋友之一丁仪积极拥戴曹植,曹丕继位以后,丁仪被处死。在这样一个语境里,从曹植的角度阅读这首诗,它突然变得非常感人。诗中有对自己无助境况的充分认识:如果一个人没有能力在朋友有难时相救,他就根本不应该结交朋友。确有利剑在手的少年解救罗网中的黄雀,这一寓言消解了无助的感觉。因为诗人不能公开对丁仪兄弟的处死表示抗议,他只能借用比喻。这种解释有一些薄弱环节,比如说"鹞"又代表什么?但是,一旦这首诗找到了一个作者,找到了能够赋予这首诗生命的作者生

---

[1] 陈良运,《焦氏易林诗学阐释》,第248页。
[2] 参见《三曹资料汇编》,第166—210页。

平际遇,这一诠释框架就会变成理解这首诗的关键,甚至成为诗歌文本的一部分,这跟中国诗歌的经典之作通常伴随着笺注有异曲同工之妙。现在,总是这一首《野田黄雀行》,而不是保存在《宋书》和《文选》中的同题长篇宴会诗,被收入各种选集。

如此一来,虽然这首诗出现于文本记录中的时间非常之晚,而且被系于一个众所周知其作品归属常常甚为可疑的作者名下,但这些都变得无关紧要。而且,如果我们相信这一作者归属,那么,虽然我们全然不知这首诗创作于曹植一生的哪个阶段,这一点也变得无关紧要。这首诗已经在一个宏大的文化叙事中找到了自己的位置。

第六章　拟作

"拟"通常被翻译成"imitation"。直到三世纪下半期它才被用在文学意义上。[1]它首次在傅玄的几首诗里出现，在傅玄的下一辈作家中变得更加普遍，其中最有名的是陆机的"拟古诗"。[2]在公元三世纪的用法里，直到五世纪中期，"拟"指的都是对一篇具体作品而不是对一个作者的模仿。[3]既然这一时期的大部分文学创作都基于对共享材料的重组或对前代文本的摹仿，我们不免要问：是哪种特质使得一篇模仿之作成为"拟"？换句话说，如果我们在其广泛的、现代的意义上使用"模仿"这个词，为什么一些模仿之作是"拟"，而另一些却不是呢？

---

[1] 一个显然的例外是班固的《拟连珠》，其片段保存在《艺文类聚》里。但即使这是原题，它也并不是对某一篇前代作品的"文学仿真"："连珠"在此时还没有成为一种体裁，这个标题可能只是比喻上的，形容仿佛连珠一般的妙言隽语。读者可参看傅玄的《连珠序》，在其中他把班固当作"连珠"的第一个作者。《艺文类聚》卷57。

[2] 虽然诗题可以自由变化，但是，在同一时期出现很多由不同作者写作的以"拟"为题的诗歌，又分别保存在不同文献里，的确可以说明这一术语从某个特定时期开始被普遍地使用。

[3] 我们在前面提到过，标题非常容易出现异文。虽然几个稍晚的例子表明三世纪乐府中的段落被引用时其标题之前带有"拟"字，但在乐府诗题前使用"拟"字似乎最早到五世纪才成为普遍的用法。

第六章 拟作

也许是在四世纪晚期，甚或迟至六世纪，我们的确看到一个一般性的词，"拟古"。[1]但除此之外，整个五世纪"拟"都被用来指称对特定诗篇的模仿，这个情况是相当稳定的。[2]到五世纪晚期，我们不再能够确定是否的确存在一首同题的前代诗篇，抑或拟作者只是在使用一个典型的标题。[3]而且，"拟"一首前代的诗歌并不意味着对其风格进行模仿——直到五世纪晚期，当文学史意识不断强化，人们对不同的时期和作者风格做出复杂的划分，对诗歌风格的模拟才开始出现。当鲍照在五世纪中叶模拟阮籍的《咏怀诗》第一首时，他仍然遵循着老方法，用修辞等级较高的语言逐句重写原作。于是，阮籍的"夜中不能寐"变成了"漏分不能卧"。而到了五世纪晚期，当江淹模拟前代诗人时，他则显然试图同时把握时代风格和作者的个人风格，同时，他也不再采用逐句进行模拟的老方式。

我们可以把三世纪的"拟"称做"主题性仿真"，但是，仔

---

[1] 因为诗歌标题一般包括"诗"字在内，我们不知道该如何理解"拟古诗"这一标题：到底是一首"拟古的诗"，还是一首"模拟'古诗'的诗"。从东晋的用法，特别是从陶潜的用法来看，"拟古诗"似乎并非针对齐梁人所理解的无名氏"古诗"而言。但是，也有可能是在"拟"的含意扩展之后，后代的编者把这一标题加于陶潜的某些无题诗。

[2] 谢灵运的《拟邺中集》是一个例外，这个标题听起来像是在模拟一组诗，但是被仿真的原作并不存在。与其它的"拟"不同，它在个别作家名下没有列出具体标题（虽然我们可以在这些拟作中看到一些现存建安诗歌的片段）。关于《邺中集》里模拟和代言的详细讨论，参见梅家玲，《汉魏六朝文学新论：拟代与赠答篇》，第5—92页。我们可以看到，这里"拟"的含意被扩展，可以仅指对具体片段的模拟。

[3] 江淹使用的似乎是类型化的标题，虽然他有时模拟的是某首具体的诗篇。在五世纪中期，我们开始看到对一位作者的风格（"体"）的模仿，在这种情况下，会使用"学"和"效"这样的字眼来表示。

细比较少数现存的拟作和"原作"就会发现,"拟"有着更丰富的含意:最重要的一点是,模拟意味着用较高的修辞等级重写原作。也就是说,在各种重新创造共享诗歌材料的形式中,"拟"是一个特殊的、专门化的形式;而且,在这些不同形式中,只有"拟"是特别发生在文本层面上的,呼应一个应该是固定的已存文本。在各种使用已存诗歌材料的形式中,也只有"拟"要求与原作自始至终保持差别:它的主要规则之一,便是避免与一句诗中的重要词语发生文字上的重复。

因此我们可以把"拟"视作对早期诗学的形式化延伸。在早期诗学中,围绕一个共同的主题有一个话题序列,话题的排列顺序多少具有规定性。对这些传统话题的表现方式有一些变体,但是这些表现方式往往很相似,有时甚至完全相同。在三世纪晚期,当"拟"出现的时候,一些特定早期文本中的话题及其序列已经固定下来,这时,如果对这些文本进行变动,那么变体的差异就成为对原诗的重要字词作出变动的要求。除此之外,变体还必须表现出修辞等级的差异,于是后出的文本必须总是处于"更高"的修辞等级。这种对诗歌的"社会阶层流动性"的象喻,在五言诗正试图获得文学上合法地位的时候,似乎正构成了问题的关键。从东汉到晋代,"拟"字一直在非文学的意义上被广泛使用;最常见的用法之一是"拟迹":追随先辈的足迹。这一用法提醒我们,"拟"并非对某种模糊、笼统特质的模仿,而是对具体的"迹"的模拟。对一首作品逐联逐句进行模仿的确是"拟迹"。因为这种特殊形式的模拟基本上延续到五世纪上半叶,所以我们可以通过这些"拟作",了解它们所模拟的文本;更具体来说,就是通过这些"拟作",看出它们所模拟的文本与我们现有的文本有哪些相似和相异之处。

第六章 拟作

只有少数完整的拟作从公元三世纪留存下来。傅玄对《天问》和《招魂》的拟作只余下片段。他对张衡《四愁诗》的拟作是完整的，可以看出是对原作进行逐句模拟，其晚辈诗人张载的《拟四愁诗》也一样。潘岳称他的《寡妇赋》是对曹丕《寡妇赋》的拟作，我们可能很难相信篇幅如此长的作品是对曹丕原作的逐句模拟，但是曹丕原作已经只剩下一个片段。

最重要的"拟"作是陆机对"古诗"的仿真（仿真对象包括一首萧统没有收入《古诗十九首》的"古诗"）。[1]这组拟诗共有十三首，其中十一首都用修辞等级较高的诗歌语言逐句重写原诗。[2]在这十一首拟诗中，有几首诗或是在拟作中，或是在原作中，有多出来的几联。在两个情况下，诗句的顺序似乎被调换了。如何解释这些差异是一个有意思的问题。比较广义的"拟"给拟作者一定的自由度；但我们也可以提出另一种假设，也即陆机使用的"古诗"版本与经由六世纪手抄本传统保存下来的现行版本稍有不同。

第二种假设让我们多少可以相信在三世纪后期，《古诗十九首》中至少有十一首已经以和现存版本非常相似的形式流传。但是，同样的假设也让我们得出如下结论：陆机看到的《古诗十九首》第九首是一个完全不同的版本，而且他手头的《古诗十九首》第一首也与现存版本存在巨大的差别。我们在此必须强调，

---

[1] 最近另一篇关于这些诗的研究，参见 C. M. Lai,《原创拟作的技巧：陆机对汉代古诗的拟作》,《中国中古早期的文学和文化史研究》, 第 117—148 页。
[2] 从傅玄拟张衡《四愁诗》的序中，我们可以了解到"拟"意味着使用比原作更高雅的语言（higher register）。傅玄描述张衡的组诗"体小而俗"。"俗"明显是一个轻蔑的用词，是不应该模仿的。"俗"的反义词是"雅"，最适合描述更高的语言符号。

即使陆机看到的版本与现存的《古诗十九首》在文本上有出入，也并不意味着现存的版本一定较晚。来自手抄本文化传统后期的证据表明，一定程度上的文本变动是常态，我们完全有理由猜测这些流行的无名氏诗歌在其传播过程中不断地发生变化。陆机的"拟"诗事实上告诉我们，至少在"古诗"的情况里，文本变动的程度已经是有限的。[1]

在很多情况下，陆机的拟作给我们提供了三世纪晚期诗学如何创造文雅变体的"教科书"。有时候我们甚至看到陆机用严格的对仗呼应原句，这样一来好像原句和拟句构成了一个工整的对仗联。譬如说"回风动地起"（第十二首）的拟句是"零露弥天坠"。"露"与"风"对仗，构成了常见的复合词"风露"，"地"与"天"、"坠"与"起"也都是工整的对仗。

在陆机的拟作中随处可见对原作修辞等级的"提升"：如果"古诗"中提到"四时"（第十二首），陆机就使用"四时"的转喻："寒暑"。如果"四时"仅仅只是"更变化"，陆机诗中的"寒暑"则"相因袭"。听到一个女子演奏音乐，"古诗"中的叙述者简单地表示"愿为双鸿鹄"（第五首），而陆机则"思驾归鸿羽"。

陆机的"拟作"给我们提供的是一个无价的信息：公元三世纪晚期——这个日期非常精确——对《古诗十九首》中一些诗的解读。我们先看一下第十二首[2]。

---

[1] 当然，我们必须考虑到"古诗"的文本在一定程度上也被这些著名拟作稳定化。

[2] 逯钦立，第 332 页；《文选》卷 29；《玉台新咏》卷 1（作为枚乘的作品）；隋树森，《古诗十九首集释》，第 18—19 页；桀溺，《古诗十九首》，第 30—31、117—125 页。

东城高且长,
逶迤自相属。
回风动地起,
秋草萋已绿。
四时更变化,
岁暮一何速。
晨风怀苦心,
蟋蟀伤局促。[1]
荡涤放情志,
何为自结束。
燕赵多佳人,
美者颜如玉。
被服罗裳衣,
当户理清曲。
音响一何悲,
弦急知柱促。
驰情整巾带,
沉吟聊踯躅。
思为双飞燕,
衔泥巢君屋。

清代和现代学者对这首诗的争论主要围绕着它内容的前后一致

---

[1] 这几句通常被理解为分别指《诗经》132"晨风"和114"蟋蟀"。对于这几句的解释被重新改装以符合毛诗的解释。参见附录六。

性展开。这首诗在内容连贯性方面没有严重的问题，但是很多学者注意到第十和第十一行之间有一个断裂。这种断裂感来自大量阅读早期诗歌的经验：第九和第十行是诗歌结尾的一种常见形式，而第十一行是诗歌开头的套语（××多××）。清代学者张凤翼第一个提出如下推测：这实际上是两首诗，因为韵脚相同而被错误地连在一起。[1]纪昀则以陆机的拟作为证，驳斥张凤翼的推测，提出陆机把它视为一首诗。桀溺的观点看来是最正确的：跟我们在乐府诗里看到的那样，这首诗拼合了不同的片段。[2]

我们把原作与陆机的拟作并列如下：

拟东城一何高[3]

陆机

东城高且长，	西山何其峻，
逶迤自相属。	层曲郁崔嵬。
回风动地起，	零露弥天坠，
秋草萋已绿。	蕙叶凭林衰。
四时更变化，	寒暑相因袭，
岁暮一何速。	时逝忽如颓。

---

[1] 隋树森，《古诗十九首集释》，第 18 页。
[2] 桀溺，《古诗十九首》，第 123 页。虽然桀溺作出了一个有效的结论，但是我必须批评他对这一见解的阐述方式：他认为这首诗的作者在"模拟"乐府中的转折。这一说法的前提是一种历史上的先后顺序。桀溺把这首诗里不同片段之间的转折和《古诗十九首》第三首进行比较，但是，应该注意的是《古诗十九首》第三首中的段落在《北堂书钞》中是作为"古乐府"出现的。
[3] 逯钦立，第 688 页；《文选》卷 30；《玉台新咏》卷 3。郝立权，《陆士衡诗注》（北京，1958），第 48 页。

晨风怀苦心，	三闾结飞辔，
蟋蟀伤局促。	大耋嗟落晖。
荡涤放情志，	曷为牵世务，
何为自结束。	中心若有违。
燕赵多佳人，	京洛多妖丽，
美者颜如玉。	玉颜侔琼蕤。
被服罗裳衣，	闲夜抚鸣琴，
当户理清曲。	惠音清且悲。
音响一何悲，	长歌赴促节，
弦急知柱促。	哀响逐高徽。
驰情整巾带，	一唱万夫叹，
沉吟聊踯躅。	再唱梁尘飞。
思为双飞燕，	思为河曲鸟，
衔泥巢君屋。	双游沣水湄。

我们首先应该注意到陆机使用了不同的"标题"，也就是说他看到的第一句与《文选》版的第一句不同。[1]这并非偶然，因为陆机诗的第一句"拟"的是他所看到的原作的首句，而不是现存《文选》版本的第一句。这提醒我们，虽然现有的文本与陆机使用的原作大体相同，但在具体的措辞上还是可能存在很多差别。[2]

---

[1] 《玉台新咏》中给出的此诗标题/首句与现存版本相同。因为《玉台新咏》的文本在后代经过很多变迁，所以很难知道它原来的文本究竟是怎样的。

[2] 即使对于三世纪的"拟作者"，我们也必须允许他们有一定的自由度。但是，很难不注意到"古诗"的第二句对东城之"长"作出了详细的描写，而陆机使用的原作版本则省略了"长"的因素。我们推测在陆机看到的"古诗"版本中，第二句可能强调的是东城的高度。

陆机的模拟往往会澄清一些原作中模糊不清或存在问题的地方。很多笺注家对第四句"秋草萋已绿"进行煞费苦心的解读，因为"萋已绿"似乎不适合秋天的植物。笺注家们越是千方百计证明它的确很适当，也就越是说明这里存在着问题。"萋"（通"凄"）可以是"衰飒荒凉"的意思，但是与"绿"合用则形容草木的繁盛。桀溺引用了陆机同时代人张协的《杂诗》第一首，"庭草萋以绿"。这也是一首关于秋天的诗，而这一句可能是对上面这首"古诗"的文本记忆。这让我们能够比较肯定陆机拟的这一句是我们现有的版本。但是，陆机将它改写为秋日草木更为传统的景象："蕙叶凭林衰"（使用了修辞等级更高的"凭"）。

第三联是"拟"的一个典范。在这一联里，每一句中的每个半行都被替换为修辞等级更高的同义词语。在第四联里，自然界的生物被人类（包括"三闾"，屈原的官衔）取而代之。这里的修辞策略与语义等级的拔高是一致的："低等"生物被因为质量或年龄而具有尊崇地位的人所替代。

在第五联，也就是第一个片段的最后一联，陆机调换了两句诗的顺序，去掉了原作中诗歌结束的标志（"何为自结束"），从而淡化了让很多清代批评家感到困惑的转折——虽然下一联开头的程序句（××多××）依然被保留下来。语义等级的拔高一般总是伴随着更明显属于贵族阶层的忧虑。"古诗"中的叙述者总是笼统地觉得受到限制（"何为自结束"），而陆机明确是被公务所困："曷为牵世务"（用古老的"曷"代替了常用的"何"，这两个字的发音在三世纪相差甚远）。

第二个片段对现存"古诗"的模仿亦步亦趋，但是除了倒数第二联之外。也许对于陆机来说，原作倒数第二联的感情太充沛了：

第六章 拟作

> 驰情整巾带,
> 沉吟聊踯躅。

相反,陆机继续了音乐的母题,对它的强烈感染力仅仅作出暗示:

> 一唱万夫叹,
> 再唱梁尘飞。

陆机在诗的最后终于提到化身为鸟比翼双飞的愿望,但这与其说是受到共享诗歌材料的惯性的驱使,不如说是出于对原作的忠实。对"双"的改变很值得注意。在属于古老的共享诗歌材料的一些现存例子里,"双"应该直接修饰飞鸟。陆机的拟作删去了"双",但是把它移到下一句(陆机对《古诗十九首》第五首的拟作中作出了完全相同的移位)。

陆机进行模拟的步骤十分明显,而且前后具有相对的一致性。通过这些拟诗,我们可以对区分不同修辞等级的标志产生一个清楚的概念,从这种概念出发,我们可以用拟作来衡量"古诗"。我们不能总是确定现存的"古诗"版本与陆机所见完全相同,但是在大多数情况下,可以相对清楚地看出陆机的"原本"到底是基本符合现存的文本还是相差甚远。

* * *

陆机对《古诗十九首》第二首的拟作是个很好的例子,向我们显示拟作能够证明我们现有的文本就是陆机看到的。

古诗十九首(二)[1]　　　　拟青青河畔草[2]

　　　　　　　　　　　　　　陆机

青青河畔草，　　　　　　靡靡江蓠草，

郁郁园中柳。　　　　　　熠耀生河侧。

盈盈楼上女，　　　　　　皎皎彼姝女，

皎皎当窗牖。　　　　　　阿那当轩织。

娥娥红粉妆，　　　　　　粲粲妖容姿，

纤纤出素手。　　　　　　灼灼美颜色。

昔为倡家女，　　　　　　良人游不归，

今为荡子妇。　　　　　　偏栖独只翼。

荡子行不归，　　　　　　空房来悲风，

空床独难守。　　　　　　中夜起叹息。

　　陆机保留了前六行一开始的描写性复合词，这是原诗最引人注目的形式特点，可能也正是这一特点保证了文本的稳定性。但是我们注意到，"古诗"使用的描写性复合词都是单字的重复，而陆机则将其中两个变成了双声词"熠耀"和叠韵词"阿那"，而且他还改变了第二行的句式来避免重复第一行的语法。我们可以相信，这些为了避免单调重复而创造的变体已经是较高的诗歌修辞等级的一部分，而在某些根本的方面，"拟"就是创造变体的练习。

---

[1] 逯钦立，第 329 页；《文选》卷 29；《玉台新咏》卷 1（作为枚乘的作品）；《艺文类聚》卷 32；《初学记》卷 19。隋树森，《古诗十九首集释》，第 3—4 页；桀溺，《古诗十九首》，第 10—11、59—62 页。

[2] 逯钦立，第 687 页；《文选》卷 30；《玉台新咏》卷 3；《艺文类聚》卷 32。郝立权，《陆士衡诗注》，第 45 页。

陆机对"古诗"做出的另一种"拔高"是清理它的道德疑点。这首"古诗"中的女子梳妆打扮得楚楚动人,这对于丈夫出门在外的女子来说是很不得体的行为。更糟糕的是她站在窗边,因此外人对她梳妆的过程清楚可见。陆机笔下的美人也必须是可见的,但是她做的是一个女子的分内之事——纺织,而且她也没有把手伸出窗外。"古诗"中女子的社会背景是暧昧可疑的"倡家",她的丈夫则是一个"荡子",这个词在最好的意义上也指一个本应守在家中却偏偏出门游荡的男子。陆机诗中的丈夫则被称为"良人",这一称谓比"荡子"显然具有更多的正面意义。最后,"古诗"中的女子"空床难独守",而陆机诗中的妻子身处"空房",当她深夜醒来,她的形单影只虽然可悲,却不失其作为妻子的身份和体面。陆机脑海中的形象仿佛是曹植《美女篇》[1]中的未婚女子:

> 佳人慕高义,
> 求贤良独难。
> 众人徒嗷嗷,
> 安知彼所观。
> 盛年处房室,
> 中夜起长叹。[2]

在形成于齐梁时代的文学史叙述中,出现于西晋时期的较高的诗歌修辞等级有时被视为浮靡丽饰的开始,在道德上很成问题。但

---

[1] 逯钦立,第431页。
[2] 同上书,第431—432页。

是在西晋时期，较高的诗歌修辞等级似乎代表了对社会阶级差别的强烈意识，而社会阶级的差别不仅和学识联系在一起，也和社会上层的道德价值联系在一起。

从刘宋时期南平王刘铄（431—453）对《青青河畔草》的拟作中，我们可以看出陆机意义上的"拟"与五世纪中期较宽泛意义上的"拟"之间的差异。[1]刘铄保留了原诗的主题和长度，但是诗中的每一联不再像陆机那样亦步亦趋地追随原作。而且，在诗歌修辞中，避免重复的模式已经变成习惯，刘铄似乎已经无法强迫自己一口气使用六个描写性的复合词：

代青青河畔草[2]

刘铄

凄凄含露台，
肃肃迎风馆。
思女御椶轩，
哀心彻云汉。
端抚悲弦泣，
独对明灯叹。
良人久徭役，
耿介终昏旦。
楚楚秋水歌，
依依采菱弹。

---

[1] 根据《南史》的记载，刘铄有三十余首对早期诗歌的拟作。《南史》卷395。
[2] 逯钦立，第1215页；《玉台新咏》卷3。

陆机把诗中的女子从倡家女提升为具有体面的身份，而刘铄则进一步抬高她的地位，使她置身于宫殿楼阁的环境之中。诗的第二联将女子置于建筑中某个具有可见度的地方，陆机重复原作中率直的"当"字；刘铄在提升原诗的修辞等级的同时，不想使用表示"凭/倚"的词汇，因为在现有的语境中这样的词汇会显得太坐实了，因此他使用了相当过分的"御"字。同时，为了把她变得更加超凡脱俗，刘铄让她的悲哀上彻云霄。在原作的第三联中，女子临窗梳妆并将手伸出窗外，陆机已经让她的双手忙于纺织并仅用第三联描述她的美貌，刘铄更是让女子的双手从事贵族化的自我表达，也就是抚弄琴弦。虽然歌唱和表演的主题在无名氏"古诗"中已经出现，它对五世纪和六世纪早期的诗人具有特别的吸引力。第四联告诉我们女子孤身一人，丈夫远行；接着刘铄用一个对仗联结束全诗，描述了不同类型的音乐。陆机的诗以对悲伤的表达结尾，刘铄的诗对这种结尾的替换标志了诗歌在五世纪发生的变化。诗人没有让女子在深夜醒来独自叹息，而是描述不同乐曲，用它们唤起的联想暗示女子的情绪。

与刘铄同时代的鲍令晖在改写原诗时也保留了原诗的长度，并表现出类似的自由度。

拟青青河畔草[1]

鲍令晖

哀哀临窗竹，
蔼蔼垂门桐。
灼灼青轩女，

---

[1] 逯钦立，第1313页；《玉台新咏》卷4。

>   泠泠高台中。
>   明志逸秋霜，
>   玉颜艳春红。
>   人生谁不别，
>   恨君早从戎。
>   鸣弦惭夜月，
>   绀黛羞春风。

鲍令晖有可能见过刘铄的拟作，或刘铄见过鲍令晖的拟作（也可能曾经有一系列类似的拟作没有保存下来）。在诗的第三联，刘铄的"哀心彻云汉"与鲍令晖的"明志逸秋霜"相呼应，二者在无名氏原诗和陆机的拟作中都没有先例。和刘铄一样，鲍令晖也在最后一联中使用了音乐的母题。晚出的拟作在反映原作的文本状况方面往往不甚有用，因为它们可以发展出自己的传统，彼此相互呼应。

到一定时候，我们必须提醒自己，这些拟作是通过《文选》和《玉台新咏》保存下来的，不是经由笺注和类书的征引而偶然得以幸存的文本。六世纪初叶是将无名氏"古诗"经典化的时期。如果说陆机的拟作促进了经典化的过程，那么，把其后的拟作收入文学选集就确认了这一经典。同样，《文选》也促成了建安文学的经典化。一方面无数的赋被略而未收，一方面萧统有选择地收录了曹丕的《典论·论文》，而他选择的部分主要集中在建安七子的作品。[1]是萧统，为我们保存了曹丕和曹植对建安时代加以评论的著名信件；同样也是萧统，忽略了谢灵运的一些最优秀的山水诗而收录了他的

---

[1] 严可均辑录的断片显示，原作中有更多关于汉代作者的内容。

第六章 拟作

《拟魏太子邺中集》，而这一作品的唯一价值就在于它表达了对建安的敬意。如果说我们对于唐前文学的阅读不断回到"古诗"和建安，这一部分要归因于，从三世纪到五世纪之间人们对"古诗"和建安的持续不断（或重新点燃）的兴趣，另一部分则要归因于六世纪的文学选集编纂者，为它们的重要性提供了文献证明。

五世纪初叶的拟作者一般会在拟作中保留原作的行数，虽然他们有时会行使改动话题的自由。因此，当陆机的拟作与原作行数相同时，有时很难辨别拟作者模拟的到底是"古诗"还是陆机的拟作。当陆机拟作的行数跟原作不同时，我们就可以得到一些暗示。比如陆机对《古诗十九首》第三首的拟作比原作多出一联，而鲍照的拟作则与"古诗"行数相同。两首拟作紧紧追随原作的程度说明鲍照和陆机看到的基本上是同一首"古诗"，不过陆机看到的版本比鲍照多出一联。[1]但是，鲍照作出了一个自由发挥：他对描写城市的盛况没有兴趣，而是建议追寻美女。

古诗十九首（三）[2]	拟青青陵上柏[3]	拟青青陵上柏[4]
	陆机	鲍照
青青陵上柏，	苒苒高陵苹，	涓涓乱江泉，
磊磊涧中石。	习习随风翰。	绵绵横海烟。

---

[1] 在鲍照的时代，谢灵运所编撰的诗歌选集应该已经流传开来。我们现有的"古诗"版本有可能是通过这部广为流传的选集保存下来的。

[2] 逯钦立，第329页；《文选》卷29。隋树森，《古诗十九首集释》，第4—5页；桀溺，《古诗十九首》，第12—13、62—70页。

[3] 逯钦立，第688页；《文选》卷30。郝立权，《陆士衡诗注》，第47页。

[4] 逯钦立，第1298页；黄节，《鲍参军诗注》（北京：中华书局，1972），第132—133页。

人生天地间，	人生当几时，	浮生旅昭世，
忽如远行客。	譬彼浊水澜。	空事叹华年。
斗酒相娱乐，	戚戚多滞念，	书翰幸闲暇，
聊厚不为薄。	置酒宴所欢。	我酌予萦弦。
驱车策驽马，	方驾振飞辔，	飞镳出荆路，
游戏宛与洛。	远游入长安。	骛服指秦川。
洛中何郁郁，	名都一何绮，	渭滨富皇居，
冠带自相索。	城阙郁盘桓。	鳞馆匝河山。
长衢罗夹巷，	飞阁缨虹带，	[舆童唱秉椒，]
王侯多第宅。	层台冒云冠。	[棹女歌采莲。]
两宫遥相望，	高门罗北阙，	[孚愉鸾阁上，]
双阙百余尺。	甲第椒与兰。	[窈窕凤楹前。]
	侠客控绝景，	
	都人骖玉轩。	
极宴娱心意，	遨游放情愿，	娱生信非谬，
戚戚何所迫。	慷慨为谁叹。	安用求多贤。

鲍照回避了一些陆机所使用的明显的变体，这说明他既知道"古诗"，也熟知陆机的拟作；这也说明，在拟作中必须对原作加以变化的原则除了应用于原作本身之外，也可以包括前人的拟作。

陆机显然乐于炫耀自己的高超修辞技巧，但是在某些基本的层面上他依然很接近"古诗"的诗歌世界。而对鲍照来说，华丽的修辞似乎既不构成挑战，也并不带来任何乐趣。到五世纪，华美的文辞已经成为平常，与他的很多诗歌相比，鲍照的这首拟作

第六章 拟作

显得很平实——虽然其修辞等级还是远比陆机的拟作为高。实际上，鲍照的一个显著特点就是他对于"流行"诗歌和诗歌历史的迷恋，这种迷恋在某些程度上为五世纪末对较为质直的早期诗歌的欣赏拉开了序幕。

鲍照拟作的开头很精彩，他使用了流水和水上风烟的意象，这两种意象在第二联中自然地转入必须出现的"人生短暂"母题。但是，我们很明显处身于一个与陆机拟作或"古诗"都截然不同的世界：人生依旧短暂，但是鲍照的短暂人生被放在"昭世"的背景下，这意味着他拥有"闲暇"。鲍照诗中的叙述者十分幸运：早期诗歌中必须及时把握的快乐时刻是他所自然拥有的，他可以把他的"闲暇"用于"书翰"。但我们很快发现诗人随后描写的快乐（是已经被原作规定好了的）实际上与"书翰"全然无涉。但是，"书翰"可以构成快乐的语境，因为诗人所描写的那种完全的放纵享乐恐怕只能在文本中实现，而且有赖于模拟一首两三百年前的诗歌。

鲍照拟作和原作的最大差异也许在于结尾部分。"古诗"中的叙述者或听众在结尾面临着陷入悲伤和绝望的危险。及时行乐意味着另外一种可能的选择，是暂时逃避绝望的方法。但是对于鲍照来说，另外一种可能的选择是"求多贤"。刘宋时代不是一个安全的时代，鲍照自己最终死于兵变。但是在这首诗里，我们可以看到一个秩序井然的世界的幻象——第三行的"昭世"只是客气话，但是我们在早期诗歌中看到的绝望情绪在这里的缺席乃是更深刻的表现。也许，正是这种出现在五世纪的安全感（无论多么没有现实根据），为人们重新欣赏充斥着分崩离析、流离失所意象的早期诗歌提供了先决条件。

* * *

《古诗十九首》第六首,还有无名氏"古诗"《兰若生春阳》(没有收在萧统的《十九首》里),也与陆机的拟作逐句对应。但是在很多情况下,我们现有的《古诗十九首》与陆机的拟作有细微的差别,这说明陆机看到的版本稍有不同,比如下面的《古诗十九首》第五首:

古诗十九首(五)[1]	拟西北有高楼[2]
	陆机
西北有高楼,	高楼一何峻,
上与浮云齐。	迢迢峻而安。
交疏结绮窗,	绮窗出尘冥,
阿阁三重阶。	飞陛蹑云端。
上有弦歌声,	佳人抚琴瑟,
音响一何悲。	纤手清且闲。
谁能为此曲,	
无乃杞梁妻。	
清商随风发,	芳气随风结,
中曲正徘徊。	哀响馥若兰。

---

[1] 逯钦立,第330页;《文选》卷29;《玉台新咏》卷1(作为枚乘的作品)。隋树森,《古诗十九首集释》,第7—9页;桀溺,《古诗十九首》,第16—17、78—86页。

[2] 逯钦立,第688页;《文选》卷30;《玉台新咏》卷3。郝立权,《陆士衡诗注》,第49页。

第六章　拟作

一弹再三叹，	玉容谁能顾，
慷慨有余哀。	倾城在一弹。
	伫立望日昃，
	踯躅再三叹。
不惜歌者苦，	不怨伫立久，
但伤知音稀。	但愿歌者欢。
愿为双鸿鹄，	思驾归鸿羽，
奋翅起高飞。	比翼双飞翰。

陆机没有拟第四联，但在原作的第六联后加上了一联。第四联猜测抚琴人的身份，在无名氏古诗里是反常的，而早期诗歌中已经如我们所见，很少有反常的写法。不仅如此，它还浸入了对音乐的描写，在陆机拟作中对音乐的描写即是持续不断的。陆机所见的原诗可能没有这一联，这种可能性很有意思：没有这一联的话，这首"古诗"仅只写到一个陌生人，和一位用音乐表达某种莫名悲伤的女子；陌生人在诗的结尾希望与她一起化为双鸟远走高飞。我们固然不应该过度读解这多出来的一联，但杞梁的妻子在得知丈夫的死讯之后抚琴作歌，随即投河自尽。因此，这一联不动声色地解决了诗中否则一定会存在的道德问题，在《古诗十九首》第二首中就很明显地存在着相似的道德问题。也就是说，与陆机的拟作相比，现存的"原作"在一个不太明显的层次上"提升"了这首诗的道德格调。

陆机增加的一联同样很有意思，因为原作第六联第一句（"一弹再三叹"）中的两个半句都被用在里面。在原作中我们不清楚哀叹感伤的人是奏曲的女子还是听曲的人，陆机的拟作澄清了这一点。

陆机还"修正"了原作中引人注目也最成问题的一联：

329

> 不惜歌者苦,
> 但伤知音稀。

陆机想要保持这种修辞上的对比,也确实为第一句找到了叙述者不须为之怨恨的因素:

> 不怨伫立久,
> 但愿歌者欢。

最后,原诗结尾化为飞鸟的愿望被保留下来,但以修辞等级较高的语言加以改写。

* * *

陆机拟作作为文本证据,对于理解"古诗"的早期阶段很有价值。但是,这些证据常常模棱两可,导向不同的阐释。陆机对《古诗十九首》第七首"明月皎夜光"的拟作比原作多出一联。

古诗十九首(七)[1]　　拟明月皎夜光[2]

　　　　　　　　　　　　　　陆机

明月皎夜光,　　　　岁暮凉风发,

---

[1] 逯钦立,第330页;《文选》卷29;隋树森,《古诗十九首集释》,第10—11页;桀溺,《古诗十九首》,第20—21、90—96页。
[2] 逯钦立,第689页;《文选》卷30。郝立权,《陆士衡诗注》,第50页。

促织鸣东壁。
玉衡指孟冬,
众星何历历。
白露沾野草,
时节忽复易。

秋蝉鸣树间,
玄鸟逝安适。
昔我同门友,
高举振六翮。
不念携手好,
弃我如遗迹。
南箕北有斗,
牵牛不负轭。
良无盘石固,
虚名复何益。

昊天肃明明。
招摇西北指,
天汉东南倾。

朗月照闲房,
蟋蟀吟户庭。
翩翩归雁集,
嘒嘒寒蝉鸣。
畴昔同宴友,
翰飞戾高冥。
服美改声听,
居愉遗旧情。
织女无机杼,
大梁不架楹。

"古诗"笺注者花费很多笔墨来解释为什么在一首明显描写秋景的诗歌中会出现标志冬季第一个月的玉衡星,还有明亮的星星怎么会与明亮的月光同时出现。在允许春鸟南飞、日月一同圆缺的诗学中,我们也许不应该过于在意这种细节上的粗疏。我们当然更没有必要去查阅古时的历书。这不是一种实指的诗学;在公元三世纪或更早的语境里(相对于入选《文选》以后的神圣不可侵犯),星辰的方位组合可以随着吟诵者情绪的变化而变化。我们现有的诗句可能纯粹是一个偶然。[1]

在原诗中,对秋景的描写承以玄鸟(燕子)的飞逝,带入下文振翅"高举"、不再关心诗人的旧友。诗人在此处运用了《诗经·大东》中名实不符的星座意象,用来象征他的没有尽到朋友责任的所谓"朋友"。

陆机的拟作里有几点特别的地方。拟作的大部分诗句都与原作十分切合。其标题是对现存古诗版本第一句的准确改写,因此我们可以认为我们现有的第一联也就是陆机当年看到的。拟作描写临近冬季的深秋景象,其变体都在变体的正常范围之内。第二联对原作作出更为精确的改写,对星座给予了准确的描述。

但是,在第三联中,陆机将原作中关于露水和季节改易的一联换成了描写月光和虫鸣的一联,这与原作中第一联的话题构成了精确的对应。关于这一点可以作出几种不同的解释。一种可能性是陆机在"纠正"原作中的结构次序,这就像他提升了原作的修辞等级一样。原作中用关于天(明月)与地(促织)的一联开头,然后用一联专门写天,再接下来的一联专门写地;陆机则以天象开头,然后在第三联把重心下移到人间。对于六朝后期和唐代的读者来说,原作的描写顺序,也就是诗的第二联对诗的第一

---

[1] 我们拒绝考虑围绕这一句诗发生的争论,哪怕这好像是"缺乏端正的学术态度"。但是,我们应该知道,这首诗是不是确切反映了现实世界的问题吸引了如此广泛的关注,归根结底是因为《古诗十九首》的经典化。同一历史时期的其它诗歌凡有不符合现实的地方都被忽略了;那些诗歌尽可以粗疏、笨拙或在传抄中变得乱七八糟。"经典性"可能成为一种压力和负担,它要求这些诗经得起细致入微的检视,远远超出这些诗本身所能承受的。

行进行铺展，诗的第三联对诗的第二行进行铺展，是更为正确的顺序，但是在晋代的诗歌修辞中并非如此。当然也可能在陆机看到的原作中多出描写"月光和虫鸣"的第三联。不管如何解释，原作的压力很显然使陆机采用了在没有"拟"的限制下不会采用的写法：他在连续的两联中都描写了虫鸣。

拟作的其它部分非常紧密地追随原作，从头到尾提升了原作的修辞等级。但是原作的尾联从星座的"虚名"中总结出一个教训，陆机的拟作中没有与之对应的尾联。陆机拟作现存的尾联在西晋的文人诗学中很少见；除非我们把它当作陆机本人的大胆创新，否则唯一的解释就是他看到的原作也是同样戛然而止的。我们不应对这一点感到奇怪。即使这些无名氏"古诗"深受喜爱，它们依然可能具有一定程度的可变性，在具体的变形中被扩展或压缩。我们现有的无名氏乐府《步出夏门行》也是以这样的对仗联戛然而止的：

> 天上何所有，
> 历历种白榆。
> 桂树夹道生，
> 青龙对伏趺。

《陇西行》用这几句诗开头并进一步加以发挥。不难看出这样的结尾不是一个"完整"的版本，但是诗歌可能以片段的形式被表演或抄写下来。

而对于《古诗十九首》第七首来说，如果另一个"版本"或后来的诵读者或抄写者在诗的最后添加一联，就"虚名"总结适当的经验教训,那也是非常自然的。

追寻幻影:《古诗十九首》第一首

我们在前面提到,陆机十三首拟作中有十一首完全或大致与现存的《古诗十九首》相符。这个数字是有力的证据,让我们可以假定:那两首与现有《古诗十九首》的版本不符的拟作,模拟的是十分不同的文本。如果我们再加上五世纪中期之前所有其它逐联模仿现存原作的那些"拟作",这种可能性就更大了。当然陆机也可能只是在那两首拟诗中显示他的"创造性";这种可能性虽然无法反驳,却也无法证实。而且,即使是那些声称陆机在发挥"创造性"的人也必须承认,在三世纪晚期,可能曾经存在着与六世纪早期编者所见完全不同的"古诗"版本。

不同的诗开头一句完全相同,这种情况并不少见。因此在比较陆机的《拟"庭中有奇树"》和《古诗十九首》第九首,发现它们完全不同时,我们无须感到吃惊:陆机读到的原作,很可能是一首不同的"古诗",只不过其第一句与《古诗十九首》第九首的第一句正好相同而已。

《古诗十九首》第一首的情况则复杂得多:拟作的第一句(当然如此),中间关于自然界生物的一联,还有结尾的一联都与原作呼应,此外这里或那里也有一些对应的诗句;但是从整体上来看，拟作与我们现有的"古诗"不相符合。[1]试图去重建陆机模拟的"原作"将会是徒劳无功的不智之举，但用重建原作的方法寻找对应的诗句和话题的序列会帮助我们理解"古诗"的诗学。如果我们把现存《古诗十九首》第一首的版本在三世纪的各种对应物考虑在内，我们可以对"古诗"的主题、变体和"古诗"之间相互关联的复杂性产生更全面的认识。

古诗十九首（一）[2]　　　　拟行行重行行[3]

　　　　　　　　　　　　　　陆机

行行重行行，　　　　　　悠悠行迈远，
与君生别离。　　　　　　[戚戚忧思深。]
相去万余里，　　　　　　[此思亦何思，]
各在天一涯。　　　　　　[思君徽与音。]
道路阻且长，　　　　　　[音徽日夜离，]
会面安可知。　　　　　　[缅邈若飞沉。]

---

[1] 有一联佚诗，引作《古步出夏门行》，其首句与《古诗十九首》第一首的首句相同，下一句是"白日薄西山"（逯钦立，第290页）。我们知道同一个文本往往可以有时作为乐府有时作为"古诗"被引用，这一联题为《古步出夏门行》的佚诗可能是《古诗十九首》第一首的另一个版本；但是它的第二句与现存的《古诗十九首》第一首还有陆机的拟作都不符。《玉台新咏》中有一首刘铄对《古诗十九首》第一首的拟作，但是这首诗在《文选》中被引作《拟古》。它比《古诗十九首》第一首多出两联，并且总体来看和《古诗十九首》第一首还有陆机的拟作都不对应。

[2] 逯钦立，第329页；《文选》卷29；《玉台新咏》卷1（作为枚乘的作品）；《艺文类聚》卷29。隋树森，《古诗十九首集释》，第1—3页；桀溺，《古诗十九首》，第8—9、49—59页。

[3] 逯钦立，第685页；《文选》卷30；郝立权，《陆士衡诗注》，第42页。

胡马依北风，	王鲔怀河岫，
越鸟巢南枝。	晨风思北林。
相去日已远，	
	游子眇天末，
	还期不可寻。
	惊飙褰反信，
	归云难寄音。
	伫立想万里，
	沉忧萃我心。
衣带日已缓。	揽衣有余带，
	循形不盈衿。
浮云蔽白日，	
游子不顾返。	
思君令人老，	
岁月忽已晚。	
弃捐勿复道，	去去遗情累，
努力加餐饭。	安处抚清琴。

作品的盛誉和经典性有着沉重的分量。如欲减轻这种负担，我们只消记得这一点：这首诗只有在《文选》中才作为《古诗十九首》的"第一首"出现。萧统有可能是按照陆机拟作的顺序为"原作"排序，但是《文选》中陆机的其它拟作并不符合《古诗十九首》在《文选》中的顺序。

让我们提出这样一个假设：陆机模拟了一首以"行行重行行"开头的诗，它与现存的"古诗"版本有一些相同的诗句，但是在内

第六章 拟作

容和安排的顺序上有所不同。产生了无名氏"古诗"（包括我们现有的版本和陆机模拟的版本）的创作过程牵涉到重新组合和表述围绕着一个特定主题而出现的常见话题。因此，我们有希望从这种早期诗歌传统遗留下来的残余中找到构成陆机拟作的一些断片。

我们现有的《古诗十九首》第一首，"行行重行行"，是一首完美的诗歌，对它的经典地位是当之无愧的。但是，我不相信它在作为一个固定的文本这一意义上来说是一首"汉"诗，虽然组成它的片段很可能最早来自东汉时期。作为一首诗，它是对一个常见主题的或者纯属偶然碰巧或者属于天才杰构的实现方式。

如果我们不把陆机的诗读作对《古诗十九首》第一首的拟作，而只是试图寻找他所模拟的文本，那么我们一点都不难找到诗开头一段的来源。下面我们先引用整首诗，然后比较第一个片段中的开头部分。

饮马长城窟行[1]

蔡邕

青青河边草，
绵绵思远道。
远道不可思，
宿昔梦见之。
梦见在我傍，
忽觉在他乡。
他乡各异县，

---

[1] 逯钦立，第192页；《文选》卷27（作为"古辞"）；《玉台新咏》卷1；《艺文类聚》卷41；《乐府诗集》卷38。

展转不可见。
枯桑知天风,
海水知天寒。[1]
入门各自媚,
谁肯相为言。
客从远方来,
遗我双鲤鱼。
呼儿烹鲤鱼,
中有尺素书。
长跪读素书,
书中竟何如。
上有加餐食,
下有长相忆。

青青河边草,　　悠悠行迈远,
绵绵思远道。　　戚戚忧思深。
远道不可思,　　此思亦何思,
宿昔梦见之。　　思君徽与音。
梦见在我傍,　　音徽日夜离,
忽觉在他乡。　　缅邈若飞沉。
他乡各异县,
展转不可见。

---

[1] 比较《太平御览》引用的一首无名氏乐府诗中的相同句式:"天寒知被薄,忧思知夜长"(逯钦立,第294页)。

> 枯桑知天风， 王鲔怀河岫，
> 海水知天寒。 晨风思北林。
> 入门各自媚，
> 谁肯相为言。

陆机拟作的第一行是对现存《古诗十九首》第一首首句的重述，但除此以外，《饮马长城窟行》的第二到第六行完全可以视为陆机用较高修辞等级进行仿真的"原作"，而现存《古诗十九首》第一首的开头几行则与陆机的拟作全然不符。陆机甚至沿用了《饮马长城窟行》中的顶针句法，这不仅在晋代文人诗歌中显得不合适，而且即使在无名氏乐府和"古诗"中也很少见。[1]这一系列顶针句构成了这首《饮马长城窟行》的特点，就像每一行开始的描述性复合词构成了《古诗十九首》第二首的特点一样（而这首诗第一句恰与《饮马长城窟行》相同）。[2]

《饮马长城窟行》也收录于《文选》，而且与《行行重行行》一样据有经典地位。在单挑出它的开头之前，我们首先必须对这首诗进行解剖。这首《饮马长城窟行》是一首拼合型乐府，它的两个片段的开头正巧与《古诗十九首》中两首诗的第一句相同。第一个片段，"青青河边草"，基本上就是《古诗十九首》第二首

---

[1] 比较《饮马长城窟行》的傅玄版（逯钦立，第556页）。这首诗显然模拟了《饮马长城窟行》现存版本的一部分，但是转入了不同的方向。陆机同样也使用了重复的模式，但并没有原封不动进行摹拟，如他在《拟青青河畔草》中所做的那样。

[2] 这要跟用以连接诗歌"段落"的重复区分开来，比如曹植《赠白马王彪》里的重复。

的首句。在《古诗十九首》第二首里,一位女子思念她出门在外的丈夫(并且似乎邀请一位陌生人与她同床共枕)。这首诗也讲述了一位女子思念出门在外的丈夫。第二个片段以"客从远方来"开始,这与《古诗十九首》第十八首的开头相同,在那首诗里,女子也从远行的丈夫那里得到消息。同样的主题作为一个片段在《古诗十九首》第十七首中出现,而且其形式甚至与《饮马长城窟行》中的片段更为接近。就像《古诗十九首》第十二首一样,《饮马长城窟行》很好地代表了片段创作的一种形式,在这种片段创作中,第一个主题平滑地过渡到第二个主题,构成一首连续的诗歌。

我们可能想要把《饮马长城窟行》的第二至第六行简单地嫁接到《行行重行行》中相应的句子上,制造出陆机所仿真的开头部分。从主题上说这没有问题,问题出在韵脚方面。《饮马长城窟行》的开头三联,每一联的上下句互相押韵(AA, BB, CC),而《行行重行行》中则是联与联押韵(AB, CB, DB)。[1]需要补充的一点是,虽然《行行重行行》隔行押韵,但诗进行到一半时变换了韵脚。陆机的拟作遵循了文人创作的习惯,使用隔行押韵,但一韵到底。我们可以确认陆机在押韵方面"提升"了原作,但我们不知道他所模拟的原作是每联上下句之间押韵,还是联与联之间进行隔行押韵。

我们能够肯定的一点是"行"与"道"不押韵。如果《饮马长城窟行》是开头的原型且原作的首句一定是"行行重行行",那么第二行的最后一个字要么必须改成与"行"押韵的字,要么

---

[1]《饮马长城窟行》在后面也用到了隔行押韵。

更改第四行的最后一个字,使它能够隔行押韵。[1]

为了论证的需要,让我们姑且假定陆机看到的《古诗十九首》第一首开头几句是对《饮马长城窟行》开头的某种变体,描写一位思念丈夫的女子。考虑到陆机拟作中有"王鲔"和"晨风"的意象,他所使用的"原作"接下来很可能就是我们现存版本中关于"胡马"和"越鸟"的两句。那么,诗的其它部分呢?

陆机的第五联看起来好像与现存版本有一定关系:

游子眇天末,
还期不可寻。

在这里《饮马长城窟行》也许能够给我们以启发:有可能陆机看到的版本是一联之中上下句互相押韵的。而我们也确实可以从现存版本的开始部分找出两行押韵句与陆机的诗句对应(第4、6行):

各在天一涯,
会面安可知。

我们不能说这就是陆机拟作的实际依据,但是如果把我们假想的原作和陆机的诗句并列在一起,我们就会发现与陆机在其它作品中仿真原作完全相同的程序(包括有时在句中同样的位置保留一

---

[1] "行"在三世纪诗歌中用作韵脚时几乎总是读作 háng 而不是更普遍的现代读音 xíng。这是一个常见的、也很容易押的韵脚,事实上《饮马长城窟行》的第五到第六行押的就是此韵。

个普通的词,如这一联的第二句中的"可"):

各在天一涯,　　游子眄天末,
会面安可知。　　还期不可寻。

陆机的下一联表现托浮云传信而不得,这让我们想起在《饮马长城窟行》里占据中心地位的书信。《古诗十九首》第一首的现存版本没有与之对应的情节,虽然其中的确出现了蔽日的浮云。

即使没有出现在《古诗十九首》第一首的现存版本中,"音信"在分离的主题中是一个很常见的话题。诗歌中关于"音信"的情形基本上有三种。有"馈赠的礼物":女子折下送给情人的花草(《古诗十九首》第六首和第九首);有"收到的书信":一般是"客从远方来"的时候捎来的,像《饮马长城窟行》中描写的那样(也出现在《古诗十九首》第十七首和第十八首中);最后一种是"寄而不达(或结果不明)的音信",这显然是陆机拟作中的情节,也很可能存在于他所拟的原作里。未能寄达的音信是靠浮云或飞鸟传递的,这一点最早在建安诗人的一些诗和"李陵组诗"的一首中得到描写。

李陵[1]

有鸟西南飞,
熠熠似苍鹰。

---

[1] 逯钦立,第339页;《古文苑》卷4。

> 朝发天北隅,
> 暮闻日南陵。
> 欲寄一言书,
> 托之笺彩缯。
> 因风附轻翼,
> 以遗心蕴蒸。
> 鸟辞路悠长,
> 羽翼不能胜。
> 意欲从鸟逝,
> 驽马不可乘。

也许飞鸟传信失败最著名的例子出现在曹植《杂诗》第一首的最后一部分:

> 孤雁飞南游,
> 过庭长哀吟。
> 翘思慕远人,
> 愿欲托遗音。
> 形影忽不见,
> 翩翩伤我心。[1]

陆机拟作中寄书的浮云也出现在曹丕的《燕歌行》第二首中,

---

[1] 逯钦立,第456页;《文选》卷29。

>　　郁陶思君未敢言，
>　　寄书浮云往不还。[1]

所以，我们有理由怀疑在陆机所见的《古诗十九首》第一首中也有传送音信的情节。

陆机拟作中的下一联是很常见的对思念和愁苦的表达，可是这种话题顺序在修辞等级较低的诗歌中很难找到具体的例子：

>　　伫立想万里，
>　　沉忧萃我心。

虽然这不是诗的结尾，它看起来好像是一个尾联。但是，话题的顺序开始变得熟悉起来。让我们来看一看《古诗十九首》第六首：

古诗十九首（六）[2]

>　　涉江采芙蓉，
>　　兰泽多芳草。
>　　采之欲遗谁，
>　　所思在远道。

---

〔1〕逯钦立，第394页；《宋书》；《玉台新咏》卷9；《乐府诗集》卷32。
〔2〕逯钦立，第330页；《文选》卷29；《玉台新咏》卷1（作为枚乘的作品），《艺文类聚》卷29。

> 还顾望旧乡,
> 长路漫浩浩。
> 同心而离居,
> 忧伤以终老。

这里有情人的馈赠/音信,顾望,累积的忧伤,以及老去。在陆机的《拟行行重行行》中,我们看到音信、顾望和累积的忧伤。《行行重行行》现存版本中有顾望(用否定的方式表达:"游子不顾返"),也提到老去。正如我们经常在早期诗学中看到的,反复出现的字词(或同义字词)的顺序总是被重复,哪怕围绕着这些字词所作的陈述有所改变。

陆机拟作的最后一部分再度与现存的"古诗"版本相符。关于衣带渐缓的一联与"古诗"对应;陆机拟作的结尾是"古诗"结尾的典型变形。

如果上面的论述太过复杂,那么让我来讲述一个故事,假设故事的情节可以打乱重组,改变性别,作出不同选择。故事是这样的:一对男女分隔两地;他们的相互关系不甚清楚,但他们都在思念对方。他们并非居住于地图上可以找到的某个具体地方,而是存在于以隔开两人的距离作为衡量标志的抽象二维空间中。我们不知道男子为何离家远行,只知道他不得不如此,要是可能的话他一定会回来。从他们两人任何一方的角度来看,对方都远在天涯。

一天晚上,女子梦见了男子,或者,如我们将在下文看到的,只是在脑海里想象他的面容。一觉醒来,她发现自己仍然形单影只;抑或因为思念太深而"夜中不能寐"。她出门采摘芳草遥寄给他，而他则想托飞鸟或浮云传信，但没有成功。也许他只是朝着家乡凝望，可是浮云遮挡了他的视线。也许一位旅客从他身边经过，这位旅客碰巧前往他家乡所在的方向，于是他托这位旅客给爱人捎去一封书信。他因为相思而逐渐消瘦，衣服变得宽松；他知道她也一样饱受相思之苦。思念让人衰老。在书信中，或只是在诗的结尾所暗示的音信中，他说："我将永远爱你；请你努力加餐。"[1]

* * *

这个故事的一些片段出现在我们现有的《古诗十九首》第一首之中，也出现在陆机的拟作和《饮马长城窟行》中。这些诗没有一首囊括了故事的所有部分以及故事的所有变体，但是如果把它们放在一起，再加上其它关于分离的诗歌，我们就发现故事的"情节"顺序变得很明显，而且常常被重复。如果陆机"拟"的是这一故事的另外一个版本，而不是我们现有的版本，那么在一组系于三世纪早期的诗中，我们可以找到这一故事的现有版本。[2]我们来看一下徐干组诗《室思》第一首：

沉阴结愁忧，

---

[1] 笺注家们喜欢把《行行重行行》现存版本的结尾理解为叙述者决心自重，不再相思。这不是一种不可能的解释，但是似乎相当勉强，不管叙述者回家的希望有多渺茫。"努力加餐饭"作为对远方爱人的叮咛更合适。

[2] 我对《玉台新咏》中选录诗歌的文本可靠性没有任何信心，但是如果读者愿意，尽可以把这一点当成《古诗十九首》第一首的现有版本在三世纪早期就已存在的证据。

> 愁忧为谁兴。
> 念与君生别,
> 各在天一方。
> 良会未有期,
> 中心摧且伤。
> 不聊忧餐食,
> 慊慊常饥空。
> 端坐而无为,
> 仿佛君容光。[1]

如果我们抛开头一联中的反问不谈,而且暂不考虑最后一联,那么这首诗的中间部分简直就是对现存《古诗十九首》第一首的概述。如果其中缺少了某些话题,那么《室思》第二首的开头几联对之作了很好的补充。

> 峨峨高山首,
> 悠悠万里道。
> 君去日已远,
> 郁结令人老。[2]

《室思》第三首加上了关于浮云的描写。正如我们上面提到的,

---

[1] 逯钦立,第376页;《玉台新咏》卷1。韩格平,《建安七子诗文集校注译析》,第351—352页。
[2] 同上。

它通常不能帮诗人传信(第1—6行):

> 浮云何洋洋,
> 愿因通我辞。
> 飘飘不可寄,
> 徙倚徒相思。
> 人离皆复会,
> 君独无返期。[1]

当然了,可怜的女子对爱人思念如此之深,以至于无法入睡。这把我们带入《室思》第四首,我们在前面讨论"夜不能寐"主题时谈到过它。

特别有意思的是第一首诗的结尾:"端坐而无为,仿佛君容光。"虽然徐干的诗里描述的是清醒时的景况而不是梦境("容光"为较高修辞等级中表述"外貌"的标准词汇),爱人在这里的出现与《饮马长城窟行》中一样,都是思念所致:

> 青青河边草,
> 绵绵思远道。
> 远道不可思,
> 宿昔梦见之。
> 梦见在我傍,

---

[1] 逯钦立,第377页;《玉台新咏》卷1。韩格平,《建安七子诗文集校注译析》,第351—352页。

第六章 拟作

忽觉在他乡。

即使陆机模拟的可能是《行行重行行》的一个不同版本,在深层的意义上来看,所有这些都还是"同一首诗"。

* * *

通过观察陆机对他所看到的原作的种种变形,我们可以据此来衡量他所"拟"之"迹",也即我们现有的"原作"。我们发现,这些"古诗"的文本到三世纪末叶已经大致上趋于稳定,但也仅仅是"大致上"而已。我们也可以高度怀疑陆机看到的《行行重行行》版本不同于保存到齐梁时期的版本。这首幸存下来的版本自身很古老,而且相当出色,我们甚至可能会庆幸我们拥有的是这一个版本,而不是陆机看到的版本。当我们利用陆机的拟作和现存的"古诗"版本建构出一个三角形空间,我们可以看到公元三世纪末叶修辞等级较低的文本如何还在继续变形。虽然我们永远没有办法找到陆机模拟的那首诗作,但是所有可能被模拟的片段以及把它们连接起来的序列都是有迹可循的。

附录

一　作为体裁名称的"乐府"

这篇附录考察"乐府"一词被用来表示某种类型的诗歌而不是一个机构的证据。在唐以前这一词语最常见的用法是指一个机构,既指西汉时期的"乐府",而且,也作为一个虽然不符合历史情况但是十分典雅的称呼,指后代宫廷里的音乐机构。

很多学者(铃木修次,增田清秀,Joseph Allen)都注意到这一词语在四世纪初挚虞《文章流别论》中的出现。因为这可能是五世纪中期之前把"乐府"与五言诗联系在一起的唯一例子,所以《文章流别论》佚文的特殊形式十分重要。我们首先应该看到,挚虞诗论的很多现代版本都是依据严可均《全晋文》中收录的佚文,而后者实际上是从《艺文类聚》和《太平御览》中辑录出来的,其中一处对《太平御览》中的引文做了很大的改动,而那一处恰巧提及了五言诗和"乐府"。邓国光的《挚虞研究》提供了更好的版本。[1]

《艺文类聚》的引文(邓氏定为《文章流别论》中"总论文

---

[1] 遗憾的是邓著第十二章缺失了第十四条批注,而这正是在我们希望他会对标准版本中相当引人注目的不同之处做出解释的地方。参见邓国光,《挚虞研究》(香港:学衡出版社,1990),第185页。

章"的部分）对诗歌做了总体的论述，并举《诗经》中长度不同的诗句为例。《太平御览》的引文（邓氏定为"分论文体"部分）与《艺文类聚》引文词句相同，而且举出同样的《诗经》句子为例，但是加上一条关于它们在后代诗歌中何处使用的评论。我们必须提出的第一个问题就是，这两处引文在《文章流别论》中到底是不是属于不同部分，还是说《艺文类聚》给出的是同样一段话的压缩版，或者，《太平御览》把对于正文的早期批注也放在正文中，似乎它们就是正文的一部分。

我们有理由怀疑《太平御览》的引文，因为在提到"古诗之四言者"之后引用了一句四言诗，而这句四言诗实际上是一个三言句，在《艺文类聚》中就是作为三言句的例子加以说明和引用的。《太平御览》在这里就"四言"在后代诗歌中的使用加上的一条评论是："汉郊庙歌多用之"。因为那些郊庙歌同时包括三言和四言，所以这条评论不能说明任何问题。

接下来是对五言、六言和七言的讨论。我把《太平御览》的引文与严可均的版本并列如下（略去引用的《诗经》句）：

《太平御览》	严可均
五言者，乐府亦用之	于俳谐倡乐多用之
六言者，乐府亦用之	乐府亦用之
七言者，于俳谐倡乐多用之	于俳谐倡乐多用之

在每个版本中都有一条评价被重复（"亦"的使用可能使《太平御览》版本更有分量）。但总而言之，在《太平御览》版

附录 一 作为体裁名称的"乐府"

本中,五言用于乐府,而在严可均的版本中,五言是职业歌手用于俳谐杂戏的。

当 Allen 提出,"乐府"一词在使用时"指的是'歌谣'类的文学作品,而不是'颂'一类的作品"[1],他可能用的是《太平御览》的版本。如果是这样,那么六言句就一定指"颂一类的作品",虽然我们不确定到底哪些颂是六言。但如果是这样的话,为什么挚虞在讨论三言(或四言)的时候要特别标出"郊庙歌"多用之而不直接说乐府诗多用之?要知道这些郊庙歌是最明确地与汉代乐府机构联系起来的诗歌。特别是当我们考虑到"乐府"一词在其它情况下无一例外地表示汉代音乐机构或后代仿真汉乐府建立起来的宫廷音乐机构,这个问题就更加突出。那么下面一个问题是:在这里,乐府到底是指一种体裁(一种诗歌类型),还是指一个机构?

当我们遇到这样的文本问题,我们应该在试图追溯"乐府"一词的使用历史时明确承认其文献来源;同时,我们不应该在此基础上构建一个历史叙事,从而把这一词语在描述五言诗历史方面的使用回溯到四世纪初期。挚虞的例子只是一个孤例,而且充满文本问题。

* * *

"乐府"一词首次明确用于指一种诗歌类型的例子出现在挚虞身后的一个半世纪:鲍照在一篇诗序中提到"乐府诗",指的是傅玄的《龟鹤篇》。[2]鲍照以一首题为《松柏篇》的五言诗

---

[1] Allen, *In the Voice of Others*,第48—49 页。
[2] 逯钦立,第 1264—1265 页。傅玄有一首《放歌行》(逯钦立,第 557 页),开头提到"灵龟",但是没有提到鹤,与鲍照诗也没有任何相似之处。

"拟"了这首诗。我们不知道"乐府诗"到底是鲍照个人对这首诗的描述呢,还是在鲍照之前就进入了傅玄集手抄本中的类别,或是最初由傅玄本人使用的类别。我们注意到,诗题以"篇"结尾也是那些在《文选》中被收录于"乐府"之下的诗歌的特点。[1]

当诗题用"拟"时,"拟"字后面总有被拟的诗歌标题。也许因为"拟"在这里用于散文化的序言,其含义比较宽泛,所以鲍照的诗题没有包括他所拟的诗歌标题。依据"拟"的一般规则,傅玄已经佚失的原作必须也是五言诗,而且每句与鲍照的诗歌相对应。但是,当"拟"在散文语言里用于比较宽泛的意义,可以不必遵循这些规则。鲍照的诗与他现在被划分为乐府的那些诗作有很大的差别。傅玄诗题中的"龟鹤"是代表了长寿的吉祥动物。如果没有鲍照的拟作(鲍照拟作显然不是一首用于庙堂仪式的乐府),单看傅玄的诗题,似乎暗示这首诗是一首用于庙堂仪式的乐府。这就是说,乐府第一次明确用来指称一种诗歌类型,发生于一个有名有姓的诗人对另一个有名有姓诗人的仿真,诗的主题和标题都与后代通常划分为"乐府"的诗截然不同。但是,我们可以说至少在五世纪中期,"乐府"这一词语就被用来描述一种诗歌的类型了。

如 Anne Birrel 所指出的,在鲍照之后,这个词语用于指称诗歌类型的下一个例子就是沈约用"乐府"描述沈亮的一些作品。[2] 在

---

[1] 在三世纪的时候,"篇"很可能还保留着一些早期的含义,指代一捆竹简中的一个文本。可以理解这一术语后来转而指代"篇章"。但是它如何被用于比"篇"的标准短得多的诗歌是一个值得研究的问题。
[2] Birrel,《汉代中国的流行歌曲和歌谣》,第 7 页;《宋书》,第 2452 页。

这里,"乐府"再次与"诗"分得很开,而且置于两种仪式性体裁之间。这强烈暗示:即使是在诗歌体裁的意义上被使用,乐府依然意味着某种仪式性的颂歌。而众所周知,沈约在《乐志》里没有使用"乐府"一词。

五六世纪之交的《文心雕龙》第一次对作为诗歌类型名称的乐府作出较为详细的论述。刘勰专门开辟一章讨论乐府,这里的乐府含义甚广,指与音乐有关的诗歌。他把"乐府"一词与"诗"对举,但是把乐府作为不同的体裁进行处理。虽然刘勰显然把仪式乐歌视为乐府的标准形式,但是他对乐府这一词语的用法也包括"文学性乐府",并且宽泛到可以容纳我们现在视为"汉乐府"的无名氏诗歌,虽然他绝对没有明确地提到这些材料。乐府这一词语在六世纪进入相当广泛的使用,而且其含义几乎足以包括我们现在所说的所有早期乐府。任昉在《文章缘起注》里如是描述乐府:"古诗也。"[1]这可能意味着它属于《诗经》的传统,虽然我们也不能完全排除任昉将乐府与无名氏"古诗"画等号的可能性。但是,乐府出现在一长串文学体裁中间,与列于这一名单最开头处的各种"诗"体相去甚远。钟嵘在《诗品》里完全没有谈到乐府,但是《诗品》包括曹操,而曹操的所有作品都属于歌曲传统,这表示钟嵘至少把文学性乐府视为诗的一种亚类型。

问题是,是否存在一个广义的、包括"乐府"在内的"诗",还是说乐府和"诗"被视为不同的类别。有证据显示,在把乐府作为一个文学体裁加以考虑时,无名氏乐歌——包括早期乐歌和后来的南朝乐歌——最初在文学学者眼中并不重要。"乐府诗"

---

[1] 任昉,《文章缘起注》,第37页。

这个词可能是最早的用法，指有名有姓的作者创作的乐府。"乐府"一词本身可能是指庙堂仪式乐歌，而刘勰将它的含义延伸到作为一般概念的乐歌。在《文选》中，我们首次看到无名氏乐歌被划入"文"的范围；萧统只收录了少数几首无名氏乐歌，而这可能还是因为无名氏"古诗"的无名性质使之带上了古典光环，在此影响下萧统才收录了无名氏乐府。萧统明显把它们视为"诗"的一种亚类型，并且把三首无名氏作品置于以年代排序的乐府诗之首，正如他把《古诗十九首》置于一系列按年代排序的"杂诗"开头一样。也就是说，基于既定的"古诗"模型，无名氏乐府充当了一种文学形式的遥远而无名的源头。我们在这里第一次看到无名氏乐府被纳入文学谱系，而六世纪批评家正是借此谱系来理解他们的文学过去。

这一举措似乎为把无名氏乐府纳入"诗"的类别之中的做法打开了一条路，虽然音乐类著作另辟书目的传统做法依然继续存在。我们不知道我们现有的《玉台新咏》版本与它在六世纪的原始形式有多接近，但是在这里，一个专门收录歌"咏"的选集，乐府和"诗"是一起收录的。在选集开头，无名氏乐府在无名氏"古诗"之后出现。《文选》里面的次级谱系没有了，这两组诗一起代表了古典诗歌的"开端"。

我们也许可以想到刘勰对无名氏"古诗"的称赞："直而不野"。作为传世文本，无名氏乐府似乎常常很"野"。对于一座"玉台"来说，这种"野"诗需要一些加工。

* * *

"乐府"的广泛内涵对于我们来说已经是司空见惯，因此更应该记住它的含义曾经比现在狭窄得多,也专门化得多。《隋书·经籍志》列出了很多歌诗总集,其中有一些很明显是庙堂仪典音乐以及宫廷宴会歌曲。"乐府"一词在这种总集的标题中常常出现,但是这些总集绝大部分无法断代。我们只有不够完美的反面例证:这一类总集,凡是编者已知为六世纪之前的,都没有使用"乐府"一词。

但是《隋书·经籍志》中的确存在一个很有意思的也富有暗示性的反常现象,使这个问题更加复杂化。它在一个题为"歌辞舞录"的条目下给出一系列音乐类型,其中很多现在都被视为乐府的亚类别。但是在这份清单的第三个位置,却赫然出现了"乐府":"鼓吹、清商、乐府、燕乐、高禖、鞞、铎等歌辞舞录,凡十部。"[1]我们不知道这个清单的出处;但是它的存在很宝贵,因为它提醒我们:这些术语有相当分散的历史,对这些历史我们已经不再了解。

我们知道"乐府"是西汉的一个特别的机构,以后被用来描述宫廷音乐机构,特别是负责提供仪典音乐的机构。在这个意义上,它进而表示配乐歌辞之一种,这些歌辞在手抄本传统中保存下来,被视为一种很特别的材料,但一般不以"乐府"称之。后来,很可能在五世纪后半叶,"乐府"一词的含义渐渐拓展到那个音乐传统中的所有歌诗,而刘勰正是在这一意义上使用这个词语的。因为音乐传统中的歌诗总是与诗重合,乐府于是成为指称这种诗歌的词语。体裁类别具有很大的流动性。当六世纪初期人们对文学遗产进行检视和分类的时候,"乐府"开始被用作一个

---

[1]《隋书》,第1085页。

概括性的术语,指称一系列各种各样的诗歌文本,涵盖了我们现在所说的乐府体裁的大部分范围。它也变成了一个用在乐歌总集标题中的标准词语。但是,当我们检视在七世纪和八世纪早期的类书和批注中所引用的文字时,我们可以看到,乐府还不是一个稳定的文学体裁名称,不管是在把一组文本与诗歌区分开来的方面,还是在描述与音乐相关的文本的方面。

二 音乐传统

我有一些"唐乐"唱片。我可以怀着一种善意的幽默欣赏它们,深知它们与唐朝音乐的关系纯粹是臆想。我也有 Pickens 根据日本宫廷音乐重构的唐代音乐,听起来很像一部《一千零一夜》电影的配乐。我相信,唐代音乐听起来就是这样不是不可能,但是我不相信这就是"唐乐"。

* * *

学者们试图通过《乐府诗集》所保存下来的早期音乐文献、《宋书·乐志》以及各种其它的文献,来厘清乐府曲题的传承及其不同音乐类别,这恐怕是早期古典诗歌研究中最复杂、最让人头疼的项目了。这一研究不适合意志薄弱的人。如果我在这里一一检视所有的研究成果,恐怕这个附录会比这本书的正文长好几倍。意志毫不薄弱的学者们——比如铃木修次,增田清秀和王运熙——已经全面彻底地考察了文献中所保存的材料。如果试图重述这些文献,那就只能给出一个摘要。我曾经努力爬梳原始文献,也仔细检视学者们对这些文献的论述,但是却无法找到我所寻找的信息。这是一个典型的例子,说明文献来源为学术题目设定了界限,这些题目往往使学者沉溺于具体细节,它们生发出无穷无尽的问题,很容易把一个学者的注意力从一些非常基本又非常关键的重要之点上引开。

我们用以重建早期乐府诗史的唐前文献,主要关注的是曲题和分类,可能还有乐歌的传统。我们可以猜测在某一特定时期宫廷中流行什么样的乐器,但是,我们不知道很多其它的、非常重要的信息。我们不知道乐歌在多大程度上被书写下来。我们也不知道歌辞是在什么时候被书写下来的。学者们常常愿意相信:如果一个乐府标题以及(有时候)乐府的第一句曾经被提及,那么被提到的乐府和后代同题的歌辞文本之间就必然会有连贯性。但是在音乐传统里,人们常常依旧题作新辞,或改造曲辞,或重复使用歌辞的第一句,并"补"入缺失的部分。我们想要知道我们是如何得到我们现有的文本的,这些文本到底是出现在五六世纪之交的《宋书》,还是十一二世纪时的《乐府诗集》里。从四世纪初叶留存下来的题目和首句来看,《白头吟》的首句有可能属于一首汉代谣讴。如果我们可以相信它的首句,我们或许也可以相信它的头四句。这样一来,我们已经用到"有可能"这样的词汇,又加上了一个"或许",而这还都是以更大的"也许"为前提的。对桀溺的论证,我们可以换一种方式表述:《宋书》中保存得较长的《白头吟》是由不同片段拼合而成的。我们有什么理由相信这一个特别的合成品是汉代的产物呢?如果我们有一个包含了歌辞的文本的清晰传统,我们可能会相信这一点。可是我们知道乐工和音乐学者一直都在改造音乐材料。我们知道这首乐府的标题和首句之所自(只能上溯到四世纪初叶而已),但是我们完全不知道现有的文本是何时开始存在以及如何存在的。它可能的确是在汉代合成产生的,但它也可能只反映了公元五世纪时的表演形式。就现有的文本来说,它主题上的跳跃并不影响它的审美价值。但是我们却无法根据这样一个文本来给出一个关于乐府诗的历史叙事,即使沈约特别把它称为汉代的"街陌谣讴"。沈约对他所看到的版本的来源,不一定知道得比我们多。

我们要寻找的,不是有关音乐传统的种种知识的传承谱系,而是文本的传承谱系。沈约在"清商三调歌辞"下特别注明:"荀勖撰旧辞施用者"。"撰"在这里是什么意思?它是指荀勖"写下"了这些旧辞,还是指他"选"了这些旧辞?注意这里是说"旧辞"而不是"古辞",说明这些歌辞是较晚近的作品。荀勖(死于289年)是西晋音乐机构的核心人物,《隋书·经籍志》在他的名下列有一部《晋燕乐歌辞》。这样的标题让人觉得放心,因为它特别标出"歌辞"。我们可以认为这些歌辞是书面文本,虽然我们并不知道是哪些文本。这是不是说,沈约对这一部分歌辞有一个书面文本来源?如果是这样,那么这对其它那些沈约没有加注的部分又意味着什么呢?

我们喜欢特别标出"歌辞"的书名,因为乐歌传统中很多书传只题作"录"。我们认为一部相对篇幅较长的书传,比如六世纪的《古今乐录》,除了对分类进行讨论和追溯源流之外,也一定包括乐府文本。但是五世纪中叶张永和王僧虔的重要著作也称为"录",它们可能只是关于标题和分类的说明,有时包括对一些乐府首句的记录。(王僧虔的《技录》据记载只有一卷,《乐府诗集》通过《古今乐录》对之加以大量引用,我们由此可以判断,哪怕我们不拥有这部著作的全部文本,我们至少拥有这部著作的绝大部分文本,它是对乐府标题和分类的纯粹的记"录"。)

中国的文言文缺乏精确性。《古今乐录》在引用王僧虔《技录》的时候,结尾常常有"今不传"或"今不歌"的字样。这是五世纪中叶王僧虔原文里的话,还是六世纪中叶智匠的评语,我们已经无从得知。（铃木修次认为这是智匠的评语，但这只是一个猜测。如果这些诗在沈约的时代还依然存在的话，为什么他没有把它们收录在《宋书·乐志》里？）"今不传"似乎清楚地表示音乐和文辞都已经不复存在；"今不歌"有可能是说文辞依然存在，但是音乐亡佚了；但是也有可能它跟"今不传"基本表述了同样的意思。我们应该指出很重要的一点：这些亡佚的篇章属于某一个音乐类别之下以数目标出的组曲，而这些组曲中有一些篇章得以保存。这有没有可能意味着某位早期的音乐专门家抄录下一些歌辞而遗漏了其它的？考虑到在音乐传统中学者们的求全心理，这种可能性难以想象。显而易见的结论证实了我们上面的猜测：这些音乐著作只开列清单，介绍有关音乐传统的种种知识，但是不包括乐府文本。

那么文本到底从何而来？当一名音乐专门家注明一首歌"今不传"的时候，他可能是在对比一个清单和其它文献中的传世文本。也可能他没有文本，只是对比手中的清单和依然包括在表演曲目中的篇目。我们有非常多的信息，但是我们希望有一位音乐专门家能够告诉我们，哪怕仅此一次，他的文本到底是从哪里得来的。

对于音乐本身，我们了解的就更少了。几乎完全没有证据显示这些学者，也就是我一直称作"音乐专门家"的，对我们视为至关重要的音乐本身的信息（除了乐器之外）表现出很多关注。他们注意力的焦点在于文本知识和传统。当我们看到一首乐府后面注明"今不歌"，我们可以推测有一些篇章当时还在演唱——但是三世纪的音乐演奏和五世纪中叶的音乐演奏之间在音乐方面的实际关系完全非我们所能臆测。虽然存在着音乐记谱法，我们不知道它的使用范围有多宽广以及在职业乐工的圈子之外有多少人能够了解这一记谱法。近四百年来,西方的音乐记谱法越来越具体,但是在此之前的大多数音乐记谱法,包括中国的记谱法在内,都缺乏足够的信息,如果没有老师的传授就根本无法演奏。我们只能猜测,在公元三世纪和五世纪中叶之间流传着大量的音乐。文本方面的"音乐专门家"受到人类记忆的局限,无法判断现存音乐在多大程度上准确反映了两个世纪之前的原貌。

音乐和文本之间的关系出了名的难以捉摸,即使在存在一个稳定的文本和相对精确的音乐记谱法的情况下也是如此。我们所了解的信息远远不足以解决这个问题。我们甚至无法回答一些更简单更基本的问题:在什么场合,什么时候,演唱了哪些歌曲?我们可以设想宫廷传统或者具有连贯性(但这不是说音乐一直保持稳定不变),或者号称具有连贯性。我们最多可以说有一系列现在称之为"乐府"的文本与音乐的概念有关,而这种关联欢迎表演的可能性。我们可以设想在三世纪初叶,曹操的歌诗曾经配乐演奏,我们可以猜想这些歌诗也可能在一段长度不确的时期内,通过特殊的宫廷渠道继续被演奏。而到了六世纪初叶,无论曹操的歌辞是否依然还在演奏,由本地女子演唱的晚近的"吴声"歌,作为娱乐形式则显然是更加受到欢迎的。

三　选集和五言诗

我们倾向于从后代的角度赋予五言诗在五世纪末叶之前本身很可能并不具有的重要性。"诗"作为一种类别的确具有某种经典的分量，但是我们的眼光不应该局限于公元五六世纪对五言诗别具青眼地进行模拟、评论和选录的诗人、诗歌评论家和选集。一旦我们把眼光放远，我们就会发现在五世纪初叶之前，五言诗并不是人们的兴趣所在，而四言诗则受到同样的、有时还是更多的重视。使用五言写作似乎与曹氏家族及其附属集团密切相关。这一形式在晋代继续下来，但是在晋代的集体写作中人们对四言有一种新的偏好。

个人的文集中当然保存有五言诗，但是检视一下公元三世纪的两部并非辑自选集和类书的文集，也即《嵇康集》和《陆云集》（暂时不考虑《阮籍集》），我们发现其中五言诗和四言诗所占的比例和其它文献来源相比差别很大。《嵇康集》中大约一半的诗歌都是四言，陆云的绝大多数诗作也都是四言。这一部分可能只代表这两位诗人的特别情况，但是这提醒我们，我们对这一时期诗歌的总体印象在很大程度上受到后人喜好的影响。《文馆词林》的残卷碰巧包括了四言诗的部分，保存在那里的诗篇提醒我们，后人忽略了多少现在以五言著名的诗人所创作的四言诗。我们在本书第一章提到过,在《世说新语·文学篇》的一百零四则条目里,只有四则涉及五言诗;而赋和散文被提到的次数远远多于五言诗。这向我们显示,在书中想象的四世纪和五世纪初叶的文学生活中,五言诗扮演了一个相当小的角色。在那四则条目中,只有两则,也就是关于曹植的"七步诗"和关于"古诗"的两则,提到后代成为经典的诗歌。这里我们也许可以更详细地论述一下五言诗选集。尽管在检视佚书的目录时有很多不确定性,我们依然可以从中得到一些有用的信息。《隋书·经籍志》存在很多问题,因为它把后来的书籍与梁代的书目混在一起。它把书籍按照内容分门别类,而在每一类中都似乎尽量按年代先后排列。魏徵也许不知道某些作品的作者或年代,但是我们假定他这样做是遵循了他手头的文献来源。

有时人们会感叹唐前选集是多么丰富,而我们已经无缘得见。确实有很多作品佚失了,但是这种"丰富"的印象可能在某种程度上只是一个幻象,特别是对于五世纪初叶之前的选集来说。当然,很多信息我们都无从得知,但是我们大体了解手抄本文化的不稳定性,即使只是在一个相对短暂的时间段里。

譬如一个让人头疼的例子是一部系于荀绰名下的五言诗选集,《古今五言诗美文》五卷。历史上有一个叫荀绰的人,他的祖父是著名的荀勖,他本人也是晋代的知名人物。这个荀绰死于四世纪初期。与谢灵运编撰的选集不同,没有其它文献提到荀绰的这部选集。这部选集不仅列在谢灵运的选集之后,而且它紧接着一部没有注明编撰者的选集《二晋杂诗》之后出现。很难说《隋书·经籍志》的编者是否也把这部选集视为荀绰所撰;如果是,就存在一个严重的年代错乱,因为荀绰死于东晋建立之前的永嘉年间。使这个例子特别有意思的地方在于,有一部系于荀绰名下的历史著作《晋后略记》也显示它是东晋或更晚的作品。可能历史上有两个荀绰：较早的一位比较著名而且写过一部关于职官的作品，稍晚的是一个无名之辈，被人与前者混为一谈。"经籍志"不仅在书籍的类别和次类别中倾向于保持历史年代顺序，而且作品的类别一旦确定下来就往往有一个持续的传承。如果《古今五言诗美文》是一部四世纪初的选集，那么它可以说是仅此一例，与下一部可能包含有五言诗在内的、可以确定时代的诗歌选集相隔一个多世纪。我们虽然应该承认它有可能是最早的五言诗选集和早期诗歌的一个重要文献，但另一方面，我们不得不怀疑这部选集是比较晚出。

著名诗人谢灵运名下有一部就题为《诗集》的诗选。这部五十卷的《诗集》后来扩充为百卷；此外，五世纪还有另一部一百卷的同名选集，据称是颜峻编撰的，以及一部四十卷的同名选集系于宋明帝名下。这些有可能是不同的选集，但是我们还看到一部规模较小的选集，即十卷本的《诗集钞》，也被系在谢灵运名下，它在梁代显然又以署名谢灵运的十卷本《杂诗钞》出现。同时，还有一本未署编者的十卷本《诗钞》，下注已"亡"。另外，谢灵运名下还有一部九卷本的《诗英》。萧统的三十卷本《文章英华》被直接列在《诗英》之后，作为一个亚条目出现，据此我们可能会认为它是对谢灵运《诗英》的拓展（虽然它的标题听起来很宽泛，但是《文章英华》被列在诗歌选集中）；然而在几个条目之后，我们又看到一部十九卷的《古今诗苑英华》，被系于萧统名下。

从这些和其它的证据中我们也许会下结论说很多选集已经亡佚了。这当然没错。但是我们同样也可以得出结论说，很多手抄本，特别是关于流行材料比如诗歌的手抄本，在重新抄写的过程中篇幅常常变动，抄写者任意添补新的材料或作出裁减。在很多情况下，这些著作似乎没有正式的"标题"，它们的标题只是对其内容的简短陈述。谢灵运有可能编选了四部不同篇幅、不同标题的选集，但是更有可能的是，谢灵运的选集以不同的标题和不同的篇幅流传，有时别的编者在谢氏选集的基础上添补一些新的内容，并把扩展之后的选集算成自己的编著。也就是说，《隋书·经籍志》看似一份"书目"，实际上可能只是一个图书馆的写本清单，其中没有一本书的两份写本是完全相同的。

文学选集确实有其起源，也即本书第一章讨论过的《文章流别论》，《隋书·经籍志》给予它仅次于《楚辞》的尊崇地位。在大致同一个时期也有一些其它的选集，但是挚虞的是最具影响力的一部。东晋的李充在《翰林论》中称赞应璩的五言诗，他的评语的片段被保存在《文选》李善注中。此外，《隋书·经籍志》列出了应贞可能是出于家族荣誉感而撰写的应璩"百一诗"注。在《文选》之前还有一些其它的包括各种体裁的文学选集，我们有理由假设五言诗在这些选集里面所占的分量越来越重。

至于专门的诗歌选集，在谢灵运编撰的选集之前我们只发现了两种：年代不明的《集雅篇》五卷和晋代的《靖恭堂颂》一卷。我们对前者的内容一无所知，但是"雅"一词可能不会用在早期的五言诗选中。后者似乎是一部专门的"颂"集，因为其它几部收录"颂"的集子附于其后。这一时期的"颂"都还是四言。谢灵运编撰的选集有数种不同"版本"，说明它在五世纪非常风行。在纯粹假想的层次，谢灵运第二次在皇家图书馆任职的时候应该有机会接触到刘裕北征带回的抄本书籍，而这很可能大幅度地增加了南朝所见的早期诗歌；而谢灵运的诗选可能促成了这些材料的传播。在五世纪中期，我们确实看到人们对早期诗歌的兴趣和模拟发生了引人注目的增长。

钟嵘在《诗品序》中针对谢氏选集作了一条非常珍贵的评论："至于谢客集诗，逢诗辄取。"齐梁批评家常常对不加选择多有怨言，但是我们不应该把这些怨言都当作是审美方面的评判，因为其中也包括对作品真伪的判断，比如钟嵘认为无名氏古诗系列太"总杂"，而"总杂"这个词汇与"伪作"相关。谢灵运后来在抄写过程中被增删的庞大选集，可能本来就是一部对五世纪初叶所见的诗歌写本不加选择加以抄录的著作。

在《隋书·经籍志》中附录于谢灵运选集的一系列选集中，有一部选集的标题对我们所关注的问题很重要：这就是没有注明编撰者的《古诗集》九卷。我们当然不应该把它视为一部专门收录无名氏"古诗"的选集，因为就其篇幅而言，它的"古"的范围一定远远延伸到了汉代之后。

关于无名氏"古诗"如何从三世纪传入五世纪末六世纪初的文人之手，我们没有任何清晰的书籍著录的脉络可循。《世说新语》的逸事说明"古诗"对于四五世纪之交的上层社会人士来说是相当普遍的知识，而这则轶事也是五世纪中叶大量"古诗"拟作出现之前的唯一证据。我们知道东晋初期的皇家图书馆藏书比起魏代来说是大量减少了，后来它一定从私人藏书中逐渐获得了一些补充。我们有理由相信谢灵运编撰的选集对早期诗歌的传播起到了重大的作用。考虑到他对建安七子的兴趣，他把七子的作品很可能也收录在选集中。

我们在本书正文中已经提到，《隋书·经籍志》中在分类方面最重要的一点是清楚地区分了诗歌选集和歌辞总集（除了一部不合顺序的八卷《古乐府》之外）。音乐传统中有相当数量的总集，但是很多明显都是仪典音乐。研究古乐（指音乐的文本传统）是一种带有某种光环的工作，我们可以从《宋书·乐志》的引言中看出这一点。考虑到这些总集的数量，我们需要考虑两个事实：首先，钟嵘在《诗品》中没有收录无名氏乐府；其次，虽然刘勰为乐府专辟一章，在其中讨论仪典音乐和知道作者姓名的乐府作品，但是他完全没有明确地提到无名氏"古乐府"。刘勰对通俗乐歌，其中可能也包括古乐府在内，确实颇有微词，但是这对很多具有声望的学者精心保存下来的文本而言，似乎显得过分苛刻了。

四 "晋乐所奏"

在《与郭茂倩商榷：关于一些汉魏诗的两种版本》（"Contre Guo Maoqian: à propos des deux versions de certains poèmes des Han et des Wei"）一文里，桀溺深入比较了《乐府诗集》中一些乐府诗的两种版本，一种版本称为"本辞"，另一种版本称为"晋乐所奏"。[1]他用很大的篇幅令人信服地论证了《宋书》的版本是更早的文本，我完全同意他的看法。在这一附录中，我会简略地分析手抄本文化中的变体，对他的论证作出补充和加强，并讨论他谈到的文本之一，《满歌行》，在拼合型乐府的语境中，考虑他所提出的一些问题，也对其它的一些问题作出思考。

此处的问题是这样的：《宋书》中的一些乐府诗，《乐府诗集》给出了不同的版本。郭茂倩注明《宋书》的版本为"晋乐所奏"，而另外的那个不同的版本则常常被称作"本辞"。因为《宋书》的版本往往包含意义不相连贯的段落、长度不规则的诗句、字词移位以及通假字。很多学者相信"本辞"根据配乐的需要被改变了，而改变它们的是文化程度不高并且在书写歌辞时不很仔细的乐工。但实际上，《宋书·乐志》中的歌辞代表了几个世纪之中一些最出色的学者们为

---

[1]《通报》85，1—3（1999）：65—113。

保存宫廷音乐而作出的努力，这一点应该得到人们应有的注意。

如果我们从手抄本文化的角度考虑这个问题，《宋书·乐志》中的文本相对很可靠，因为它们是正史的一部分，所以被十分精心地原封不动地保存下来。如我们在前文所说，它代表一个高度保守的音乐学术的传统，这个传统致力于完全按照原样呈现文本。《乐府诗集》则出现于六百年后，编者郭茂倩有机会接触到一系列来源和流传历史都不甚清楚的乐府诗。我们不知道是谁最先区分了"本辞"和"晋乐所奏"，但是这种分别判断只可能出现在学者们开始收集和对比不同的版本之后。它看上去更像一个代表了价值观念的判断而非带有历史主义精神的判断，用来解释《宋书·乐志》材料的文本混乱性和诗歌意义的不连贯性。

下面我准备讨论一首不太著名的无名氏乐府，从中我们可以清楚地看出，所谓的"本辞"其实代表了对《宋书·乐志》中的乐府歌辞进行规范、修整并且赋予连贯性的努力，只有在如此理解这两种版本之间的差异时，这些差异才可以解释得通。

这一论点建立在一个在本书正文中已经进行过详尽论述的前提下，而这一前提也是这个研究领域里面的很多学者都赞同的：演出实践和创作实践通常会把独立的片段组合在一起，产生出一个"完整的"作品。有时候这些片段的结合很紧密；有时片段之间的关系不甚紧密，但读者还是可以为之提供诠释；还有时这些片段前后矛盾不一。

下面我们来看一下《满歌行》的两个版本：

满歌行

《宋书》　　《乐府诗集》"本辞"

为乐未几时，　为乐未几时，

遭世险巇，	遭时崄巇，
逢此百离。	逢此百离。
伶丁荼毒，	伶丁荼毒，
愁懑难支。	愁苦难为。
遥望辰极，	遥望极辰，
天晓月移。	天晓月移。
忧来阗心，	忧来填心，
谁当我知。	谁当我知。

戚戚多思虑，	戚戚多思虑，
耿耿不宁。	耿耿殊不宁。
祸福无刑，	祸福无形，
惟念古人，	惟念古人，
逊位躬耕。	逊位躬耕。
遂我所愿，	遂我所愿，
以兹自宁。	以兹自宁。
自鄙山栖，	自鄙栖栖，
守此一荣。	守此末荣。

莫秋冽风起，	暮秋烈风，
西蹈沧海，	昔蹈沧海，
心不能安。	心不能安。
揽衣起瞻夜，	揽衣瞻夜，
北斗阑干。	北斗阑干。
星汉照我，	星汉照我，

去去自无他。	去自无他。
奉事二亲，	奉事二亲，
劳心可言。	劳心可言。
穷达天所为，	穷达天为，
智者不愁，	智者不愁，
多为少忧。	多为少忧。
安贫乐正道，	安贫乐道，
师彼庄周。	师彼庄周。
遗名者贵，	遗名者贵，
子熙同巚。	子遐同游。
往者二贤，	往者二贤，
名垂千秋。	名垂千秋。
饮酒歌舞，	饮酒歌舞，
不乐何须。	乐复何须。
善哉照观日月，	照视日月，
日月驰驱。	日月驰驱。
辚轲世间，	辚轲人间，
何有何无。	何有何无。
贪财惜费，	贪财惜费，
此何一愚。	此一何愚。
命如凿石见火，	凿石见火，
居世竟能几时。	居代几时。
但当欢乐自娱，	为当欢乐，

> 尽心极所熙怡。　心得所喜。
> 安善养君德性，　安神养性，
> 百年保此期颐。　得保遐期。

这两个版本确实非常相近。最明显的不同在于，在所有可能的情况下，《宋书》中长度不规则的诗句都被"本辞"中长度规则的诗句所取代。四言句被扩展的情况只有一处，即第二解的第二行（"耿耿殊不宁"），目的是与一个五言句对仗。（的确，这两个维持原样的五言句，第二解的第一句和第二句，都很难被压缩。）一个没有押韵的句子（第四解的第七句"子熙同巇"）改为押韵，一处顺序倒错的词语（第五解第八句"此何一愚"的"何一"）也被改正过来了。此外还有很多小的改动，使"本辞"更加通顺。

不幸的是，这首诗从整体来看并不特别通顺：它先是多所嗟怨，然后表示要安贫乐道，然后又表示应该饮酒歌舞，尽情花费钱财。而且，一些字词上的小改动造成了在后代读者看来非常重要的后果。比如，《宋书》版本的最后一联是这样的：

> 安善养君德性，
> 百年保此期颐。

而在"本辞"中却变成了：

> 安神养性，
> 得保遐期。

"善"变成了语音上相近的"神"。"德"字被删去以缩短句子的长度。"百年"的寿命很长,但仍然属于正常的寿数,变成"遐期"则强烈地暗示了长生不老。《宋书》版传达的讯息是:为乐行善,以尽天年。而另一个版本的主旨则是:遵循道家养生术,最终会得道成仙。[1]

《宋书》版还有另外的东西:与"本辞"不同,它被分为数解,最后一解称为"趋"。也就是说,这最后一段不属于歌曲本身,而是加入的部分。在《宋书》收录的乐府里,很多"趋"在主题上是独立的。我们且来单独看一下《宋书》版的最后一解:

> 饮酒歌舞,
> 不乐何须。
> 善哉照观日月,
> 日月驰驱。
> 辘轲世间,
> 何有何无。
> 贪财惜费,
> 此何一愚。
> 命如凿石见火,
> 居世竟能几时。
> 但当欢乐自娱,
> 尽心极所熙怡。

---

[1] 关于长生不老和享受自然寿数之间的对立,可参见曹丕《芙蓉池作》(逯钦立,第400页)的最后几句。

> 安善养君德性,
> 百年保此期颐。

这一片段属于一个常见的乐歌类型也即宴会诗,没有任何前后矛盾之处。[1]如果去掉这一段,《宋书》版《满歌行》就会变得前后一致:感叹人世艰难,决心过道家无为的生活(除了"名垂千秋"之外,没有任何对追求长生不老的暗示)。如果加入这一段,则可以组成拼合型乐府的一个令人满意的序列:先是表达个人私下的感叹和安贫乐道的决心,然后以一个小区群体的声音作为回答,督促听众及时享乐。曹操的《秋胡行》第二首有类似的序列,对长生不老的追求最后转向宴饮的片段(参见本书第三章)。

从这个角度来看,最后的一解只有作为"趋"才能讲得通:它旨在与这首歌的主体部分相映成趣而不需要在意义上延续主体部分。然而在"本辞"里,这一独立的片段被规范化,以求和前面的内容达到意义的统一,结尾也被改变,以适合主体部分中强烈的道家母题。在这里我们可以特别清楚地看到整个的过程,正因为所谓"本辞"创造一首前后一致的"诗"的努力全然失败了。

在有不同版本的其它《宋书》文本中,我们也看到同样的过程在运作,特别是当那些不同版本来自《玉台新咏》时。而当我们看到那些没有《宋书》版的通畅的乐府文本的时候,我们也就有理由想要知道它们的原始状貌到底是怎样的。

---

[1] 比较铃木修次,《汉魏诗的研究》,第408页。

五　话题的例子："人生苦短"

下面这一系列诗句来自铃木修次《汉魏诗的研究》第364—372页：

人生要死，何为苦心。　（厉王胥歌，《汉书》本传）
人生行乐耳，须富贵何时。　（杨恽，拊缶歌）
人生天地间，忽如远行客。　（《古诗十九首》之三）
人生寄一世，奄然若飙尘。　（同上之四）
人生非金石，岂能长寿考。　（同上之六）
人生忽如寄，寿无金石固。　（同上之十三）
人生无几时，颠沛在其间。　（《玉台新咏古诗》）
人生一世间，贵与愿同俱。　（"李陵"）
人生不满百，常怀千岁忧。　（《西门行》）
人生譬朝露，居世多屯蹇。　（秦嘉《赠妻》之一）
人生几何时，怀忧终年岁。　（蔡琰《悲愤诗》）
人生有何常，但患年岁暮。　（孔融《杂诗》之一）
人生图嗣息，尔死我念追。　（同上之二）
人生自有命，但恨生日希。　（同上之三）
对酒当歌，人生几何，譬如朝露，去日苦多。
　　　　　　　　　（曹操《短歌行》）

人生欲寄，多忧何为。（曹丕《善哉行》）
人生天壤间，忽如飞鸟栖枯枝。（曹丕《大墙上蒿行》）
人生各有志，终不为此移。（王粲《咏史诗》）
人生实难，愿其弗与。（王粲《赠蔡子笃诗》）
人生一世间，忽若暮春草。（徐干《室思》）
人生处一世，去若朝露晞。（曹植《赠白马王彪》）
俯观五岳间，人生如寄居。（曹植《仙人篇》）
人生不满百，岁岁少欢娱。（曹植《游仙》）
日月不恒行，人生忽若遇。（曹植《浮萍篇》）
人生有所贵，出门各异情。（曹植《当事君行》）

下面一组诗句没有"人生……"的短语：

生年不满百，常怀千岁忧。（《古诗十九首》之十五）
人寿非金石，年命安可期。（《西门行》）
天德悠且长，人命一何促，
百年未几时，奄若风吹烛。（《怨诗行》）
凿石见火，居代几时。（《满歌行》）
天地何长久，人道居之短。（曹操《秋胡行》）
骋哉日月逝，年命将西倾。（陈琳《游览诗》）
天地无期竟，民生甚局促，
为称百年寿，谁能应此录。（刘桢《诗》）
民生受天命，漂若河中尘，
虽称百年寿，孰能应此身。（阮瑀《怨诗》）
天地无终极，人命若朝露。（曹植《送应氏诗》之二）

> 天地无穷极，阴阳转相因，
> 人居一世间，忽若风吹尘。 （曹植《薤露篇》）
> 天地无穷，人命有终。 （曹睿《月重轮行》）

铃木修次的例子全部引自汉魏诗。这些古老的话题到东晋以及更晚的时候常常被扩充。一个著名的例子就是陶潜《杂诗》第一首，稍微改变了"人生如何如何"的谓语部分，把它从短暂改为无助：

> 人生无根蒂，
> 飘如陌上尘。
> 分散逐风转，
> 此已非常身。

虽然避免使用四世纪末五世纪初的较高修辞等级，它还是反映了后代诗歌传统充盈丰富的特点。在陶潜诗里，"人生"话题起到的作用与在很多早期"古诗"和乐府中完全一样，但它占据了更多的诗歌"空间"。

六 "古诗"中的《诗经》：一个个案

《古诗十九首》第十二首有如下的一联：

> 晨风怀苦心，蟋蟀伤局促。

人们通常认为这两句诗分指《诗经》中的两首诗："晨风"和"蟋蟀"。这两句诗的性质促使我们对《诗经》在"古诗"中的使用提出一些问题。虽然对这些问题我们无法给出确切的答案，但它们还是值得探讨的。

让我们先为下面的讨论设立一些限定因素。首先，我们知道一些"古诗"很明确地提到《诗经》。比如《古诗十九首》第七首：

> 不念携手好，
> 弃我如遗迹。
> 南箕北有斗，
> 牵牛不负轭。
> 良无盘石固，
> 虚名复何益。

附录 六 "古诗"中的《诗经》：一个个案

中间的一联化用了《诗经·小雅·大东》中名不副实的星座的意象。因此以上三联合在一起几乎好像是对"应用"《诗经》成句所作的学究性练习：首先陈述一个当下的情形，然后对《诗经》段落进行引用（或化用），继之以对这一段落的概括性解说，使之可以适用于当下的情形。这种用法让我们想起"李陵组诗"中对《诗经》的使用：

> 鹿鸣思野草，
> 可以喻嘉宾。

《大东》里面的星辰也出现于《古诗十九首》第十首[1]：

> 迢迢牵牛星，
> 皎皎河汉女。
> 纤纤擢素手，
> 札札弄机杼。
> 终日不成章，
> 泣涕零如雨。
> 河汉清且浅，
> 相去复几许。
> 盈盈一水间，
> 脉脉不得语。

---

[1] 逯钦立，第331页；《文选》卷29；《玉台新咏》卷1（作为枚乘的作品）；《艺文类聚》卷4；《初学记》卷4。

作为这首诗主题的牛郎织女一年一度相会的传说在《大东》中并没有出现。下面是《大东》第五节的最后二句和第六节的开头二句：

> 跂彼织女，[1]
> 终日七襄。[2]

> 虽则七襄，
> 不成报章。[3]

在《大东》里，这几句诗与《古诗十九首》第七首中的箕、斗和牵牛星起到的作用完全一样：也就是说，这些星星徒有虚名。虽然《古诗十九首》第十首中的织女没有织布，但和"虚名"无关，而是因为她在思念牵牛。换句话说，"古诗"中提到牛郎织女并不是对《诗经》的学究化"应用"练习，而是一个"习惯性引用语"，也即脱离了原诗的标准解读的词语——即使它建立在对原诗的一种最简单基本的了解上。如果把《诗经》原诗语境的表层意义（也即贬义的"徒有虚名"）加入对《古诗十九首》第十首的解读，那就误解了这首诗。

我们在第二章讨论的"道路阻且长"（《古诗十九首》第一首中的一句），与《诗经》原文相差更远。这句诗的"来源"是《蒹葭》中的"道阻且长"。"道路阻且长"可能最早从《诗经》原句扩展而来，但是它在五言诗中独立流传，与《诗经》没有任何关联。

---

[1] "跂"描述双腿伸开的状态以及三颗星星的分布形状。
[2] 天庭的七级。
[3] 这里是拿她的名字"织女"做文章，她一段布匹都没有织成。

因此，我们的第一个限定因素是，一些"古诗"显示了关于《诗经》的知识，但是对《诗经》的使用范围甚广，从对一首诗及其解读的学究化指称，到"习惯性引用语"，到和《诗经》中的用法没有任何关系的词语。

我们的第二个限定因素是晨风与蟋蟀都是自然界的生物，这和《诗经》原诗中的描写是一致的。与《古诗十九首》第七首中关于星座的诗句不同，这里根本不必要引用《诗经》。晨风和蟋蟀在"古诗"中独立出现，其出现方式如果一定要和《诗经》挂钩会导致很生硬的解读。

在用这两个限定因素考察"古诗"中的"晨风蟋蟀"一联之前，应该再加上一个基本的前提：虽然从整体上说所有的"古诗"共享一种普遍的诗学，但是我们没有理由认定它们都来自同一时代，或者创作它们的诗人（还有那些创造出种种变体的人）都属于同一个社会阶级或拥有同样的教育程度。

从李善以降，直到现代，中国的笺注家普遍认为他们所研究的诗人都拥有与自己一样的学识、藏书和读书的闲暇。如果一个笺注家在一部书中读到一段文字，看起来好像是他正在研究的某诗句的来源，那么他就认为那个诗人一定读过同样的书而且记得书中的内容。这种想法并不一定正确。

在东汉和公元三世纪，就跟现在一样，对于《诗经》的了解存在着一个梯度：从学者，到很多在各种不同层次上学习经典的学生，到一干仅仅知道一点《诗经》皮毛的人。在这一时期，因为很多教育程度比较普通的人常常专攻某一部经典，对其它经典只有一些"通俗化"的了解，所以这一现象表现得尤其明显。只要受过一点教育的人都知道《鹿鸣》是在宴会上演奏的。《大东》

中关于"虚名"的诗句似乎也广为人知。但这不等于说每个人都了解《诗经》中的所有诗歌以及毛传（或三家诗注）。这里我们还应该提到另一个现象：在整个中古时期（包括唐代），都经常可以看到人们对《诗经》作出十分"幼稚"的引用。也就是说，根据其字面意义引用一段诗句，而不是根据毛传或建立在毛传基础上的其它训释传统所作的解读。我们确实也会看到有些对《诗经》的引用显示出在学院里面受到的《诗经》教育，但是同样常见的情况是看到人们以相当初级的方式引用《诗经》里的零星诗句。

* * *

现在让我们考虑一下第一个限定因素，看一看"晨风怀苦心，蟋蟀伤局促"一联如何在《诗经》中。我们先列出《诗经》中两首相关的诗的开头一节：

诗经·晨风

鴥彼晨风，
郁彼北林。
未见君子，
忧心钦钦。
如何如何，
忘我实多。

根据"小序"的解释，这首诗是批评秦康公驱逐贤臣的。

附录 六 "古诗"中的《诗经》：一个个案

诗经·蟋蟀

蟋蟀在堂。
岁聿其莫。
今我不乐。
日月其除。
无已大康。
职思其居。
好乐无荒。
良士瞿瞿。

根据"小序"的解释，这首诗批评了晋熹公过分节俭以致失礼的行为。因此晋人敦促他及时而"无荒"地行乐。

* * *

很少有学者相信《古诗十九首》第十二首对《诗经》的可能的引用暗示了政治讽喻。但是有两处发生于文字层面的重叠，似乎鼓励读者把"古诗"的解读与《诗经》联系起来。第一，晨风为了某种我们不知道的原因而"怀苦心"，而在《诗经·晨风》中则提到了"忧心"。第二，"古诗"中"晨风"云云之前的一联是这样的：

四时更变化，
岁暮一何速。

387

这与《诗经·蟋蟀》中的"岁聿其莫"正好相对。但是这一点并不怎么说明问题,因为提到"岁末"是老生常谈,而且与秋日的蟋蟀很自然地联系在一起。

* * *

来自早期诗歌中的证据强烈暗示这两个意象的使用都可以独立于《诗经》之外。班固的《咏史》让缇萦对汉文帝吟诵"晨风",但是这种鸟常常伴随秋天的景色出现。当《古诗十九首》第十六首(这首诗是关于秋天的)中的叙述者说:

> 亮无晨风翼,
> 焉能凌风飞。[1]

我们可能会把它与《诗经·晨风》中对君主的思念联系起来。但这一意象起到的作用与"李陵组诗"中的一首相似:

> 欲因晨风发,
> 送子以贱躯。[2]

提到晨风的诗中常常包含思念的成分,与"李陵组诗"中的另一首诗一样:

> 晨风鸣北林,

---

[1] 逯钦立,第333页。
[2] 同上书,第337页。

> 熠耀东南飞。
> 愿言所相思,
> 日暮不垂帷。[1]

"苦心"的感受也常常存在于提到晨风的诗中:

> 寒风吹我骨,
> 严霜切我肌。
> 忧心常惨戚,
> 晨风为我悲。[2]

在曹丕的诗中,晨风甚至成为诗人想象中与之一起远走高飞的鸟儿:

> 心伤安所念,
> 但愿恩情深。
> 愿为晨风鸟,
> 双飞翔北林。[3]

在阮籍《咏怀诗》第六十八首中发生一种奇怪的转化:诗人表示要乘驾晨风鸟飞上天庭。

在"李陵组诗"的另一首中,晨风作为秋景的标志与蟋蟀列

---

[1] 逯钦立, 第340页。
[2] 同上书, 第341页。
[3] 同上书, 第402页。

举,但最终引发思念的情绪:

> 烁烁三星列,
> 拳拳月初生。
> 寒凉应节至,
> 蟋蟀夜悲鸣。
> 晨风动乔木,
> 枝叶日夜零。
> 游子暮思归,
> 塞耳不能听。[1]

对于晨风的意象,我想我们可以做出的结论是,它从《诗经》对这一意象的使用语境中获取了一些相关的联想;但是,除了在班固的诗里作为一首《诗经》作品而不是作为一只鸟出现之外,它本身并不具有毛诗解读赋予这一意象的内涵。事实是,那些关于痛苦相思的联想附着于晨风鸟的意象,导致它在诗歌使用中的各种变化。

蟋蟀在《诗经·蟋蟀》中标志了秋天的来临,它在《诗经》其它诗中也作为秋天来临的标志出现。这里的问题是,蟋蟀在自然界里本来就是秋天来临的标志,这并不能归功于经典文本对它的指称。它在诗歌中作为秋天来临的标志出现,有时是在呼应《诗经》中的其它用法,但也只不过是作为秋天来临的标志而已。它在我们前面引用的一联中因为岁末而"局促",但如果把它和晋熹公的过分节俭或赴宴者的节制联系在一起,则难免有过度阅读之嫌。

---

[1] 逯钦立,第339页。

七　模拟、重述和改写

当自己的论点跟一位同行完全相悖时,有必要回顾证据,对之进行仔细的检视。Joseph Allen 的论文,《从圣人到歌女:中国文人诗歌对罗敷故事的重写》("From Saint to Singing Girl: The Rewriting of the Lo-fu Narrative in Chinese Literati Poetry"),在开头详尽地比较了题为《陌上桑》的著名乐府和《乐府诗集》卷28中系于傅玄名下的《艳歌行》。[1] 通过比较,Allen 认为傅玄的版本是非常自觉地对通俗材料所做的保守的、文学性的变革。的确,大多数谈到这首诗的中国和日本学者都把它视为"拟作"。

这个问题值得我们重新考虑。傅玄的版本的确没有包括"原作"的某些诗句。但是 Allen 提出的一个论点必须从一开始就加以澄清。根据 Allen 的说法,"傅玄诗中删掉的最长的一部分就是原诗最后十八行中罗敷对她丈夫充满赞美的描述"(第329页)。如果真是这样,那么这的确是一个大幅度的删减。但是我们需要看一下这首诗的来源《宋书·乐志》,在那里这首诗被称作《艳歌罗敷行》[2],分

---

[1]《哈佛亚洲研究期刊》(*HJAS*) 48.2 (1988):321—361。
[2]《宋书乐志校注》,第250页。

为三解，结尾处有注："前有艳辞曲，后有趋。"也就是说，最后十八行并不属于"艳歌"，而在这样一首乐府诗中，它很可能是后来加上去的。虽然它确实构成了对使君的戏剧化回答，但是我们也应该注意到，与重复提到罗敷名字的前两解相比，这个"趋"里完全没有提到罗敷。因为这一段是罗敷致辞的延续，所以也许可以理解为什么其中没有提到她的名字。但是也有可能这最后一段是后来才加入的，甚至原本来自于另一首诗。如果这一可能成立，那么傅玄的《艳歌行》只是在"艳"的部分，结尾处没有作任何删减。

傅玄本身也值得讨论。尽管有一些被类书引用过，他的乐府诗绝大多数最早出现于《乐府诗集》中。因为现存傅玄诗中有很多是辑自类书的片段而缺乏完整的原诗，所以我们必须下结论说，郭茂倩或者是得到了傅玄集的一个简本，或者是利用了一部选录了很多傅玄作品的乐府诗集。

让我们来作一个简单的试验。我们不妨暂且忘掉傅玄是一个"文人"诗人，忘掉他的名字与《艳歌行》联系在一起，也忘掉类书的引文往往只是原作的片段。我们有罗敷故事的数种版本，现在只是简单地把它们并列在一起（我省略了《玉台新咏》的版本，因为它以《宋书》的版本为底本，其中的大多数异文也出现在《艺文类聚》和《初学记》的版本里）。

《宋书》	傅玄《艳歌行》	《艺文类聚》	《初学记》
日出东南隅，	日出东南隅，	日出东海隅，	日出东南隅，
照我秦氏楼。	照我秦氏楼。	照我秦氏楼。	照我秦氏楼。
秦氏有好女，	秦氏有好女，	秦氏有好女，	秦氏有好女，

自名为罗敷。	自字为罗敷。	自名为罗敷。	自言名罗敷。
罗敷善蚕桑,		罗敷喜蚕桑,	罗敷善采桑,
采桑城南隅。		采桑城南隅。	采桑城南隅。
青丝为笼系,		青丝为笼绳,	青丝为笼绳,
桂枝为笼钩。		桂枝为笼钩。	桂枝为笼钩。
头上倭堕髻,	首戴金翠饰,	头上绥堕髻,	头上发堕髻,
耳中明月珠。	耳缀明月珠。	耳中明月珠。	耳中明月珠。
缃绮为下裙,	白素为下裾,	缃绮为下裙,	缃绮为下裙,
紫绮为上襦。	丹霞为上襦。	紫绮为上襦。	紫绮为上襦。
行者见罗敷,			观者见罗敷,
下担捋髭须。			下担捋髭须。
少年见罗敷,			
脱帽著帩头。			
耕者忘其犁,			
锄者忘其锄。			
来归相怨怒,			
但坐见罗敷。			
	一顾倾朝市,		
	再顾国为虚。		
	问女居安在,		
	堂在城南居。		
	青楼临大巷,		
	幽门结重枢。		
使君从南来,	使君自南来,	使君从南来,	使君从南来,
五马立踟蹰。	驷马立踟蹰。	五马立踟蹰。	五马立踟蹰。

使君遣吏往，	［遣吏谢贤女，］	使君遣吏往，
问是谁家姝。		问是谁家姝。
秦氏有好女，		
自名为罗敷。		
罗敷年几何，		
二十尚未足，		二十尚未然，
十五颇有余。		十五颇有余。
使君谢罗敷，	遣吏谢贤女，	使君谢罗敷，
宁可共载不。	岂可同行车。	宁可共载不。
罗敷前致词，	斯女长跪对，	罗敷前致词，
使君一何愚。	使君言何殊。	使君一何愚。
使君自有妇，	使君自有妇，	使君自有妇，
罗敷自有夫。	贱妾有鄙夫。	罗敷自有夫。
	天地正厥位，	
	愿君改其图。	
东方千余骑，		东方千余骑，
夫婿居上头。		夫婿居上头。
何用识夫婿，		何用识夫婿，
白马从骊驹。		白马从骊驹。
青丝系马尾，		青丝系马尾，
黄金络马头。		黄金络马头。
腰中鹿卢剑，		腰中鹿卢剑，
可值千万余。		可值千万余。
十五府小吏，		十五府小吏，
二十朝大夫。		二十朝大夫。

三十侍中郎，	三十侍中郎，
四十专城居。	四十专城居。
为人洁白皙，	为人洁白皙，
鬑鬑颇有须。	鬑鬑颇有须。
盈盈公府步，	盈盈公府步，
冉冉府中趋。	冉冉府中趋。
坐中数千人，	
皆言夫婿殊。	

  Allen 注意到，跟傅玄版本中的省略相反，"在《陌上桑》中，罗敷的美丽让男人们停下了手中正在做的事（第13—20行）"（第331页）。但是《艺文类聚》版本也存在同样的省略（在《玉台新咏》和《初学记》版本里，他们是"观者"而不是"行者"）。傅玄版没有"趋"，但是《初学记》也没有。最有意思的是采桑情节的省略，这可能的确是一个很重要的问题。与她居处紧锁的大门一样，这非常符合三世纪贵族阶层的实践，我们在陆机的诗里见过类似的现象：把充满诱惑地在人前抛头露面的妇女隐藏起来，或让她们从事女红（虽然这种隐藏也同样出现在较低修辞等级的诗歌里）。此外符合公元三世纪贵族阶层观念的还有谦称自己为"贱妾"和诸如"贤女"一类的词语。让 Allen 感到惊讶的是就连后来的诗歌也提到了罗敷养蚕的活动（第329页），可是傅玄的版本中却没有。我们也许可以针对这种惊讶作出带有历史性的解释。后来的南朝诗歌虽然远比傅玄的诗更"贵族化"，但是它非常喜欢描写女性暴露于男性目光注视之下的情形，特别是那些不属于贵族阶层的女性。

  下面我们看一下傅玄"增添"的部分。《陌上桑》是在六世纪初叶首次出现于文本传统中，出现时被称为"古"辞。[1]傅玄的诗则直到十二世纪初叶才首次出现于文本传统中，但是，如果我们相信傅玄是其作者的话，那么它来自于三世纪中叶。我并不是在暗示傅玄的诗产生的年代较早，但是考虑到这一文本即使在《宋书》和《玉台新咏》中被相对稳定下来之后还是被不断改变，所以很可能在傅玄的时代这个文本与《宋书》中并不完全一致。从傅玄的时代到《宋书》成书的时代，书籍和传统都经历了很大的改变。只有在把《宋书》版本作为固定标准的前提下，我们才会把那些没有出现在《宋书》中的诗句视为"增添"的部分。

虽然我不同意Allen旨在证明《陌上桑》经过"文人"修改的很多观点，但是我同意采桑情节的省略和一些措辞显示出魏代后期和西晋的观念。只是这些痕迹远没有Allen所认为的那么明显。

最关键的问题是：傅玄的这篇作品到底算是一篇什么样的作品？我们的术语系统建立在把文本视为"知识产权"的印刷文化上，把文本生产划分为原封不动的复制和模仿或变体。如我们在本书中所看到的（粗略地浏览逯钦立编撰的总集可以证明这一点）：在早期手抄本文化中，只有严格要求原封不动进行抄写的文本（比如说儒家经典）才会得到原样复制。其它的文本则不断地被改变篇幅和内容，其改变的程度与其远离"严肃性"的程度成正比。除了作为宫廷音乐曲目中被保存的文本从而成为历史的一部分以外，《陌上桑》离"严肃"文本差得很远。

这一文本明显不是"拟"作意义上的"模拟"。它违背了"拟"

---

[1]《陌上桑》这一题目被提到的时间要更早，但是我们无从得知《宋书》的文本与这首乐府的早期形态有多相似。

的所有规则。如果《宋书》版本是"原本"的话,傅玄的版本省略了一些句子,增添了一些句子,原封不动或几乎原封不动地重现了一半还多的句子,而只有两句("岂可同行车"和"斯女长跪对")可以勉强视为是用较高修辞等级的语言重写的。如果这首诗不是"拟",那么它算不算"主题性仿真"(对同一材料所作的自由的文学性改写)呢?我认为也不是。我们有一些傅玄对文本进行改写的很好的例子(那些文本还有其它版本保存下来),在那些例子中,没有任何一首诗在经过改写之后与其它的版本还有如此多的相同之处。

桀溺认为傅玄不是模拟,而是重写,"整理一首被视为不够完美的诗"[1],他的说法更接近事实。但是,这一说法的前提是,必须假设《陌上桑》在当时已经是一个与我们现有版本完全相同的稳定的文本。这个假设并不是不可能,只是应该经过仔细的检视。如果《陌上桑》每次被人写下来时都会有所改变,那么我们知道写下这一版本的人的姓名,而这一版本也显示了那个把它写下来的人的兴趣所在。这实际上还是桀溺的解读,但是解读的前提是一系列不同的假设。

当我们说,傅玄的作品是罗敷"艳歌"的一个"版本","艳歌"的另一个"版本"被收入《宋书》,这种说法不能被视为无关紧要的小节。傅玄版表现出贵族诗学的痕迹(很多作为"无名氏"作品或"古辞"保存下来的文本也同样如此);而《宋书》版则较少表现出这种痕迹。相信傅玄版来自于《宋书》版是一种意识形态的假设,这种假设认为本来存在着一种纯粹的"民间诗歌",而后文人对之加以改造。但同样有可能的是,《陌上桑》旧题的一些片段跟一个非常简单基本的故事情节一起被保存下来,傅玄写下了它

---

[1] 桀溺,《牧女与蚕娥:关于一个中国文学主题》,第113页。

的一个较长的"版本"。由于傅玄在宫廷音乐机构中扮演的重要角色，他的版本变成了宫廷曲目的一部分流行开来，一些片段被删去，一些片段被增加——而其中最重要的是完整的套曲必须有的"趋"。我不是要宣称这一相反的派生过程一定是历史事实，只是想指出，这与傅玄"修改"了已存文本的说法有同样大的可能性。与其对这些具体的说法进行辩论，我们最好是想象歌曲材料以不同的"版本"出现，每种"版本"都与它自己独特的传播渠道相应。

＊ ＊ ＊

我们其实有一个更好的例子来考虑傅玄的"文学性"改造的层次（以及《陌上桑》这一流畅异常的作品的"文学"层次）。左延年是三世纪中叶的一个宫廷乐师。他是傅玄的上一代人，而傅玄本人正好也是宫廷音乐机构的重要人物。"延年"这个名字显示了职业艺人的身份。《乐府诗集》有一首引人注目的文本系于他名下，非常好地代表了公元三世纪属于较低修辞等级的歌谣风格。我们可以把它当作一块阅读其它文本的试金石：与它相比，很多本来好像很"民间"的文本都显得相当优雅精致。

秦女休行[1]

左延年

始出上西门，
遥望秦氏庐。[2]

---

[1] 逯钦立，第410页；《乐府诗集》卷61。黄节，《汉魏乐府风笺》，第191页。一些零星片段保存在《北堂书钞》和《太平御览》里。
[2] 《太平御览》作"楼"。这是一个更好的韵脚，而且也是一个程序化的表达。

秦氏有好女,
自名为女休。
休年十四五,
为宗行报仇。
左执白杨刀,
右据宛鲁矛。
仇家便东南,
仆僵秦女休。
女休西上山,
上山四五里。
关吏呵问女休,
女休前致辞。
平生为燕王妇,
于今为诏狱囚。
平生衣参差,
当今无领襦。
明知杀人当死,
兄言快快,
弟言无道忧。
女休坚词为宗报仇,
死不疑。
杀人都市中,
徼我都巷西。
丞卿罗东向坐,
女休凄凄曳梏前。

> 两徒夹我,
> 持刀刀五尺余。
> 刀未下,
> 瞳胧击鼓敕书下。

虽然黄节试图为结尾的韵脚做出解释,但是最后一部分看起来颇为乱七八糟,更像是为了一首记得不清楚的歌谣加上一个散文式概要匆匆收尾。

我们在前面已经讨论过诗歌是可以被扩展和压缩的。这里的叙事就是一个很好的例子。它本身只是一个摘要。不仅其中很多部分可以被更详细地铺陈,而且有一些部分必须被充分展开。它留给我们的印象是一个听众匆忙记下一些句子(可能是在一场表演中)。开端的句子与《陌上桑》基本相同。

我们可以在傅玄的诗里看到一个完全意义上的文学性再创造。它与左延年的版本没有任何相同的诗句,而铺展叙述的地方都在意料之中。它和《陌上桑》的另一个版本完全不一样。但是,没有人可以称之为一首属于较高修辞等级的诗。与陆机的乐府诗相比,就可以显示它的叙事风格是多么质朴。

秦女休行[1]

傅玄

庞氏有烈妇,
义声驰雍凉。

---

[1] 逯钦立,第563页;《乐府诗集》卷61。寋长春等,《傅玄阴铿诗注》,第53页。

附录 七 模拟、重述和改写

父母家有重怨,
仇人暴且强。
虽有男兄弟,
志弱不能当。
烈女念此痛,
丹心为寸伤。
外若无意者,
内潜思无方。
白日入都市,
怨家如平常。
匿剑藏白刃,
一奋寻身僵。
身首为之异处,
伏尸列肆旁。
肉与土合成泥,
洒血溅飞梁。
猛气上干云霓,
仇党失守为披攘。
一市称烈义,
观者收泪并慨慷。
百男何当益,
不如一女良。
烈女直造县门,
云父不幸遭祸殃。
今仇身以分裂,

虽死情益扬。
杀人当伏法,
义不苟活躔旧章。
县令解印绶,
令我伤心不忍听。
刑部垂头塞耳,
令我吏举不能成。
烈著希代之绩,
义立无穷之名。
夫家同受其祚,
子子孙孙咸享其荣。
今我作歌咏高风,
激扬壮发悲且清。

　　这首诗将秦女休的故事与嫁给庞子夏的赵娥亲联系起来。赵的父亲被地方军阀李寿所杀,公元179年赵刺死李寿,随后入衙门自首,但是终被赦免。这个故事的细节并不符合这首乐府。